KB123632

진짜 말 못하는 당신을 위한 스피치 훈련법

너도 말 잘할 수 있어

국립중앙도서관 출판예정도서목록(CIP)

너도 말 잘할 수 있어 : 진짜 말 못하는 당신을 위한 스피치
훈련법 / 지은이: 이혜정. -- 서울 : 마인드북스, 2018
    p. : cm

ISBN 978-89-97508-53-2 03800 : ₩13000

말하기
연설[演說]

802.5-KDC6
808.5-DDC23   CIP2018033610

진짜 말 못하는 당신을 위한 스피치 훈련법

너도 말 잘할 수 있어

2018년 11월 2일 1판 1쇄 인쇄
2018년 11월 9일 1판 1쇄 발행

지은이_이혜정
기　획_윤영돈
펴낸이_정영석
펴낸곳_**마인드북스**
주　소_서울시 동작구 양녕로25길 27, 403호
전　화_02-6414-5995 / 팩　스_02-6280-9390
홈페이지_http://www.mindbooks.co.kr
출판등록_제25100-2016-000064호
ⓒ 이혜정, 2018

ISBN 978-89-97508-53-2 03800

진짜 말 못하는 당신을 위한
스피치 훈련법

너도 말 잘할 수 있어

이혜정 지음

마인드북스

진짜 말 못하는 사람을 위한 절호의 기회

그동안 강연과 코칭을 통해 수많은 사람을 만나면서 깨달은 한 가지가 있습니다. 가장 어려운 것 가운데 하나가 바로 '남들 앞에 서서 말하는 것'이라는 것입니다. 진짜 말 못하는 사람이 많습니다. 이야기가 장황한 사람, 강요하는 사람, 소리만 지르는 사람, 말을 더듬는 사람, 눈을 천장만 보고 있는 사람, 손을 바지주머니에 꽂고 이야기하는 사람 등 별의별 사람들이 있습니다.

오랜 시간 많은 사람을 가르치고 코칭을 하면서 저 역시 스피치 훈련을 받아 왔고 가르치기도 했습니다. 스피치 과정, 명강사 과정, 파워포인트 과정, 발표력 과정 등을 들었지만 쉽게 실력이 늘지 않았습니다. 이 책을 먼저 만났더라면 달라졌을 것입니다. 흔히 겪게 되는 상황에 대한 해결 방안이 제시되어서 흥미로웠습니다. 지금 정보가 넘치는 시대를 살고 있습니다. 그 정보가 가치 있는 것인지 의문이 들 때가 많습니다.

이 책의 저자 이혜정 원장님은 실제 쇼호스트 경험이 있고 오랫동안 스피치를 가르치고 계신 분입니다. 더욱더 놀라운 것은 자신이 쌓은 경험과 노하우를 아낌없이 나누어 줍니다. 주위에 스피치 강사는 많지만 자신의 얄팍한 지식이 드러날까 봐 조그마한 콘텐츠를 내놓지 않는 경우도 많습니다.

이 책은 스피치 훈련법을 혼자서도 따라 할 수 있도록 노하우를 자세하게 적어 놔서 혼자만 보고 싶을 정도입니다. 이런 모든 스피치 훈련 과정을 오픈한 책은 처음 보았습니다. 이렇게 꿀팁이 넘치는 책은 시중에서 구하기 어렵습니다. 진짜 말 못하는 독자들을 위한 스피치 훈련법이 들어 있어서 놀랐습니다. 그동안에 이 책을 쓰고자 쏟은 열정과 노력이 엿보이는 대목입니다. 체계적이면서 차분하게 여러분의 고민을 해결해 줄 수 있는 근원적 해법이 있습니다.

아무리 힘들어 보이는 스피치 현장이라도 이 책 한 권이면 가능하다는 생각이 들었습니다. 그만큼 친절하게 설명해 주고, 기존 스피치 책에 대한 편견을 불식시켜 주었습니다. 지금 진짜 말 못하는 당신, 이 책을 꼼꼼하게 읽고 따라 한다면 스피치가 분명 달라질 것입니다.

군더더기 없는 설명을 통해서 독자들의 스피치가 명쾌하게 좋아질 것입니다. 부디 독자들이 이 책을 통해서 스피치 훈련을 잘 받으시고, 자발적이든 강압적이든 어떠한 스피치 상황에서도 도망가지 않고 정정당당하게 스피치할 수 있길 진심으로 바랍니다. 이 책을 강력 추천합니다.

윤영돈 윤코치연구소 소장

커리어코치협회 부회장

문학박사

서 문

대학 시절 발표 울렁증이 있던 나는 매번 발표 수업 때마다 곤욕을 치러야 했다. 목소리는 떨리고 식은땀이 줄줄 나고, 내가 무슨 말을 하고 있는지 기억도 안 났다. 열심히 준비했지만, 막상 무대 위에 올라가서는 망쳐 버렸다. 발표를 잘하는 방법에 대한 책을 아무리 보아도 내 실력은 좋아지지 않았다. 그래서 스피치 교육원을 찾아갔다. 가자 마자 선생님이 자기소개를 해 보라고 했다. 수업은 한 가지 주제를 정해 돌아가면서 계속 말하기 연습을 하는 식이었다. 교재도 없었고, 특별한 이론도 없었다. 무조건 말을 많이 해 보는 것이었다. 1년 후에 나는 홈쇼핑 방송을 하고 있었고, 4년 후에는 강의를 시작했다.

언론을 통해 유명인들의 어록이 화제가 될 때가 있다. 故노무현 대통령의 새천년 민주당 후보 시절 인천 경선 연설이나 2017년 문재인 정부 첫 대정부 질문에서 촌철살인의 답변으로 상대편을 놀라게 했던 이낙연 국무총리의 에피소드도 계속 회자가 된다. 아마 10여 년간의 정치, 사회 경험을 통해 쌓아 왔던 내공으로 그런 압도적인 스피치를 할 수 있었다고 생각한다.

스피치는 지식 영역이 아니다. 철저한 운동 영역이다. 머릿속에 아무리 말 잘하는 법을 외워도 그것을 몸으로 실행하지 않으면 절대 향상될 수 없다. 말을 잘하고 싶다면 펜과 노트는 던져 버리고 말을 해야 한다. 말은 말을 통해서 좋아진다. 우리가 수영을 배울 때 강의실에 앉아 배우지 않는다. 자전거를 배울 때도 펜과 노트는 필요 없다. 무조건 몸을 던져 물속에서 허우적대고, 무릎이 깨져 봐야 습득할 수 있는 것이다. 그런데 우리는 말할 내용을 글로 다 써서 외우고, 그것을 보고 발표하려고 한다. 말 연습보다 대본 작업에 더 치중한다. 물론 그것도 도움이 전혀 안 되는 것은 아니지만, 장기적으로 좋은 방법은 아니다.

스피치를 교육하면서 느낀 것은 누구나 즉흥적인 상황에서 논리적으로 말을 잘하고 싶어 한다는 것이다. 모두가 제일 원하는 최종 목표는 준비되지 않은 상황에서도 말을 유창하게 하는 것이다.

발표를 준비하는 대학생과 직장인에게 물어봤다.

"발표 준비를 하면서 가장 어려울 때가 언제인가요?"

대부분 생각지 못한 질문을 받을 때라고 한다. 준비한 내용은 그래도 자신 있지만 그 밖에 질문은 어려운 것이 아니더라도 당황할 때가 많다.

발표 울렁증이 있었지만, 홈쇼핑 방송인으로 성장하기까지 몸으로 직접 부딪치고 연습했던 시간이 꼭 필요했다. 상품에 대해 열심히 공부해서 다 안다고 생각해도 직접 말로 연습하지 않으면 방송에서 절대 멘트가 유연하게 나오지 않았다. 멘트 실전 연습을 많이 한 날이면 역시 방송이 매끄럽게 진행되었다. 홈쇼핑은 대본 없이 파트너 쇼호스트의 말을 적절하게 잘 받아 이어가는 것이 매우 중요하다. 대본대로 진행되지 않기 때문에 순발력과 응용력이 필요하다. 10년 동안 홈쇼핑 방송을 하면서 내린 말 잘하는 방법에 대한 결론은 무조건 말을 많이 해 본 사람이 잘한다는 것이다.

우리의 뇌에는 언어 운동 영역을 담당하는 부분이 있다. 타고난 말재주가 없다고 생각하는 사람도 그 운동 영역을 발전시키면 스피치 실력이 좋아진다. 머릿속에 떠오르는 개념은 있지만 막상 말하려고 하면 문장이 뒤죽박죽되어 버벅거리는 사람도 언어 운동 영역이 잘 활성화될 수 있도록 훈련하면 충분히 극복할 수 있다.

말을 잘 못하던 내가 방송과 강의를 하기까지 터득한 10년간의 노하우를 이 책을 통해 공개하고자 한다. 단, 한 가지 당부드리고 싶은 것은 절대 책을 읽기만 해서는 안 된다는 것이다. 꼭 책의 내용을 매일 한 가지씩 실천해 보길 바란다. 그럼 분명 당신도 스피치의 달인이 될 수 있을 것이다.

이혜정

차례

┌─ **Part 1. Do it!**
│ **굳어 있는 생각을 깨우는 브레인 스피치 훈련법 _13**
└─

굳어 있는 생각을 깨우는
브레인 스피치 훈련법

스피치를 잘하기 위한 기본 단계는 생각의 속도를 높이는 것이다. 말은 언어를 담당하는 전두엽의 작용과 조음 기관이 조화를 이룰 때 매끄럽게 나올 수 있다. 뇌가 움직이지 않아서 말이 막히는 경우도 있고, 머릿속의 떠오르는 생각과 단어들이 빨리빨리 입 밖으로 튀어나오지 않아서 버벅대는 경우도 있다. 긴장이 많이 되는 상황에서는 더 그렇다.

40대 후반 서비스업에 종사하는 여성과 대화를 하는데, 그녀는 대부분의 질문에 기억이 나지 않는다고 했다.

"아이 키우면서 가장 행복했을 때는 언제인가요?"

"지금 일을 하시면서 힘든 점은 어떤 건가요?"

"당신이 제일 자신 있는 요리를 소개해 주세요."

그렇게 어려운 질문이 아닌데도 그녀는 자기 머리가 마비된 것 같다고 했다. 30대 제약회사 영업직에 종사하는 남성에게는 다음과 같은 질문을 했다.

"제약 회사 영업 매니저로서 본인은 어떤 가치를 두고 일하고 있습니까?"

"PS(직무)란 어떤 직업인가요?"

"이 일을 하기 위해 본인이 가장 노력한 것은 무엇인가요?"

회사를 다니고 있는 직장인이라면 이런 질문에 어렵지 않게 답할 수 있어야 한다. 하지만 그가 한참을 생각하고 또 생각해서 겨우 대답한 것은 "한번도 이런 걸 생각해 본 적이 없어서."였다.

꼭 이런 질문에 답을 멋있게 잘해야 한다는 것은 아니다. 하지만 나의 본질에 대한 가치를 묻는 질문에는 자신 있게 말할 수 있어야 프로다. 앞의 두 사람이 말할 거리가 없어서 말을 못 한 것이 아니다. 나름 자기 삶의 철학과 주관이 있음에도 그것을 남에게 쉽게 풀어서 얘기하는 방법을 몰랐을 뿐이다.

우선 우리의 뇌를 깨워야 한다. 그리고 뇌와 조음 기관과의 협업이 원활하게 이루어지게 해야 한다. 그러면 어떻게 우리의 뇌와 조음기관의 작동을 원활하게 할 수 있을까? 우리의 뇌는 사용하면 할수록 기능이 좋아진다. 특히 언어영역은 더 그렇다. 말로 표현할 수 있는 명확한 단어들을 빨리 떠올리고 문장으로 조합한 다음 입으로 소리 내어 말하면 된다.

이 사이클이 빠르게 이루어져야 말문이 막히지 않고 유창한 스피치가 가능한 것인데 이 속도를 높이는 방법을 지금부터 알아보겠다.

제1장
관점을 쪼개어 다양한 말 소재 구하기

1. 4차대로 쪼개기: 느낀대로, 했던대로, 아는대로, 생각한대로
훈련법

첫 훈련 단계는 말할 소재를 다양하게 찾는 것이다. 스피치에 훈련이 되지 않은 사람들을 보면 무슨 말을 해야 할지 모르겠다는 말을 많이 한다. 기본적인 자기소개를 해 보라고 해도 어떤 것을 말해야 할지 생각이 나지 않을 때가 많다. 하지만 이미 우리 안에는 말할 거리들이 넘쳐 난다. 그것을 꺼내는 데 어려움이 있는 것이다. 그것을 빨리빨리 꺼내 쓸 수 있도록 훈련이 필요하다. 우리의 굳어 있는 생각을 깨워 말로 쓰이기 쉬운 곳에 저장해 놓아야 한다. 과학자 정재승 교수가 한 TV프로그램에서 뇌와 언어와의 관계에 대해 말한 적이 있다.

사람마다 단어를 저장하는 뇌의 위치와 연관 단어들이 다르다. 사랑이라는 단어를 가족, 연인, 종교와 연결 지어 저장하는 사람이 있고, 냄비, 아픔이라는 단어와 연결 짓는 사람도 있다. 그것은 각각의 삶의 경험이 다르기 때문이다. 우리가 자주 쓰는 단어와 개념은 꺼내 쓰기 편한 공간에 저장한다. 그래서 보통 성인 남자 같은 경우는 일과 관련된 단어들을 능숙하게 사용하지만 감성 언어들은 꺼내 쓰기 어려운 깊은 곳에 저장해 놓는다. 이렇게 저장해 놓는 위치가 다르기 때문에 말에도 영향을 미친다. 내가 오랫동안 했던 상품에 대해서는 유창하게 멘트가 잘 나오고 처음 론칭하는 제품은 더 많은 연습이 필요한 것은 말 소재 저장고가 다르기 때문이다. 가까이 있는 저장고에 많은 말할 거리들을 담아 굳어 있는 뇌를 깨워야 한다. 그 첫 번째 단계가 쪼개기 연습이다.

지금부터 관점을 쪼개어 풍성한 말의 소재를 꺼내는 훈련을 시작해 보자.

◢◢ 관점으로 쪼개요

지금 당신이 가지고 있는 볼펜 하나를 꺼내 10초 안에 볼펜의 특징들을 말로 표현해 보자. 그리고 몇 개나 말할 수 있는지 테스트해 보겠다.

대부분 이 간단한 테스트를 해 보면, 색은 검정색이다, 쓰기 편하다, 가볍다, 모나미 브랜드다 등 서너 가지 정도 말한다. 다섯 가지 이상을 말하는 사람은 많지 않다. 하지만 볼펜 하나로 수십 가지의 특징을 얼마든지 뽑아낼 수 있다. 지식의 차이가

절대 아니다. 몰라서 말을 못 하는 게 아니라 잠재의식 속의 정보들을 뇌가 떠올리지 못하는 것이다. 하지만 관점만 바꾸면 우리의 뇌는 활성화된다.

우리가 쪼갤 관점 첫 번째, 바로 오감이다.

시각, 청각, 촉각, 후각, 미각의 관점으로 쪼개서 볼펜을 바라보면 엄청난 변화가 일어난다.

시각: 검정색이다. 사이즈는 여자 손바닥 길이 정도에 손가락만한 굵기다. 둥근 원통 모양이다. 중간에 고무패킹이 되어 있다. 노트에 낄 수 있는 클립은 회색이다. 모나미 로고와 1500이라는 숫자가 적혀 있다. 잉크가 그렇게 진하지 않다. 얇은 선도 가능한 작은 펜촉이다.

촉각: 몸통은 매끄럽고 딱딱하다. 고무패킹된 부분은 말랑말랑하며 미끄러지지 않는다. 볼펜 촉의 느낌은 부드럽다. 볼펜 꼭지 스프링 누를 때 느낌이 탄력 있다.

청각: 글씨를 쓸 때 종이에 밀려 나가는 소리가 부드럽다. 볼펜 끝 누르는 소리가 딸깍하며 명쾌하다.

후각: 잉크 냄새가 향긋하다. 또는 무취이다.

이렇게 오감으로만 관점을 달리해서 봤을 뿐인데, 볼펜 하나에 여러 가지 말 소재를 발견할 수 있다. 미각까지 표현할 수 있는 아이템이라면 더 많은 것이 나올 수 있을 것이다.

이번에는 딸기우유 빛깔의 립스틱을 한번 쪼개 보자.

시각: 딸기우유 색의 립스틱, 반
    짝반짝 윤기도 돋보인다. 케이
    스는 골드 빛으로 반짝거린다.
    각진 사각형 모양의 케이스, 안
    쪽 립스틱은 동그란 모양이다.

촉각: 케이스는 매끄럽고 딱딱한

    재질, 립스틱을 바를 땐 촉촉하고 부드럽다.

후각: 달달한 향기, 강하지 않고 은근히 퍼지는 향기다.

청각: 뚜껑을 열고 닫을 때 딸깍하는 소리가 들린다.

미각: 직접 맛볼 수는 없지만 달콤한 맛이 날 것 같은 느낌이다.

　한때 유행했던 딸기우유 립스틱! 색깔도 영락없는 딸기우유의 연한 분홍색이다. 향기도 달콤해서 딸기우유를 입술에 바르는 것 같다. 이 것은 오감 관점으로 쪼갤 때 미각을 느낄 수 없는 립스틱을 미각적 관 점으로도 표현했다. 실제 맛은 모르지만 시각적, 촉각적, 후각적 요소 등의 느낌을 통해 미각의 느낌도 상상해 본 것이다. 이것은 팩트 체크 가 아닌 말 연습이기 때문에 사실은 중요하지 않다. 나의 생각을 말로 표현해 내는 것이 관건이다.

　이번에는 진짜 맛볼 수 있는 아이템으로 연습을 해 보자.

　추억의 간식~초코파이. 어렸을 때 진짜 많이 먹었던 간식이다. 지금 도 달달한 게 먹고 싶을 땐 나는 초코파이를 주로 먹는다. 달콤하면서 빵 종류이다 보니 출출함을 달래 줄 수 있어 좋다. 초코파이를 오감으

로 쪼개면 얼마나 많은 이야기를
할 수 있을까?

시각: 빨간색 포장지. 네모난 모양.
　　 손바닥만 한 크기로 핸드백에도
　　 들어간다. 하나씩 개별 포장되
어 있다. 포장을 뜯으면 둥근 모양의 초코파이가 들어 있다. 색깔은
진한 갈색이고, 반짝반짝 윤기가 흐른다. 두께는 손가락 한 마디 정
도 되고 전체 크기는 손바닥의 반 정도 차지할 크기다.

후각: 포장지를 벗기면 달콤한 초콜릿 향이 풍겨 온다. 진한 향 때문에
　　 맛도 진할 것 같다.

청각: 만질 때 바스락거리는 포장지 소리가 난다. 파이를 한 입 넣고
　　 씹을 때마다 촉촉한 빵과 마시멜로 때문에 쩝쩝 달라붙는 소리가
　　 난다.

촉각: 말랑말랑 부드러운 느낌이 난다. 입안에 넣고 씹으면 초콜릿의
　　 사르르 녹는 느낌이 난다. 안쪽 빵은 폭신폭신하고, 촉촉한 느낌이
　　 있고, 마시멜로는 쫀득하다.

미각: 달콤하고 진한 초콜릿 맛과 부드러운 달달함이 섞여 있다. 빵은
　　 약간 고소한 맛도 느껴진다.

　어디서 많이 봤던 표현법 아닌가? 그렇다. 홈쇼핑 식품 방송에서는
맛과 식감, 향을 방송 화면을 통해 보고 있는 시청자들을 위해 이렇게
오감으로 쪼개서 표현한다. 그냥 맛있다고만 말하면 시청자가 그 맛을

느낄 수 없어 구매까지 이루어지기 힘들다. 머릿속으로 그 느낌을 실감 나게 상상할 수 있도록 자세하게 표현해 줘야 한다. 바삭바삭 쿠키의 식감, 배추 김치의 아삭하면서도 시원한 맛, 진하면서 구수한 사골육수 등 식품 방송에서는 직접 맛보고, 식감을 느끼지 않아도 생생하게 상상할 수 있도록 표현해 주는 것이 중요하다.

이렇게 오감으로 쪼개면 한 사물의 정보들이 다양하게 쏟아져 나온다.

처음엔 생각이 잘 나지 않을 것이다. 하지만 우리의 뇌는 반복훈련으로 기능이 좋아지고 정보처리 또한 빨라질 것이다. 이렇게 한 가지 사물에 대해서 특징들을 뽑아내고 말로 표현해 보고, 그것을 3~4번 반복하게 되면 점차 말할 소재들을 빠른 시간 내에 다양하게 찾을 수 있게 된다. 하지만 오감으로 쪼개는 것만으로는 부족하다. 우리는 더 많은 이야기를 할 수 있어야 한다.

◢◢ 경험으로 쪼개요

다시 볼펜으로 돌아오겠다. 우리는 앞서 평범한 볼펜 하나를 오감으로 쪼개어 보았다. 이제는 그 볼펜과 함께한 시간 속에서 나의 경험들을 MVP로 쪼개 보자.

Major use(볼펜의 주요 용도): 메모용, 공부용, 사인용, 수업용 등 주로 내가 사용하는 용도를 생각해 본다.

Value(볼펜의 가치): 내가 좋아하는 이유, 이것만 쓰는 이유, 가볍게 쓰기 좋은 용도. 잃어버려도 아깝지 않은 이유, 편리한 이유, 불편한 이유 등 그 볼펜의 가치와 함께 그렇게 생각하는 이유를 말해 본다.

Process(그 볼펜을 갖게 된 과정): 선물, 구매, 판촉물, 빌린 것 등 다양한 유입 경로가 있을 것이다.

이런 단계로 볼펜 하나에 담긴 스토리를 꺼내 보는 것이다.

M: 가볍게 메모용. 주로 독서하다 주요 부분을 체크하고 줄긋기로 사용한다.

V: 긴 메모를 쓸 때는 뻑뻑한 느낌 때문에 잘 쓰지 않는다. 간단한 체크용으로 쓰기 편하다.

P: 서점에 갔다가 가격이 저렴해서 산 것이다.

벌써 오감으로 쪼갠 정보와 내 경험을 합치니 15개가 넘는 말할 거리들이 생겼다. 그렇다면 분홍 립스틱은 어떨까?

M: 특별한 미팅이 있거나, 데이트하는 날 많이 바른다.

V: 흰 피부를 더 생기 있게 해 주어 마음에 든다. 특별한 눈 화장을 하지 않아도 포인트가 되어 전체 메이크업을 한 것 같은 느낌이 든다.

P: 윤은혜가 드라마에서 발랐던 립스틱 색이 예뻐 어떤 브랜드인지 알아보고 백화점에서 구매했다.

우리의 추억의 간식 초코파이도 해 보자.

M: 바쁜 아침 식사대용으로 먹거나 오후에 출출할 때 간식으로 먹는다.

V: 피곤하거나 많은 업무량으로 지칠 때 진한 단맛이 피곤함을 달래준다. 우유랑 같이 먹으면 든든해져서 간단한 요기가 되어 좋다.

P: 마트에 장보러 갔다가 다른 것보다 추가 구성이 2개나 붙어 있어 구매했다.

신기하지 않은가? 상황에 따라 더 많은 에피소드와 정보가 쏟아질 것이다. 처음에는 시간의 제한을 두지 않고 생각하고 정리해 보라. 조금씩 생각 속도가 빨라지면 10초 안에 얼마나 많은 것을 뽑아낼 수 있는지 체크해 나간다. 뿐만 아니라 내 주변의 모든 사물을 다 해 볼 수 있어서 말하기 연습으로 매우 좋다. 옷, 신발, 가전, 우리 집, 자동차, 음식 등 모든 것이 연습 도구가 된다. 이 연습 과정은 매일매일 돈 안 들이고, 언제 어디서나 할 수 있는 방법이다. 장소 시간에 구애받지 않고 일상생활에서 연습할 수 있는 말하기 기법이기 때문에 의지만 있다면 누구나 할 수 있다. 특히 성격이 급해서 많이 더듬거렸던 분들은 이 방법을 통해 금방 고칠 수 있을 것이다. 1차원적 관점이기 때문에 깊은 고민을 안 해도 되는 방법이다.

관점 쪼개기에서 유의해야 할 것은 추상적 단어보다는 구체적 단어를 써야 한다는 것이다.

다음은 교육생들이 옷에 대해 오감으로 관점을 쪼개서 설명했던 사례이다.

시각: 연한 분홍색의 얇은 니트 조직
　　의 티다. 오버 사이즈로 넉넉한 편
　　이고, 목과 소매 부분이 굵은 실
　　로 직조가 되어 있다. 가슴 부분
　　엔 골드 스팽글 디자인이 있어 화
　　려하다.

촉각: 피부에 닿는 느낌이 부드럽다.
　　안쪽 안감은 면 처리가 되어 있어 더 편안한 느낌이다. 니트의 특유
　　의 묵직한 느낌이 있지만 불편하진 않다. 소매 처리가 탄력감 있어
　　걷어 올렸을 때 잘 흘러내리지 않는다.

후각: 엄마가 잘 쓰시는 섬유 유연제 냄새가 난다. 향긋하고 포근하다.

청각: 이 옷을 입을 때마다 따뜻하게 입고 다니라는 엄마의 목소리가
　　들린다.

미각: 몽실몽실 솜사탕 맛이 날 것 같다. 진한 달콤한 맛.

직관: 니트 티는 세탁이 까다롭고 무거워서 별로 선호하지 않는다.

MVP: 추위를 많이 타는 나를 위해 엄마가 사 주신 옷이다. 얇은 티셔
　　츠에 점퍼를 입고 다니는 내가 걱정이 되었나 보다. 주로 학교 갈 때
　　입는다. 편해서 일상생활에서 자주 입게 된다.

생각: 이 옷은 엄마의 사랑이 담긴 소중한 선물이다.

　이 사례의 주인공은 말을 세 줄 이상 이어가기 어려웠던 20대 초반
대학생이었다. 하지만 관점을 쪼개기 시작하니 풍성한 말하기가 가능
해졌다. 다음에 배울 직관과 생각 쪼개기까지 더했더니 니트 하나로

말할 소재들을 아주 다양하게 뽑아낼 수 있었다. 추상적으로 말했던 스피치가 점점 구체화되어 가는 순간이다. 스피치가 필요한 분야에서 가장 지양해야 하는 것은 추상적 단어를 쓰는 것이다. 홈쇼핑에서도 맛있다, 편하다, 좋다라는 표현보다는 어떻게 맛있고, 어떻게 편하고, 일상생활에 어떤 구체적 도움을 주고, 어떻게 좋은 것인지를 말해야 고객의 지갑을 열 수 있다. 직장인 프레젠테이션도 마찬가지다. 구체적으로 하라는데 어떻게 구체적으로 말하라는 건지 막연하다면 육하원칙과 함께 관점과 경험을 쪼개서 생각해 보기 시작하면 내 이야기가 정밀해질 것이다.

이제 일차원적 관점에서 쪼개서 말하기가 익숙해졌다면 점점 수준을 높이는 말 소재 구하기 단계로 넘어갈 것이다.

◢▰ 당신의 직관을 믿어요

학창 시절 시험을 볼 때 답이 둘 중에 하나는 분명한데 확실하지 않은 경우가 있다. 처음에 1번을 찍었다가 다시 생각해 보니 3번인 것 같다. 시간이 다 될 때까지 그 문제를 붙들고 고민하다 결국 3번으로 바꿨다. 그런데 답은 1번이었다. 그냥 처음 내 생각을 믿어야 하는 건데 생각을 많이 하다 보면 잘못된 판단을 내릴 때가 있다. 스피치에서 정답은 없지만 우리가 말문을 쉽게 열지 못하는 이유 중 하나는 머릿속에 너무 많은 생각을 담고 있기 때문이다. 나의 장점을 얘기해야 한다면 열정적인 모습을 말할 것인지, 성실함을 말할 것인지, 자기 관리 능력을 말할 것인지 고민이 된다. 물론 반대로 자기 장점을 못 찾아 말을 못 하는 경우도 있다. 어떤 사람은 이런 게 장점이 되나라는 고민까지 하면서 말을 더 이어가지 못한다. 스피치의 주요 방해 요소 중 하나가 바로 생각이 많은 것이다. 이런 방해 요소를 제거하기 위한 스피치 훈련이 '직관적으로 말하기'다. 이제는 직관으로 사물에 대한 생각들을 정리해서 말로 표현하는 연습을 해 보겠다. 눈에 보이는 사물이 아닌 머릿속의 개념을 떠올려 말하기 연습을 해 볼 것이다.

지금부터 여러분 머릿속에 있는 사과의 이미지를 떠올려 보자. 지금까지 정말 많은 사과를 먹어 왔을 것이다. 나는 아침마다 사과를 먹는다. 어떤 날은 빨간 사과 어떤 날은 푸른 사과, 어떤 날은 달고 과즙이 풍성한데 어떤 날은 약간 덜 달고 과즙이 적을 때도 있다. 내가 사과 하면 항상 생각나는 것은 제사상에 올리는 밑동만 깎아놓은 사과다. 초등학교 1학년 때 제수용으로 올렸던 사과를 학교에서 먹으라고 엄마가 싸 주신 적이 있는데, 그것을 꺼내 먹고 있을 때 친구들이 단박에 "너네 집 제사 지냈구나."라고 알아채서 당황했던 기억이 난다. 당신도 사과에 얽힌 많은 이야기가 있을 것이다. 이처럼 사과하면 떠오르는 생각들을 지금부터 표현해 보겠다.

3초 안에 생각나는 단어나 개념을 말하면 된다. 그럼 준비 시작!

하나~, 둘~, 셋~!

잘 떠오르는가? 달콤새콤한 맛을 얘기한 분도 있을 것이고, 동그란 모양, 아삭한 식감, 몸에 좋은 영양을 얘기한 분도 있을 것이다. 앞서 배운 오감과 경험으로 이야기를 꺼내셨다면 학습이 잘된 것이라 생각된다. 하지만 이제는 그것을 벗어나 사과 하면 떠오르는 더 확장된 개념을 말해 볼 것이다. 우리 머릿속의 숨어 있는 기억들을 꺼내 보는 것이다.

"사과 하면 나는 백설공주가 떠오릅니다."
"사과 하면 매일 아침 사과 주스를 갈아 주시던 엄마가 떠오릅니다."
"사과 같은 내 얼굴~ 예쁘기도 하지요. 그 노래가 생각납니다."
"사과 하면 과수원 했던 부모님 일을 도왔던 어린 시절이 떠오릅니다."

이렇게 사과와 관련된 경험을 바탕으로 한 확장된 개념들을 말로 표현해 보는 것이다.

교육생 중 어떤 분은 처음에는 생각이 안 난다고 했다가 시간을 두고 생각해 보니 '정'이라는 단어가 떠올랐다고 했다. 외국 배낭여행을 처음 갔을 때 기차에서 모르는 외국인이 사과를 나눠줬던 기억이 나서 낯설지만 포근했던 현지인들의 따뜻한 정을 느꼈다고 한다. 그래서 사과 하면 '정'이라는 잠재 기억이 있었던 것이다. 그것을 생각해 내는 시간은 그리 많이 걸리지 않았다. 30초만 더 생각하게 했더니 바로 그 기억을 떠올렸다. 많은 정보를 이미 가지고 있지만 그것들을 기억의 저장고에 넣어놓고 자물쇠로 잠가 버리고 잊고 있었던 것뿐이다. 그것들을 꺼내기만 하면 정말 풍부한 말하기가 가능하다.

코칭을 받았던 분들 중에서 상당한 분들이 말을 잘하려면 아는 게 많아야 하는 것 아니냐, 책을 많이 안 읽어서 본인은 말을 못하는 것 같다고 말한다. 하지만 절대 그렇지 않다. 이미 당신의 마음과 머릿속에는 남들이 알지 못하는 경험과 멋진 기억들이 있다. 그것들을 가지고 나오는 것만으로도 충분히 말 잘하는 사람이 될 수 있다.

이렇게 직관으로 떠오른 이미지와 생각들을 다시 경험으로 쪼개면 말할 거리는 무궁무진해진다. 다시 사과로 돌아와서, 내가 직관으로 떠오른 또 다른 사과 관련 단어는 백설공주다. 백설공주 이야기는 내가 일곱 살 때 가장 좋아하는 동화였다. 백설공주를 괴롭히는 여왕의 음모에 화가 났고, 힘없이 당하는 백설공주가 너무 안쓰러웠다. 일곱 난쟁이들도 너무 귀엽고, 그런 친구들이 나에게도 있었으면 좋겠다는 상상을 했다. 그리고 백설공주 마지막에 나타난 백마 탄 왕자님 같은 사람이 나에게도 언젠간 나타나겠지? 기대하곤 했다. (물론 그런 일은 일어나지 않았다). 사과라는 하나의 개념으로 이야기는 백설공주 이야기로 이어지고, 내 일상의 작은 바람으로 이어졌다. 이런 식으로 하나의 사물을 통해 확장된 또 다른 개념과 경험, 그 경험으로 인한 나의 생각과 바람까지 이어져서 이야기는 풍성해진다.

그럼 이번에는 스피치란 주제로 말해 보자.

당신은 '스피치' 하면 떠오르는 직관이 무엇인가? 무엇이 제일 먼저 떠오르는가?

이 질문을 교육생들에게 해 보았다.

면접, 발표, 목소리, 프레젠테이션, MC 등 일반적인 것을 떠올리는 분들이 많았다. 하지만 개인 경험에서 오는 직관으로 답하는 분들도 꽤 있었다. 공포, 콤플렉스, 기회, 강사, 스티브 잡스 등이다. 정답은 없다. 처음에는 누구나 생각하는 일반적인 개념부터 떠올리게 되지만, 점차 개인적인 경험이 더해져 특별한 의미가 부여된다.

"스피치는 공포다."라고 말한 교육생은 어릴 적부터 스피치에 대한 트라우마가 있었다. 중학교 1학년 때 일어나서 책을 읽어 보라고 하신 선생님 지시에 그는 작고 떠듬거리는 목소리로 읽어 내려 갔다. 그의 책읽는 모습이 답답하셨는지 선생님은 남자 목소리가 왜 그러냐며 고추떼고 다니라는 모욕적인 말을 친구들 앞에서 했다. 한순간 웃음거리가된 그는 그 뒤로 누구 앞에서 말을 한다는 것이 두려워졌다. 40대 중반이 될 때까지 그는 말에 대한 트라우마에 시달리고 있었다. 참 신기한 것은 구체적으로 스피치에 대한 생각을 정리해 보고 그때의 감정을솔직하게 표현한 뒤로 스피치에 대한 두려움이 줄어들었다는 것이다.카메라 테스트 시간만 되면 망설이고, 많이 긴장했던 모습이 점점 줄어 들더니 빠른 속도로 성장했다. 정확한 이유는 심리전문가가 아니기에 말할 수 없지만, 그 상황을 스스로 말해 보고, 정리해 보면서 열네살이 아닌 40대의 성숙한 시선으로 그 상황을 바라보게 되지 않았을까 생각된다. 그리고 그 사건이 인생에 큰 영향을 줄 만큼 대단한 일이아니라는 것을 스스로 깨닫게 되면서 스피치 공포를 극복하는 데 도움이 된 것 같다. 이렇게 경험과 생각을 쪼개는 연습을 하다 보면 기대하지 않았던 효과도 보게 된다.

다시 본론으로 돌아와서 이번에는 당신의 전문 분야를 주제로 직관쪼개기를 해 보자.

직업이 초등 교사였던 교육생의 예시이다.

'초등교육' 하면 떠오르는 것은?

"초등교육 하면 꿈이 생각납니다. 지금의 초등교육에서 중요시 생각하는 것은 자율성과 창의 사고, 진로 교육인데, 결국 자신의 꿈을 스스로 찾아가는 과정을 말하는 것이라고 생각합니다. 어릴 적 저도 여성 대통령이나 미스코리아, 우주비행사가 되고 싶다고 종종 말하곤 했습니다. 현실적인 것을 떠나 자유롭게 꿈이라는 것을 상상하며 즐거워했습니다. 하지만 지금 제가 가르치고 있는 아이들은 벌써부터 돈을 많이 버는 직업이나 안정적 직업을 선호하는 경향이 있어 안타깝다는 생각을 합니다. 어릴 때만큼은 자유롭게 자신의 다양한 꿈을 꿀 수 있는 아이들로 자랐으면 좋겠습니다."

멋진 발표 내용이다. 이분은 30대 후반의 여교사다. 교사 생활 10년이 넘었지만, 교사로서의 수업 현장이 아닌 대학원 발표나 대중 스피치에 문제가 있어 코칭을 받았다. 자주 주제를 잊어 버리고, 중간에 말이 이어지지 않아 '음~ 음~' 하는 습관이 많았다. 하지만 스피치 훈련을 통해 유연한 스피치가 가능해졌다.

이렇게 자신이 가장 잘 아는 내용부터 시작하는 것이 좋다. 내 전문 분야, 전공 분야부터 시작하면 좀 더 수월하게 스피치를 시작할 수 있다.

전공 분야를 섭렵했다면 다른 분야에도 시선을 돌려라. 내 전문 분야와 상관없는 경제, 법, 컴퓨터 등의 소재로 연습할 수 있고, 역사와 문학 작품에 대해서도 연습할 수 있다.

당신의 전문 분야가 건축이라면 음악, 연극, 여행, 건강 등의 주제로 시도해 볼 만하다.

아무튼 다양한 카테고리를 바꿔 가면서 직관 쪼개기를 해 보는 것이다. 이 과정에서 또 하나 발견되는 것이 있다. 내가 다른 분야에 얼마나 상식을 가지고 있고, 관심이 있었는지를 알게 되는 것이다. 어떤 다양한 사람들을 만나 함께 대화에 융화되고 싶다면 다양한 말 소재들을 준비하는 것이 필요하다.

◢ 생각을 쪼개요

우리 남편에게 자주 하는 질문이 있다. 이 질문은 우리 남편이 가장 싫어하는 질문이기도 하다.

"당신은 나를 어떻게 생각하나요?"

13년째 이 질문을 틈만 나면 하고 있다. 10여 년 전 그는 "내가 사랑하는 사람이지." 이렇게 대답했다. 하지만 나는 그 답에 만족할 수 없었다. "더 없어? 왜 사랑해? 어디가 좋아? 다시 정확하게 말해 줘요." 이런 대화의 끝은 항상 다툼이었다. 나의 짓궂은 질문은 그를 힘들게 했다.

"내가 사랑하는 사람이고, 예쁘고, 사랑스럽고, 귀엽고……." 등의 여자들이 좋아할 만한 미사 어구를 쏟아 냈다가, "능력도 좋고, 일 잘하고, 애도 잘 보고, 손도 빠르고……." 등 나의 기능적(?) 면을 말하기 시작했다. 그리고 이제는 인성적인 면과 단점들이 나오기 시작했다. "사람들에게 친절하고, 가끔 짜증낼 때도 있지만, 뒤끝 없고 약속도 잘 지키고, 급한 성격 때문에 실수도 가끔 하고……." 결국 그는 계속되는 질문에 더는 쏟아낼 말이 없으면 이 말로 끝내 버렸다. "당신에 대한 나의 생각을 굳이 말로 표현할 필요가 없는 것 같아. 우리는 말하지 않아도

통하는 사이니까."

2~3년 전부터는 마지막 멘트가 바로 나온다. 더는 내 질문에 대답하지 않으려 한다.

이 대화를 듣고 있는 대부분의 남자들은 아마 같은 심정일 것이다. 너무 피곤한 질문들. 생각하지 않았던, 굳이 생각할 필요가 없던 질문들. 하지만 아내인 나는 남편에게 이 질문을 통해 서로의 마음을 확인하고 싶었나 보다. 40대가 되었지만 아직도 한 남자에게 소중하고 사랑받는 느낌을 받고 싶었나 보다. 남편이 이 질문을 어려워한 이유는 아내에 대한 생각을 구체화하는 법을 몰랐기 때문이다. 1차원적인 답변으로는 만족할 수 없다. 전형적인 이공계 남자인 남편은 말로 감정과 생각을 표현하는 것이 익숙하지 않다. 문서나 다른 형식으로 표현하는 것이 더 편하다. 특히 이성적 생각보다 감성적으로 생각해야 할 때 더 어려워한다. 좌뇌형이니 우뇌형이니 사람마다 타고난 특성이 있다고 하지만, 감성적 스피치도 훈련을 통해 개선할 수 있다.

그래서 스피치 훈련의 다음 단계는 생각을 쪼개는 것이다. 생각을 쪼개어 구체화할 때 의미 있는 말하기가 된다.

사물에 대한 정보 정리만 잘하는 것만으로는 2% 부족하다. 또한 나열식의 말하기는 좋은 말하기가 아니다. 나열식으로 시작을 했어도 길가에 버려지는 수다로 끝나지 않으려면 마지막은 분명한 메시지, 내 생각이 들어가야 한다. 확실한 결론이 있어야 한다는 의미다. 내가 우리 남편의 답변이 성에 차지 않았던 이유가 영혼 없는 나열식이었기 때문이다.

단순한 나열이 아니라 본인의 생각을 구체화할 수 있는 스토리와 메시지가 있었다면 더 좋았을 것이다. 그래서 단순한 정보에 메시지를 입히는 연습을 해 볼까 한다. 볼펜 이야기로 다시 돌아와서, 오감으로 쪼갠 볼펜에 대한 정보와 용도, 사용 가치, 볼펜을 손에 넣기까지의 과정(MVP) 등에 대한 이야기를 앞서 했다. 그 쪼갠 정보들을 바탕으로 내 생각이 만들어질 것이다. 그 생각들을 이어보자.

> 잉크가 진하다.(사실) ⇨ 힘이 많이 들어가지 않기 때문에 긴 메모를 쓸 때 좋다.(생각)
>
> 잉크가 흐리다.(사실) ⇨ 한번 쓸 때마다 힘 주어 써야 해서 오래 쓰기엔 불편하다.(생각)
>
> 펜 몸통에 고무패킹이 되어 있다.(사실) ⇨ 눌리는 자극이 덜해 오래 써도 손이 편하다.(생각)
>
> 펜촉이 부드럽다.(사실) ⇨ 글씨를 쓸 때 느낌이 시원시원해 자꾸 쓰고 싶어진다.(생각)

결국 스피치의 핵심은 있는 사실을 매끄럽게 전달하는 것뿐만 아니라 내 생각을 잘 정리해서 메시지화하는 것이다. 대부분 주어진 정보 전달까지는 무리 없이 하지만 거기에 본인의 생각을 입히는 과정에서 브레이크가 걸리기 시작한다. 막연히 이러는 게 좋겠어로 끝나는 게 아니라 확실한 이유와 근거가 바탕이 되면 설득력이 좋아진다. 작은 것부터 내 생각을 입히고 정리하는 연습을 꾸준히 하면 어떤 상황에서도 의견을 묻는 질문에 막힘 없이 일목요연하게 대답할 수 있을 것이다. 이번에는 '바다'라는 키워드로 한번 연습해 보자.

주제: 바다

시각: 넓고 푸른 파도와 갈매기 떼, 백사장, 휴식을 즐기는 사람들

청각: 갈매기 울음소리, 뱃고동 소리, 파도가 밀려 왔다 부서지는 소리

촉각: 시원하고 청량한 바닷물, 발가락 사이를 파고 드는 모래알의 부들부들한 느낌. 파도 거품의 몽글몽글한 느낌

후각: 약간 짠 듯하면서 비릿한 냄새, 신선한 바다 해초 냄새

미각: 바닷물은 짜다. 하지만 바다를 통째로 삼킬 수 있다면 톡톡 터지는 달콤, 새콤, 짭조름한 맛일 것이다. (상상의 맛)- 아름다운 태평양 바닷속은 사탕 같은 다채로운 빛깔의 열대어들로 가득하기 때문이다.

직관: 헌팅

경험: 20대 - 바다 여행에 빠질 수 없는 헌팅 하기, 여자들과 즉석 만남으로 재미있게 놀던 기억

30대 - 아이들과의 가족 여행

생각: 바다는 나이에 따라 달라지는 인생을 바라보는 관점을 말해준다.

실제로 위 사례는 내 교육생 중 한 명이 즉석에서 대답한 것들이다. 바다 하면 여름, 상어밖에 생각나지 않는다고 했던 분이었다. 하지만 몇 번의 연습으로 이렇게 풍성한 말하기가 완성되었다.

바다 같은 사물이 아닌 자연 속의 특정 장소 개념도 충분히 관점 쪼

개기를 통해 이야기를 이어나갈 수 있다. 태양, 산과 계곡, 폭포, 절벽, 이런 자연의 개념뿐 아니라 보고 만지고 들을 수 없는 추상적 개념도 가능하다.

추상적 개념 중 가장 우리가 많이 쓰는 단어 '사랑'으로 시작해 보겠다. '사랑'을 5감으로 표현한다면 어떤 이야기들이 나올까?

시각: 동글동글 귀여운 모양
촉각: 딱딱하고 잘 깨질 것 같은 연약한 유리 같은 느낌
후각: 꿀꽈배기 냄새
미각: 달달하고 진한 꿀맛
청각: 조용하지만 선율이 아름다운 피아노 연주

이 사례는 4학년 초등학생이 오감으로 표현한 사랑에 대한 생각이다. 이렇게 사랑이라는 감정을 단순히 좋아하는 마음으로 말하지 않고, 우리의 상상으로 창의적 표현이 가능하다. 이 학생이 촉각적 관점으로 딱딱하고 깨질 것 같은 연약한 느낌으로 표현한 것은 좀 의외의 대답이라 이렇게 생각한 이유를 물어봤다. 사랑은 달콤하고 행복한 느낌이지만 유지하는 것은 매우 힘들고 쉽게 잃을 수도 있기 때문에 위태로운 유리 같다고 했다. 아직 열한 살이지만 사랑에 대한 본인의 철학이 확실히 녹아 있는 부분이다. 이런 대화를 통해 이 아이가 생각하는 사랑에 대해 좀 더 깊이 있게 알 수 있었다. 사랑은 노력이 필요하다는 것을 이렇게 표현한 것 아닌가 생각된다. 이런 질문에 바로 대답하기란 쉽지 않다. 하지만 어느 정도 시간을 두고 생각하려고 노력하

면 나름 구체적인 표현들이 나오기 시작한다. 머릿속에 분명한 형태가 떠오르도록 말하는 것이 좋은 말하기다. 그래서 형태가 없는 무형의 개념을 유형의 개념으로 형상화해서 말로 표현해 보는 이 과정이 생각을 구체화하는 데 도움이 된다.

다음으로 사랑에 대한 직관과 경험, 아이의 생각도 물어보았다.

직관: 데이트

경험: 친구들의 남자 친구 이야기. (주로 남자 친구와의 갈등 이야기였다고 한다.)

내 생각: 연인 간의 사랑은 좋기도 하지만 왠지 신경 쓸 게 많아 귀찮을 것 같다.

열한 살의 이 아이는 친구의 남자 친구 얘기를 듣고 사랑하면 연인 간의 데이트가 먼저 떠올랐고, 남자 친구는 일반 친구보다 더 신경을 많이 써 줘야 하니까 갈등이 종종 있다는 얘기를 들은 것이다. 그래서 사랑은 힘들다고 생각해 자기는 연애 같은 건 안 하고 엄마, 아빠와 오래 살고 싶다고 한다. 참 귀여운 아이 같은 생각이다. 물론 이 생각은 바뀔 수도 있지만 그 아이가 생각한 사랑은 이런 것이었다. 이 질문을 성인들에게 해 보면 매우 어려워한다. 한참 고민해야 겨우 대답할 뿐이다. 그리고 "제 뇌가 굳었나 봐요. 도통 떠오르지 않아요." 한마디로 멘붕이 된다고 한다.

하지만 생각의 관점을 쪼개서 말하기 연습을 하면 말할 거리들을 무궁무진하게 만들 수 있다. 일단 말을 멋있게 하려고 하지 말고 다양한 말할 거리들을 만들어 내라.

'사랑'이라는 주제로 관점, 생각 쪼개기를 한 30대 초반 남자의 예를 들어 보겠다.

시각: 어린아이 모습이었다가 잎이 다 떨어진 고목 같은 모습으로 변하기도 한다. 순수하고 아름다운 영혼처럼 행복한 것이기도 하지만 사랑은 때론 외롭고 사랑을 지키기 위해선 흔들리지 않고 꿋꿋하게 버텨내야 하기 때문이다.

촉각: 우리 집 고양이를 안고 있을 때 보들보들하고 따뜻한 느낌

후각: 향기로운 꽃향기. 인공적이지 않은 자연스러운 기분 좋은 냄새

미각: 카카오 함량이 높은 초콜릿 맛. 달콤 씁쓸한 맛

청각: 봄비 내리는 소리. 화려하지 않지만 마음을 편안하게 해 주는 촉촉한 소리

직관: 이별, 친구

경험: 오래 만난 연인과 헤어지게 되어 1년 동안 많이 힘들었지만, 연애 시간을 줄이니 친구들과 더 가까워졌다. 연애보다 최근에는 다양한 모임과 취미 활동을 하면서 활동 영역이 더 넓어졌다.

내 생각: 사랑은 꼭 필요한 것이지만 그것을 누리기 위해선 분명 노력이 필요하다. 특히 연인 간의 사랑은 더 그렇다. 하지만 실패했다고 해도 그것 또한 의미 있는 일이다. 그 경험을 통해 내가 성숙해짐을 느낀다.

이 교육생은 역시나 자신의 생각을 표현하는 게 어렵다고 호소했었다. '이걸 어떻게 말로 표현하지?'라는 말을 자주 했던 분이다. 사랑이

란 무엇인가라는 질문을 바로 던졌을 때는 한참 동안 말을 잇지 못했지만, 관점 쪼개기를 통해 사랑에 대한 본인의 속 깊은 이야기를 말로 표현할 수 있었다. 사랑이라는 추상적 개념을 눈에 보이는 사물처럼 형상화하고 이미지를 입히고, 경험과 생각을 정리하는 과정에서 자신의 생각을 구체적으로 표현하게 되었다.

프로 골퍼 출신의 한 교육생은 언론과의 인터뷰가 힘들어서 나를 찾아왔다. "오늘의 경기 어떻게 보십니까?", "오늘 경기에서 이런 결과가 나올 수 있었던 결정적 요인은 무엇이었다고 생각하나요?" 등의 질문에 어떻게 정리해야 할지 순간적으로 말이 떠오르지 않아 항상 인터뷰를 망친다고 했다. 관점 쪼개기 기법으로 한 달 연습한 뒤 훨씬 인터뷰 실력이 좋아졌다.

"오늘 경기는 혼자만의 싸움이라고 생각했습니다. 절대 주변 상황에 흔들리지 않으려고 노력했고, 정신을 온전히 나에게만 집중하면서 임했더니 큰 실수 없이 좋은 결과를 얻을 수 있었다고 생각합니다."

지금 그는 현역 선수에서 은퇴하고 골프 방송 진행자로 활동하고 있다. 스피치 훈련을 통해 새로운 인생의 길을 가고 있는 그의 모습을 보면 나 또한 기분이 좋아진다.

성공, 열정, 꿈, 미래, 가족, 행복, 좌절, 고난 등의 단어들을 활용해 하루에 한 번씩만 연습해도 점점 스피치 실력이 늘어날 것이다.

이렇게 관점, 경험, 생각 쪼개기를 통해 스피치 기초 단계를 알아보았다. 다양한 말 소재를 뽑아내 반복적으로 연습하는 것이 중요하다. 소를 물가에 데려갈 순 있지만 물을 억지로 먹일 순 없다. 좋은 방법이 있어도 스스로 연습하지 않으면 내 것으로 만들 수 없다. 하루 10분

투자로 다양한 말할 거리를 일단 확보해 두자.

2. 나만의 정의 내리기: 말 소재 구체화하기

'나는 누구인가?'

이 질문을 당신에게 한다면 당신은 뭐라 말할 수 있나? 이 질문은 서강대 언론대학원 석사과정 스피치 커뮤니케이션 시간의 발표 주제였다. 각자 다양한 내용으로 '나'란 사람에 대해 표현했다. 직업이 나를 대변하기도 하고, 삶의 방식을 얘기하기도 하고, 꿈을 말하기도 한다. 나는 내가 겪었던 엣지(위기)를 극복해 낸 과정으로 나란 사람을 정의하려고 했다. 어떤 개념에 대해 정의를 내린다는 것은 창의적 생각의 가장 기본적인 단계다. 그 정의가 명확하지 않으면 그다음 내 생각들을 논리적으로 풀어나갈 수 없다. 고3 수험생 수시 면접 코칭에서도 중요한 것은 자신에 대한 정의를 먼저 내리는 것이다. 과거의 나, 현재의 나, 미래의 나에 대해 명확한 정의를 내려야 한다. 그래야 일관성 있는 면접 답변이 나올 수 있다. 하지만 대부분의 학생들은 진로에 대한 개념뿐 아니라 자신이 어떤 사람인지에 대해서 잘 설명하지 못한다. 막연한 그림은 있지만 구체화하지 못해 말로 표현하지 못하는 것이다. "자기소개 간단하게 해 보세요."라고 말하면 "○○고등학교 3학년 ○○○입니다." 또는 "○○○에 살고 있고, 1남 1녀 중 장남입니다." 식으로 소개한다. 하지만 '나' 소개의 핵심은 명확한 캐릭터다. 그래서 '나'에 대한 고민을 해야 스스로 정의를 내릴 수 있는 것이다. 한마디로 자기 성찰이 있어야 한다는 뜻이다.

30년 동안 주부 생활을 했던 박미숙 씨는 자신을 누구의 엄마, 누구의 아내, 평범한 주부라고 소개한다. 그런 얘기 말고 미숙 씨 자신은 어떤 사람인지 말해 보라고 했더니 잘 모르겠다고 했다. 그녀는 핸드폰 메신저 닉네임도 본인 이름이 아닌 아들, 딸 이름으로 되어 있었다. 그렇게 자신을 잃어버리고 산 세월이었다. 후에 수업을 진행하면서 그녀는 자신의 캐릭터를 "바람에 의지해서 돌아가는 바람개비 같은 삶을 살았지만, 스스로 날갯짓하는 자유로운 새가 되고 싶은 박미숙"이라고 정의했다. 전형적인 한국 여자의 일생을 살았던 그녀가 60이 다 돼서 새로운 삶에 도전하는 자신을 바라보며 이렇게 정의했다. 참 멋진 그녀다. 그녀는 자기소개 글을 화장대에 적어 놓았다고 한다. 그리고 그녀를 위한 시간과 투자를 이어 나가겠다고 다짐했다.

기계공학을 전공하는 대학생에게 기계공학은 어떤 학문이라고 생각하는지 물어봤다.

나만의 정의 내리기 수업 전에는 "4대 역학을 기반으로 기계 및 관련 장치 설비의 설계, 제작, 성능, 이용, 운전 등에 관하여 기초적 또는 응용적 분야를 연구하는 공학이다."라고 답했다. 하지만 수업 후는 "인간의 상상력을 현실에서 구체화하는 학문이다."라고 답했다. 그 차이를 알겠는가? 첫 번째 대답은 기계공학 개론 서적에서 볼 수 있는 전공자들의 흔한 답변이지만, 두 번째 대답은 이 학생의 전공 철학이 담겨 있는 답변이기 때문에 더 가치 있다. 이렇게 스스로 정의 내리기를 하게 되면 기계공학도로서의 자세와 본인이 앞으로 그 분야에서 어떤 역할을 할 것인지 명확해진다. 아마도 이 학생은 자신의 상상 속에 있던 것들을 현실화하는 공학자가 될 것이다. 이처럼 나만의 정의 내리기는 매우 중요하다. 스피치에서 정의 내리기는 말의 내용을 탄탄하게 하는 힘을 가지고 있다. 누구나 하는 뻔한 이야기를 하지 않으려면 나만의 개념 정리를 해 놓는 것이 좋다. 처음부터 이런 멘트들이 잘 나오지 않는다. 차근차근 단계별로 연습하다 보면 어떤 개념이든 멋진 나만의 정의들이 쏟아져 나올 것이다.

◤ '사전적 정의' STUDY ~타고 타고~~

일단 나만의 정의를 내리기 전에 사전적 정의를 명확하게 하는 것이 좋다. 우리가 당연히 알고 있는 개념도 말로 그게 뭔지 설명하라고 하면 어려울 때가 있다.

외계인에게 지구의 대표 과일인 사과를 설명해야 한다면 뭐라고 말해 줄 것인가? 새콤달콤한 과일? 그러면 과일은 또 어떻게 설명할 것인가? 식용으로 주로 이용하는 열매! 그럼 열매는 어떻게 설명할 것인가? 사실 지식 백과에 나온 사과는 "쌍떡잎식물 장미목 장미과 낙엽교목 식물인 사과나무의 열매"라고 되어 있다. 이 말이 더 어렵다. 쌍떡잎식물? 장미목? 낙엽교목? 열매? 이 모든 단어를 다시 조사해야 한다. 쌍떡잎식물은 씨앗의 배에 나오는 떡잎이 두 개인 식물이다. 그럼 떡잎이란 뭔지 계속 타고 타고 들어가 저 기저의 개념까지 파고 들어 간다. 낙엽교목을 알기 위해선 교목이란 단어의 뜻을 알아야 하고, 교목을 설명하기 위해

선 나무의 개념을 알아야 한다. 장미과를 이해하기 위해선 속씨식물의
개념과 또 그 안의 종자 식물에 대한 개념을 이해해야 한다.

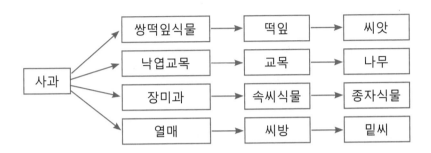

사과 안에는 숨어 있는 단어들이 이렇게나 많았다. 단순히 새콤달콤
한 과일이 아니었다. 이러한 과정은 어휘력이 풍부해질 뿐 아니라, 말
할 소재들이 구체적 실체를 갖게 한다. 단순한 사과라는 개념을 통해
우리는 아주 많은 것을 얻었다.

내가 홈쇼핑 방송을 위해 상품 공부를 할 때도 역시나 개념 정리를
먼저 한다. 간에 좋은 건강식품의 주원료가 밀크씨슬이었다. 밀크씨슬
을 설명하기 위해선 실리마린, 간의 주요 기능, 단백질 대사 및 에너지
대사의 개념들을 먼저 이해해야 한다. 그리고 인체에 피로물질이 쌓이
는 과정과 그것들로 인해 미치는 영향 등 알아야 할 배경지식이 많다.
핵심은 그것을 말로 연습해야 한다는 것이다. 우리는 지식을 활용하는
스피치 기술을 배우는 것이기 때문에 말로 꼭 연습해야 한다.

사전적 의미를 좀 더 명확히 해야 하는 모호한 단어들이 있다. 예를
들면, 목적과 목표다.

목표와 목적의 차이를 명확히 말할 수 있을까? 이 단어들은 우리가 흔히 쓰는 단어이지만 정확한 개념을 말하기란 쉽지 않다. 이때 필요한 것이 국어사전이다!

목표는 어떤 목적을 이루려고 지향하는 실제적 대상으로 삼음 또는 그 대상이란 뜻이고, 목적은 실현하려고 하는 일이나 나아가는 방향이란 뜻이다. 이렇게만 보면 더 어려워진다.

이럴 땐 비슷한 두 개의 개념을 비교해서 설명하는 것이 좋다.

목적은 이루려고 하는 거시적 안목에서 바라보는 지향점이다. 가치 지향적이고 추상적인 반면 목표는 목적을 이루기 위한 작은 지향점이다. 그래서 구체적이고 계량화된 설정치다.

기업의 존재 목적은 이익 창출이다. 이익 창출을 위한 목표들을 설정하게 되는데, 국내 ○○○분야 신뢰성 1위 기업, 수출 10조 달성, 고객 평가 최우수 기업 10년 연속 선정 등이 목표가 될 것이다. 장기적 목표와 단기적 목표로도 구체화될 수 있다.

목적과 목표와 같은 구분 짓기가 모호한 개념들을 모아 각각의 사전적 의미를 알아보고, 그 차이점을 찾아내는 연습을 하면 쉬운 개념 설명이 가능해진다.

매력, 호감, 관심 이 세 가지의 개념도 구분해 보자.

[사전적 의미]

매력: 사람의 마음을 잡아 끄는 힘

호감: 좋게 여기는 감정

관심: 어떤 것에 마음이 끌려 주의를 기울임

이 세 가지 단어의 사전적 의미를 보면 매우 비슷하다. 그래서 세 가지 단어의 묘한 차이점이 무엇인지 전자회사에 다니는 30대 후반의 남성 연구원에게 물어봤다.

매력: 대상자가 가진 긍정적 에너지로 다른 사람을 이끄는 힘
관심: 매력이 있는 대상자를 더 알고 싶어하는 마음
호감: 대상자에 대해 더 알면 알수록 좋아지는 마음

한마디로 이 세 가지 단어의 개념은 한 틀 안에 있고 단계별로 진화되어 간다고 했다.
이번에는 유통업에 종사하는 30대 후반의 여성에게 물어봤다.

매력: 어떤 사람을 만났을 때 느껴지는 특별한 느낌. 기억에 자꾸 남는 것
관심: 시선이나 마음이 자꾸 가게 되는 마음. 잘 알지 못해도 막연하게 느껴지는 흥미로움
호감: 아주 좋아하는 것은 아니지만 좋아하는 것의 초기 단계로, 보통 사물이 아닌 사람에게 쓰는 단어

다음 여성은 본인의 경험이나 느낌을 바탕으로 주로 설명했다. 명제로 설명이 어려운 분들은 상황을 끌어와 설명하기도 한다.

"내가 어떤 남자를 만났는데 아주 잘생긴 것은 아니지만, 괜찮은

사람으로 생각이 될 때가 있고, 외모 상관없이 아주 멋져 보일 때가 있었어. 배우 중에 유해진이 그런 사람인 것 같아. 그게 매력이라고 말하지. 관심은 내가 경험해 보지 못한 것에 하고 싶어지거나 만나지 못한 사람에 대해 만나고 싶어지는 마음이야. 예전부터 벨리댄스에 관심이 있었어. 벨리댄서들이 정말 멋져 보였거든. 아직 시작하지 못했지만. 이럴 때 관심 있다고 말하지. 호감은 우리 회사 옆 부서에 잘생긴 대리님이 있는데 차 한잔하고 싶은데 기회가 없네. 이럴 때 그분한테 호감이 있다고 말해."

이런 설명은 이해하기 쉽고, 학습효과도 좋다. 개념 정리를 하는 연습은 스피치를 좀 더 명확하게 하는 데 매우 중요한 역할을 한다. 논리 스피치에서도 기본은 정의 내리기다.

우리가 아주 자연스럽게 쓰고 있는 단어들 중 그 정의를 말하는 데 경계가 애매한 것들을 구체화해 보면서 사물에 대한 표현 능력을 높일 수 있다. 또 답변하는 내용과 방식을 보면 어느 정도 그 사람의 성향을 파악할 수 있다. 이성적 사람과 감성적 사람이 질문에 접근하는 방식은 약간 다르다. 이성적인 사람은 이론적이나 학문적으로 접근하는 방식을 많이 선택한다. 일반화할 수 있는 개념으로 정리하려는 경향이 있어 꽤 설득력 있는 답변이 나온다. 하지만 때론 더 어렵게 설명될 때가 있다. 감성적인 사람들은 개인이 느끼는 경험과 감정에 치중해서 설명한다. 그래서 의미 전달력은 좋을 수 있지만 듣는 사람이 다시 정리해야 하거나 다시 들은 대로 설명해 보라 하면 설명이 안 될 때가 있다.

이성적인 사람이든 감성적인 사람이든 언어능력이 발달되지 않은 사람들은 이 차이점을 설명하기가 매우 어렵다.

"그냥 느낌이죠."

"말로 설명이 안 되는데……."

"확실히 알고 있는데 어떻게 설명해야 하는지 모르겠어요."

이렇게 답하는 사람들이 꽤 많다. 하지만 개념들을 명확히 언어화하는 이 방법을 통해 언어 운동능력을 깨울 수 있다.

앞서 등장한 30대 후반 그 연구원에게 다른 질문을 해 봤다.

"좋아하는 것과 사랑하는 것의 차이는 무엇인가?"

그의 답변이다.

"정도의 차이이다. 애정을 가지고 아껴 주고 싶은 마음의 초기 단계가 좋아하는 것이고 그 단계를 지나 더 많은 애정이 생기면 사랑의 단계에 이르게 된다."

이런 질문에 정답은 없다. 이 답변으로 그의 사랑에 대한 철학을 살짝 엿볼 수 있다. 좋아하는 것과 사랑하는 것은 같은 맥락에서 보는 것이다.

40대 초반의 여성 방송인에게 물어봤다.

"좋아하는 것은 나를 위한 감정이고, 사랑하는 것은 그 대상자를 위한 감정이다. 좋아하는 감정이 생기면 나를 위해 그것을 즐기려고 한다. 좋아하는 사람과 자주 연락해서 만나고 싶고, 좋아하는 것을 즐기고 갖고 싶어 한다. 하지만 사랑하게 되면 그를 위해 시간을 조절해 주고, 내가 싫은 것도 하게 되고, 내가 사랑하는 것과 그 대상을 지키기 위해 나를 희생할 수도 있다."

이 여성은 좋아하는 것과 사랑하는 것을 같은 맥락에서 보지 않고, 전혀 다른 개념의 감정으로 보았다.

'좋아하다'와 '사랑하다'의 사전적 의미를 보면 사실 차이가 없다. 유의어에 서로 있을 정도이니 우리 생활에서도 비슷한 상황에서 쓰인다는 것이다. 하지만 '좋아하다'와 '사랑하다'라는 말이 탄생한 이유가 분명 있다. 이렇게 분명 존재하지만 말로 표현하기 어려웠던 비슷한 개념들을 나만의 정의를 통해 확실히 표현해 보자.

이런 유의어들을 하루에 한 개씩 또는 일주일에 2~3개씩만 연습해 본다면 당신의 언어능력은 엄청나게 성장할 것이다.

협의 - 절충 - 합의
축소 - 감소 - 감축 - 축약
성장 - 성숙 - 상승
예쁘다 - 아름답다 - 멋지다
조용하다 - 고요하다 - 적막하다
어렵다 - 복잡하다 - 혼란스럽다
힘들다 - 고되다 - 어렵다
......

이렇게 단어 개념의 차이를 정의해 보는 과정으로 복잡하고 추상적인 개념을 구체화하는 단계가 완성되어 가고 있다.

◢◢ 통상적 정의와 나만의 정의

사전적 정의를 알아보니 사실 통상적으로 쓰는 것과 다른 것들이 종종 있다. 통상적 정의라는 것은 사전적 의미와 상관없이 대중이 흔히 사용하는 개념이다. 사전적 정의 내리기 과정을 통해 언어의 명확성과 구체적 어휘력을 늘렸다면 통상적 정의를 통해 언어의 전문화에 도움을 받는다.

예를 들면, '스피치'라는 단어는 외래어지만 많이 쓰이는 단어다. 사전적 정의로는 '말하다'라는 의미의 영어 단어지만 우리는 통상적으로 공식적인 상황에서 쓰는 말 스타일이라는 의미로 쓴다. 오바마의 스피치, 대통령의 스피치, 스티브 잡스의 스피치처럼 말이다. '디스크'라는 단어는 통상적으로 척추질환이란 의미로 사용하고 있지만, 원래 '디스크'는 척추뼈 사이사이에 있는 완충작용을 하는 신체 일부 조직이다. 질병 이름이 아닌데도 우리는 디스크를 질병 이름으로 많이 써 왔다. 우리가 알고 있는 '디스크'는 '추간판탈출증'이라는 정확한 질병명이 따로 있다.

이렇게 통상적으로 쓰이는 단어 중에는 그 의미가 잘못 전해지는 것도 있어서 통상적 의미와 사전적 의미를 제대로 알아야 스피치의 전문성을 높일 수 있다. 그래서 우리가 흔히 쓰고 있는 단어들의 사전적 의미와 대중적으로 또는 현장에서 쓰는 의미를 공부해 놓는 것이 좋다.

'PR'이라는 단어를 어떤 의미로 알고 있는지 사람들에게 물어보면 보통 '알리는 것'이라고 답하는 경우가 많지만, 피알(PR)은 Public relation

으로 공중과 관계를 맺는 것을 뜻한다.

'나를 PR한다'고 말하는 것은 나를 대중에게 알린다는 뜻으로 쓰지만, 원래는 나와 대중과의 관계를 맺는 것으로 해석해야 하는 것이다.

'스마트'라는 단어는 영어 Smart에서 나온 말로 원래의 뜻은 '똑똑한, 맵시 있는'이란 뜻이 있지만, 우리는 인공지능 또는 다기능적인 의미로 더 많이 사용한다.

'스킨'은 피부라는 뜻이지만 우리나라에서는 아주 오랫동안 화장품의 토너를 스킨으로 불러 왔고, '파이팅(fighting)'은 전투에서의 투지를 나타내는 뜻이지만, 우리나라 국어사전에는 운동경기에서 선수들이 잘 싸우자는 감탄사, 또는 응원하는 뜻으로 정의되어 있다. 통상적으로는 운동경기, 전투 현장뿐 아니라 용기를 줄 때 흔히 쓰는 단어다.

최근에는 숫자 '1'을 아주 적은 개념을 나타내는 의미로 쓰는 사람이 늘고 있다. "저는 애교가 1도 없어요." 이런 식의 표현으로 쓰이는데, 애교가 아주 없다는 것을 나타내는 말이다.

이렇게 원래 가지고 있는 단어의 순수한 의미에서 벗어나 일반적으로 약간 다르게 사용하는 단어들이 꽤 많다. 당신의 전문 분야에도 이러한 단어들이 있을 것이다. 그런 것들을 정리해 보면서 말의 전문성을 높여 보자. 내가 매일매일 아주 쉽게 쓰던 단어들의 원래 뜻이 무엇인지 일반적으로 쓰는 개념과 어떻게 다른지 찾아보는 재미 또한 쏠쏠하다. 수준 높은 스피치를 위한 탄탄한 어휘력을 가질 수 있는 좋은 방법이다.

이제 본격적인 나만의 사전집을 만들어 보자. 앞에서 사전적 정의와

통상적 정의에 대해 알아봤으니 나만의 정의를 통해 어휘력에 날개를
달아 보자.

인기 프로그램 〈라디오스타〉의 고정적 질문이 있다. 초대된 손님과
한바탕 토크한 뒤 마지막엔 꼭 이런 질문을 한다.

"당신에게 ○○이란?"

배우에게는 "연기란?"

가수에게는 "노래란?"

개그맨에게는 "개그란?"

막상 이 질문을 하면 연예인들도 잠깐 고민하다 대답을 하곤 한다.
이 대답을 통해 그 분야에 대한 본인의 철학을 알 수 있다.

가끔 MC들의 짓궂은 질문으로 이어지기도 한다.

"김소연에게 연대란?"

"배종옥에게 목졸림이란?"

"지코에게 라디오스타란"

생각지 못한 장난스러운 질문에 누구든 당황함을 느낀다. 그것을 지
켜보는 재미도 있다. 하지만 "나에게 ○○○란?" 질문은 매우 어렵고도
중요한 질문이다. 나에게 있어 어떤 개념에 대한 정의를 내린다는 것은
그 의미와 중요도를 알 수 있기 때문이다. 그리고 정의 내리는 과정에
서 확실한 개념 정립이 가능해진다.

나에게 '스피치란 무엇인가?'라는 질문을 한다면 나는 이렇게 답할
것이다.

'내 꿈이 무엇인지 알게 해 준 것!'

'내 정체성'

'삶의 희망과 목표'

이런 답변들은 지극히 개인적인 답이다.

'누군가에게 새로운 기회를 부여하는 것!'

'내 재능을 극대화하는 기술'

'나를 표현하는 가장 쉬운 언어적 수단'

이렇게 사회적 정의를 내릴 수도 있다. 나만의 정의를 내린다는 것은 사전적 의미처럼 정답이 하나가 아니다. 내가 생각하는 대로 여러 가지 정의를 내릴 수 있다. 많으면 많을수록 좋다. 그만큼 그 개념에 대해 많은 고민을 했다는 것이니까. 가장 기본적인 것은 내가 하고 있는 일에 대해 정의를 내려 보는 것이다. 하고 있는 일이 꼭 전문직이 아니더라도 내가 어떻게 정의 내리느냐에 따라 전문직이 될 수 있다고 생각한다. 그리고 가장 잘 알고 있는 분야이기 때문에 정의 내리기가 쉬어진다. 그다음에 다른 개념으로 옮겨 가면서 연습하면 말의 구체성을 높일 수 있다.

여기서 주의할 점은 나의 직업에 대한 정의를 내릴 때는 업무에 국한해서 생각하지 말고 그 틀을 넓게 보아야 한다는 것이다. 화장품 판매원에게 당신의 일에 대해 정의를 내려 보라고 하자 화장품을 판매하고 피부 상담을 해 주는 일이라고 했다. 사전적 의미에 가까운 대답이다. 그래서 그 일이 고객에게 어떤 기쁨과 이익을 주는지 생각해 보라고 했다. 그러자 '고객에게 아름다움을 주고 삶을 행복하게 하는 직업'이라고 바꾸었다. 이렇게 정의 내리기는 작은 범위에서 벗어나 그 일이 사회적으로 어떤 영향을 미치는지에 대해 긍정적으로 생각해 보면 큰 의미를 찾을 수 있다.

다음의 추상적 단어들에 대해서도 나만의 정의를 내려 보자.
당신에게 젊음이란? 어떻게 정의를 내릴 것인가.

사전적 정의: 젊은 상태, 젊은 기력
통상적 정의: 나이가 적고 혈기 왕성함
나만의 정의: 살아 있다는 느낌을 주고, 뭐든지 할 수 있다는 용기를
  주는 것

당신에게 꿈이란?

사전적 의미: 실현하고 싶은 희망이나 이상
통상적 의미: 하고 싶고 현실로 만들고 싶은 바람
나만의 정의: 달고 쓴 맛을 동시에 느끼게 하는 것. 사는 재미를 느
  끼게 하는 것

정의를 내려 보면 스피치가 명확해진다. 막연하게 머릿속에 맴돌았
던 개념들이 정확한 단어와 문장으로 정리되어 표현력의 구체화가 실
현된다.
그것을 뭐라고 설명해야 할지 모르겠네. 그런 거 있잖아. 왜?
하던 말들을 속 시원하게 꼬집어 표현할 때 느껴지는 그 후련함을
우리는 원한다.

사이다 발언으로 종종 이슈가 되는 인물들을 보면 흐릿했던 생각들을 선명하게 꼭 집어서 설명을 잘한다. 그런 사람들을 부러워만 하지 말고 이런 연습을 열심히 한다면 당신도 충분히 할 수 있다고 말하고 싶다.

3. 보이는 대로 말하기: 리포팅 기법으로 말의 디테일 키우기

얼마 전에 친구와 대학로에 연극을 보러 갔다. 오랜만에 간 대학로는 많이 변해 있었다. 새로운 건물들과 상점들이 들어섰고, 분위기가 많이 바뀌어 있었다. 우리가 가야 하는 극장은 골목골목 사이에 있어 초행길 사람들은 찾기가 쉽지 않았다. 우리는 커피를 사면서 점원에게 그 극장의 위치를 물었다. 점원은 살짝 당황해했다.

'어떻게 설명해야 하지?' 하며 고민하는 것 같았다.

그녀는 일단 나가서 오른쪽 직진하다가 언덕이 나오면 그 언덕을 지나서 나폴리 과자점이 나오면 오른쪽 골목으로 돌아가라고 했다.

다행히 그녀의 안내는 나쁘지 않았다. 그녀 덕분에 헤매지 않고 극장을 잘 찾을 수 있었다.

이렇게 우리는 일상에서 머릿속의 그림을 말로 표현해야 할 때가 있다. 분명이 아는 길, 아는 장소인데도 어떻게 말로 표현해야 할지 난감해진다.

어떤 사람이 얘기하면 약도를 보지 않아도 그림을 보듯 잘 이해가 되고, 어떤 사람의 말은 아무리 들어도 도통 머릿속에 개념이 떠오르지 않는다. 어떤 차이가 이런 결과를 만드는 것일까? 그것은 바로 수신자의 입장에서 정보를 처리하는 과정을 이해하느냐 그러지 못하느냐이다. 내가 보는 대로 상대방이 이해하려면 그들의 시선에서 생각할 줄 알아야 한다. 우리가 스케치북에 밑그림을 그리고 디테일한 색과 부분을 채워 나가는 것과 같다.

뉴스를 보면 방송기자들이 현장 리포트를 하는 장면을 많이 볼 수 있다. 그들은 화면 없이 라디오로만 들었을 때도 청취자들이 그 현장 상황을 잘 파악할 수 있게 설명한다. 그리고 또 현장의 급박한 상황을 거의 실시간으로 말로 표현해 낸다.

설명하는 타이밍도 중요하다. 타이밍이 빛을 발하는 분야가 바로 스포츠캐스터다. 순간의 장면도 놓치지 않고 발빠르게 전달한다. 특히 스포츠 분야에서 가장 빠른 속도를 가지고 있는 장르가 경마다. 경마 아나운서들은 더 신속 정확한 중계를 해야 한다. 당연히 많은 훈련이 필요할 것이다. 이 장에서는 이러한 스피치 전문가들이 말의 속도를 높이기 위해 썼던 스피치 방법을 소개하겠다.

◢◢ 보이는 대로 말하기: 현장 스케치

지금 눈을 책에서 떼어 바로 눈앞에 보이는 것들을 말해 보자.

지금의 장소가 자기 방이나 학교, 사무실, 도서관, 카페 등 다양할 것이다. 일단 눈에 보이는 것들을 모두 말해 보라.

나는 내 사무실에 앉아 있다. 바로 눈앞에 컴퓨터와 키보드가 있고,

왼쪽엔 영양제와 핸드크림 오른쪽엔 필기 도구 용기와 책 몇 권이 쌓여 있다. 그리고 생일 때 받은 꽃바구니가 눈에 들어온다. 꽃바구니는 열흘이 지났지만 아직 장미들은 볼 만하다. 분홍과 빨강의 조화가 아름답다. 더 앞쪽엔 휴식 및 상담용 소파와 탁자가 있다. 소파엔 하트 모양의 쿠션이 놓여 있고, 테이블엔 탁자용 달력과 책 몇 권이 놓여 있다. 몇 년 전에 구입한 소파와 탁자지만 지금 봐도 디자인이 마음에 든다. 깔끔하고 주변 환경에 잘 어우러지는 느낌이다. 하얀 벽면엔 세계 지도 모양의 아트 디자인과 시계들로 인테리어했다. 역시나 이 공간에 잘 어울린다. 왼쪽 벽면은 네 개의 큰 유리창으로 되어 있어 출입구 쪽이 훤히 보인다. 사무실 밖 작은 복도도 다 보여 누가 오가는지 바로 알 수 있다. 화려하지 않지만 세련된 느낌의 나의 공간. 따뜻하지만 정갈한 느낌의 나의 사무실이다.

이렇게 보이는 것들을 하나하나 나열해 보면서 말하다 보면 나도 모르게 집중해서 관찰하게 된다. 우리가 얻는 정보의 대부분을 눈을 통해 얻는다. 거의 90%라고 주장하는 자료도 있다. 이렇게 방대하고 많은 정보를 눈을 통해 얻고 있지만 다시 눈을 통해 꺼낼 수는 없다. 그것을 다시 꺼내는 작업이 말과 글이다. 그중에서 우리는 말을 통해 내 안의 정보를 활용하는 법을 배우고 있다.

2003년 개봉한 영화 〈살인의 추억〉에서 백광호의 진술을 통해 형사 박두만은 그가 범인이 아니라 유일한 목격자라는 사실을 알게 되는 장면이 있다. 백광호의 진술은 구체적이기 때문에 범인으로 오해받았지만, 설명하는 패턴을 듣고 본인이 한 것이 아니라 본 것을 얘기한 것이라고 박두만은 판단하게 된다. 지적 장애자였던 백광호가 처음부터 본 것을 말하는 것이라고 제대로 설명했더라면 범인으로 몰려 고초를 겪는 일은 없었을 텐데 안타깝다. 물론 영화적 요소이기 때문에 너무 사건이 쉽게 풀려도 재미없다.

우리의 일상에서도 눈으로 보고 있는 상황도 제대로 표현하지 못해 답답할 때가 있다. 상황이 급박하거나 예상하지 못했다면 더 당황스럽다.

또래보다 말이 느린 편인 여섯 살 아들을 둔 혜진 씨는 아들과 대화하다 보면 인내심을 발휘해야 한다. 유치원에서 했던 활동들을 물어보면 제대로 설명한 적이 없기 때문이다. 자연학습 시간에 장수풍뎅이를 관찰했는데, 아들은 자기가 본 장수풍뎅이의 모습을 설명하기 어려워했다. 크기는 얼마나 됐고, 다리는 몇 개고, 무슨 색이었는지? 한번에 설명하지 못해 질문을 통해 하나하나 대답을 하게 했다.

여섯 살 아이가 아니더라도, 지적장애가 없더라도, 본 대로 경험한 대로 말하기 어렵다면 그것은 눈을 통해 얻은 정보를 뇌에 저장해 놓고 그것을 언어로 표현하는 운동능력이 발달하지 않아서다. 하지만 걱정할 필요는 없다. 지금부터 그 운동영역을 발달시키면 된다.

현장 스케치 Step 1
»» 30초 동안 가장 많은 것을 얘기하라!

지금부터 눈에 보이는 모든 것을 말하라. 30초 동안 몇 개의 문장, 단어를 말하는지 체크해 보자. 장소는 말할 거리가 많은 곳이면 더 좋다. 한정된 공간에서는 말할 소재가 적다. 공원이나 시장, 마트, 쇼핑센터가 좋은 곳이다.

장소	관찰 목록
시장 사거리	신호등, 속옷가게, 주유소, 검정색 패딩 입은 여성의 손에 무거워 보이는 짐 꾸러미, 신호대기 중인 파란색 트럭, 흐린 하늘, 앙상한 가로수가 바람에 흔들리는 모습, 시장으로 들어가려는 탑차들, 전봇대에 매달린 벼룩시장 신문함, 핸드폰을 들고 누군가 통화하며 걷는 남성……

이렇게 무조건 보이는 대로 말해 보자. 1초당 1개 이상의 단어가 나와야 언어 운동능력이 좋다고 평가할 수 있다. 눈에 뻔히 보이는 것들을 말하는데 30초에 10개를 넘지 않는다면 심각한 언어 운동능력 허약자다. 하지만 우리가 헬스를 통해 근력을 키우면 운동기능 또한 좋아지듯 언어의 운동능력도 훈련을 통해 좋아진다. 매일 이 리스트를 만들어 2~3번씩 연습하다 보면 말의 속도를 높일 수 있다.

현장 스케치 Step 2
》》》 '간판 읽기'

운전하다 보면 전방 주시를 해야 하므로 주변에 신경을 쓰면 안 된다. 하지만 시내 운전을 하다 보면 보고 싶지 않아도 눈에 들어 오는 것들이 있다. 수많은 간판! 이 간판들이 스피치 연습의 아주 좋은 소재라는 걸 아는 사람은 별로 없을 것이다. 일을 하다 보면 운전하는 시간이 많다. 그 시간이 사실 아깝기도 해서 운전하면서 발성 연습이나 스피치 연습을 주로 많이 했다. 그중에 하나가 간판 읽기다. 빠르게 지나가는 간판들을 멀리 눈에 보이는 것부터 정확한 발음으로 읽어 보는 것이다. 버스나 택시를 탈 때는 더더욱 좋다.

보고 말하고 보고 말하고 보고 말하고……

마치 헬스장에서 벤치프레스나 레그프레스 할 때처럼 호흡, 릴렉스와 긴장 타임을 번갈아하듯 빠르게 지나가는 간판들을 최대한 빼먹지 않고 읽어 본다. 생각보다 우리나라 간판 이름은 정말 다양하다.

현장 스케치 Step 3
》》》 '리포터가 되어요!'

뉴스나 정보 프로그램을 보면 현장 상황을 기자나 리포터가 전해 줄 때가 있다. 미리 원고를 작성하는 경우도 있지만 현장 리포팅은 즉흥으로 이루어질 때가 많다. 순발력과 전달력을 모두 갖추어야 할 수 있는 일이다. 그래서 전문방송인은 아무나 하는 게 아니며 고도의 훈련이 필요하다. 짧은 시간 동안 현장의 상황을 시청자에게 빠르고 정확하게 전달한다는 것은 결코 쉬운 것이 아니다. 그들을 벤치마킹해 스피치 연습에 활용하면 큰 도움이 된다.

우선 리포팅할 대상을 선정해야 한다. 혼자 하는 연습 방법 중 가장 좋은 것은 내가 말 소재가 되는 것이다. 언제 어디서든 할 수 있고, 잘 알고, 특별한 준비가 필요 없기 때문이다.

마치 누군가에게 중계하듯 나를 내가 리포팅하는 것이다.

"오늘 저녁 메뉴는 꽁치김치찌개입니다. 돼지고기김치찌개는 남편이 좋아하지만, 오늘은 딸이 좋아하는 꽁치김치찌개로 정했습니다. 김치찌개 맛의 핵심은 역시 김치죠. 작년에 담갔던 묵은지를 꺼냈습니다. 시원하고 시큼한 향이 풍겨 오네요. 빛깔도 푹 익은 빨간 김치색으로 그냥 먹어도 맛있을 것 같습니다. 김치와 꽁치 캔을 준비하고, 멸치 육수를 끓입니다. 다시마도 넣지만 오늘은 다시마가 없어 멸치 육수로 대체합니다. 육수가 끓어오르면 김치를 통째로 넣습니다……."

김치찌개 끓이는 과정을 하나하나 중계해 봤다. 처음에는 말이 잘 안 나온다. 행동과 말을 동시에 한다는 것은 결코 쉽지 않다. 하지만 이것에 익숙해진다면 점점 스피치 실력이 늘고 있는 것이다.

나는 운전하면서도 이 현장 리포팅을 많이 해 본다.

"경부고속도로를 달리다 한남대교에서 올림픽대로에 진입했습니다. 수원에서 양재까지는 괜찮았지만, 역시 양재부터는 많이 막히는군요. 이런 지루한 시간을 덜 힘들게 보내기 위해선 음악이 필요합니다. 주로 라디오를 듣는데 오늘은 제가 좋아하는 뮤지컬 넘버를 들어 볼까 합니다. 왼쪽 버스 차선은 그나마 낫군요. 광역버스들이 쌩쌩 지나갑니다."

이렇게 운전을 하면서 도로 상황, 내 행동, 주변 차량들을 보이는 대로 중계한다. 절대 말이 끊기지 말아야 하며, 눈에 보이는 것뿐 아니라

들리는 것, 생각나는 것들도 중계 내용에 상관없이 포함된다. 최근에는 1인 미디어가 발달하면서 SNS 실시간 방송을 하는 경우가 많다. 이런 방송을 보면 내가 혼자 리포팅했던 기억이 떠오른다. 나는 SNS 개인방송 경험은 없지만, 실제로 그런 행동은 많이 했었다. 집에서 청소를 하거나 요리를 하면서도 계속 혼자 누구에게 얘기하듯 중얼거렸다. 그 모습을 본 우리 남편은 나를 항상 이상하게 쳐다 보곤 했다. 누구랑 대화하냐며.

말하는 직업인데 말을 평소에 하지 않으면 당연히 퇴화된다고 생각했다. 일상적인 소통 수준의 말하기가 아니라 나는 누구보다도 말을 잘해야 했다. 다 아는 김치찌개 끓이는 법도 막상 누구에게 설명하라 하면 버벅대기 마련이다. 생각만 하지 말고 그것을 말로 뱉어내는 과정을 통해 실체화되고 결과물로 남는 것이다.

"일이 늦게 끝나 힘들어하는 나를 위해 늦은 시간 우리 남편은 설거지를 하고 있다. 나는 거실에서 내가 좋아하는 시사토론 프로그램을 틀어 놓고, 노트북을 만지고 있다. 남편이 열심히 그릇을 닦는 모습이 보인다. 얼굴은 무표정이다. 불만이 있는 것 같진 않다. 설거지가 일상이 된 듯한 표정이다. 키가 커서 낮은 싱크대에 몸을 낮추고 그릇을 헹구는 모습이 짠하다. 다음에 이사할 땐 그를 위해 싱크대를 높게 설계해야겠다."

늦은 밤 일을 마무리하며 설거지를 하고 있는 남편을 보며 했던 현장 리포팅이다. 보이는 것과 내 생각들을 적절하게 떠오르는 대로 말한다. 이렇게 사람 한 명을 지정해 그 사람의 동선을 따라가며 중계하는 방식도 좋다.

말을 잘하는 사람들은 말을 많이 하는 사람들이다. 말을 하지 않는데 말을 잘할 수는 없다.

'침묵이 자신을 잡아먹게 두지 마라.'

영화 〈내 아내의 모든 것〉에서 '정인'(임수정)의 대사 중 하나다. 수다쟁이 연정인은 하루 종일 좋알대는 여자다. 이 영화는 잔소리가 너무 심해 남편이 그녀와 헤어지고 싶어 벌어지는 해프닝을 그린 코믹 영화다.

그녀는 침묵을 극도로 싫어하며 누군가와 끊임없이 말을 하고, 말을 하지 못할 때는 청소기를 돌리거나 세탁기를 돌려 그 소리로 공간을 채우는 캐릭터다. 결국 그녀의 수다 본능은 라디오 방송 게스트로 출연하게 되는 계기를 만들고 스타가 된다.

이렇게 말은 생각과 동시에 뱉어 내야 훈련이 되는 것이다. 우리는 말을 아끼고 아무 말이나 하면 안 된다는 전통적 교육 환경에서 언어 운동능력이 퇴화되었다. 이제 그 잠재력을 깨워야 할 때다. 이런 말을 해야 하나 말아야 하나 하는 생각은 잠깐 안주머니에 넣어두자.

제2장
스피치 게임
–재미있는 스피치 연습으로 생각 확장하기

1. 연상 게임: 생각의 가지를 키우다

스피치 게임은 교육생들이 스피치를 지루한 마라톤처럼 생각하는 경우가 많아 스피치 훈련에 대한 부담을 덜어 주기 위해 고안한 것들이다. 창의적 생각을 위한 훈련에서 힌트를 얻어 활용한 것과 내가 현장 교육에서 하던 게임들을 모아 보았다.

제1장을 통해 말의 소재를 많이 확보해 놓고, 순발력을 키웠다면 이제는 생각을 확장하여 말 소재들의 연결고리를 찾는 과정을 스피치 게임 편을 통해 도움받을 수 있을 것이다.

첫 번째는 연상 게임이다. 한 가지 단어를 정해 놓으면 그것과 연결되는 단어들을 최대한 많이 말하는 사람이 이기는 게임이다.

키워드는 숫자다. 우리 삶에서 녹아 있는 대표적인 숫자들이 있다. 1, 2, 3, 4, 7, 10이 바로 그것이다. 1 하면 떠오르는 개념을 말해 보라. 몇 가지나 나오는가?

1: 1등(위), 장녀, 장남, 최고, 유일한(하나뿐인), 기네스, 금메달, 최초, 1
　시, 첫 번째, 매우 적은(1도 없다), 우선(먼저), 엄지, 검지……

이 밖에 더 나올 수 있다.
그럼 2, 3, 4, 7도 해 보자.

2: 안경, 젓가락, 장갑, 신발, 자전거 바퀴, 목발, 양말, 2% 부족한 (약간
　아쉬운), 커플, 부부 남녀……
3: 서론 본론 결론, 상중하, 고중저, 음악의 3요소, 아침 점심 저녁,
　트리오, 돼지 삼형제, 삼국시대, 삼발이, 3D, 제3세계
4: 의자다리, 책상 모서리, 기승전결, 4/4분기, 봄여름가을겨울, 사군
　자, 4륜 구동, 사면초가, 사자성어, 동서남북, 사거리
7: 북두칠성, 요일, 무지개, 행운의 숫자, 견우직녀, 성공하는 사람들
　의 7가지 습관, 칠공주, 세븐업, 일곱 난장이, 미운 일곱살, 칠전팔
　기, 칠거지악
10: 십장생, 십상시, 십자가, 손가락, 발가락, 오징어 다리, 십진법, 십
　중팔구, 십 년 감수, 십인십색, 십 년이면 강산이 변한다. 십계명

이렇게 숫자 하나에도 연결된 또 다른 키워드들이 아주 많다. 숫자는
우리 삶에 많은 의미 부여를 할 수 있는 좋은 스피치 연습 소재이다.

두 번째 연상 게임 주제는 색이다. 색깔을 통해 연상되는 단어들도
꽤 많다. 여러분은 빨강 하면 어떤 단어가 떠오르는가? 사과, 립스틱,

산타클로스, 열정, 태양, 여름, 섹시, 여성 등이 있다. 이런 단어는 흔하게 떠오르는 단어이다. 세상의 빨간색을 띠고 있는 모든 것을 말해도 좋고, 빨강이 가지고 있는 이미지나 의미를 생각해서 연결해도 좋다. 빨강머리 소녀 앤이 떠오르기도 하고, 볼 빨간 사춘기라는 가수가 떠오르기도 할 것이다. 홍안(볼에 홍조를 띤 생기 있는 얼굴)이라는 단어도 빨강과 연결된다.

흰색은 더 무궁무진한 단어들이 연상될 것이다. 검정은 어떤가? 이 또한 많은 단어와 연결되어 있다. 직접 하나하나 떠올려 보면서 자신의 어휘 능력을 점검해 보기 바란다.

이 게임은 혼자 할 수도 있지만 자녀와 함께 해도 좋고, 끝말잇기처럼 심심할 때 친구들과 해도 좋다.

세 번째 연상 게임 주제는 자연이다. 바다, 산, 하늘, 강, 들, 계곡 등 자연을 통해 연상 단어를 떠올려 보자. 일차원적 연상 단어는 아마 직접적으로 관련된 단어들일 것이다. 바다 하면 물고기, 짠맛, 해초, 배 이런 것들이 바로 그런 단어들이다. 좀 더 삼차원적으로 접근하면 욕망, 자유, 외로움, 무한한 가능성 등이 있다. 이렇게 연상 단어들 중에서도 직관적인 것과 상징적인 것으로 나눌 수 있는데, 보다 삼차원적으로 생각하는 연습을 하는 것이 스피치의 깊이를 키우는 데 도움이 될 것이다.

네 번째 연상 게임 주제는 감정이다. 열정, 행복, 좌절, 희열, 아픔, 사랑 등 감정을 주제로 한 단어들과 관련된 연상 단어를 나열해 보자. 열정 하면 떠오르는 단어는 어떤 것이 있을까? 꿈, 젊음, 신입사원, 페이, 도전이라는 단어가 떠오른다. 개인적 경험에 의한 것도 좋다. 달리기,

공부, 불면증. 이 단어들은 내가 개인적으로 떠오르는 단어. 10년 동안 쉬지 않고 달려온 삶, 일하면서 공부에 대한 열망으로 다시 대학원에 들어가고, 어떤 것에 열정적으로 몰두하다 밤새는 일이 많아지며 불면증이 생겼던 삶. 이런 경험 때문에 나는 열정의 연상 단어로 달리기, 공부, 불면증을 떠올렸다. 연상 게임은 납득할 수 있게 설명이 가능하다면 뭐든지 괜찮다.

다섯 번째 연상 게임 주제는 각자의 전문 분야. 스피치하면 떠오르는 것은 발표, 목소리, 프레젠테이션, 면접 등이 있다. 인간관계, 기회, 합격, 성공, 꿈, 목표도 연상되는 단어다. 개인적 경험으로 연상하라면 삶의 가치, 진짜 인생, 인연, 공헌이라는 단어를 추가하고 싶다.

이 게임의 핵심은 최대한 많은 연관 단어를 뽑아내는 것이다. 그리고 그 이유가 설득력이 있어야 한다.

건축공학과를 나온 공대생에게 건축공학을 주제로 연상 단어를 말해 보라고 했더니, 일차원적인 단어를 넘어 개인적 경험과 전공 철학을 바탕으로 이어진 단어는 역사라고 했다. 역사적으로 남길 수 있는 건축물을 만들겠다는 의지다.

연상 게임은 어떤 주제를 선택하더라도 모두 가능한 것이 장점이다. 특정 명칭을 해도 좋고 사람 이름을 해도 좋다. 이 연상 게임을 통해 자신의 어휘력을 점검하고 단어와 단어 사이의 연결고리를 생각하면서 스피치 연결성을 키울 수 있다. 그리고 추상적 개념에 구체적 개념을 더해 가는 과정에서 말의 명확성과 실체화가 가능하다.

실체화라는 것은 내 머릿속에 떠다니는 막연한 개념들을 말로 표현이 가능할 정도로 구체화하는 것이다. 남자에게 정말 좋은데 어떻게 말로 표현할 방법이 없다는 광고 문구가 떠오른다. 그 광고는 심의 때문에 표현하지 못하는 내용을 그런 식으로 표현했지만, 내가 말하고자 하는 내용이 구체적으로 어떤 단어와 문장을 써서 설명해야 할지 모를 때가 있다. "그거 있잖아, 왜 그거.", "내가 말하고 싶은 게 그게 아닌데~" 하며 정확히 뭘 말하려고 하는지 설명이 안 되는 사람이라면 이 연상 게임을 통해 도움 받을 수 있을 것이다.

2. 단어 연결 게임: 연결고리를 찾아 문장의 확장성을 키우다

단어 연결 게임은 쇼호스트를 준비하는 교육생 시절에 많이 했던 게임이다. 스터디 모임에서 이 게임을 주로 하며 말의 순발력과 논리성을 키웠다. 쇼호스트는 어떤 방송인보다도 즉흥 스피치에 강해야 한다. 100% 생방송으로 진행되고 짜인 대본이나 프롬프트가 없기 때문에 머릿속의 내용을 상황에 맞게 말로 신속하게 표현해야 한다. 실시간 구매 상황을 보면서 PD의 요구에 따라 진행 방식도 바꿔야 한다. 그리고 파트너 쇼호스트의 멘트를 잘 받아 쳐야 하고, 호흡이 맞아야 하기 때문에 경청과 응용 능력도 필요하다. 그때 많이 했던 게임이 바로 단어 연결 게임이다.

게임 방법은 간단하다. 작은 메모지에 무작위로 단어들을 적는다. 많으면 많을수록 좋다. 명칭 단어부터 감정과 추상적 단어, 사람 이름, 속담, 명언, 모두 가능하다. 50개 정도 단어를 준비한다. 혼자 하기 힘들다면 여러 사람한테 다섯 장씩만 적어 달라고 해도 좋다. 이렇게 쓴 메모지를 보이지 않게 두 번 접어 상자 안에 모두 넣고 잘 섞어 놓는다.

그리고 본격적인 게임이 시작된다.

상자 안의 단어 쪽지 중 두 개를 고른다. 그리고 뽑은 단어를 이용해 스토리를 즉흥으로 만들어낸다. 그 스토리가 맥락과 문맥이 맞아야 하며 단어의 연결성이 확보되어야 한다.

하지만 단순한 연결은 안 된다. 나열식이나 스토리가 빈약하면 인정하지 않는다.

예를 들면 사과와 첫사랑이라는 단어가 나왔다. 두 단어를 이용한 스토리를 만들어 보자.

"내 첫사랑은 매일 아침 사과를 먹었다."

⇨ X (내용이 빈약하고 전혀 맥락이 없다.)

"사과를 좋아했던 첫사랑 그녀는 사과처럼 예쁘고 상큼했다. 나는 그녀를 위해 100일 기념일에 사과 파이를 직접 만들어 선물했다."

⇨ O (사과와 첫사랑의 적절한 스토리가 만들어졌다.)

"사과를 볼 때마다 첫사랑 그녀가 떠오른다. 사과를 유독 좋아했던 그녀는 사과처럼 상큼하고 예뻤다. 사과를 한입에 베어 물고 입을 오물오물 거리며 먹는 모습이 너무 귀여웠다. 그녀는 사과를 좋아하는 것만큼 나를 좋아하는 감정을 감추지 않고 잘 표현해 주었다. 내가 힘들 때 위로가 되어 주고, 언제나 나를 아껴주었다. 절망에 빠져 있을 때 예쁜 사과 하나를 건네며 힘내라고 용기를 준 그녀. 그녀의 사과는 나에게 한 줄기 빛이 되었다."

⇨ ○ (사과와 첫사랑에 관한 가슴 따뜻한 이야기가 만들어졌다.)

두 번째와 세 번째 스토리가 게임에서 통과할 수 있는 수준의 이야기다. 첫 번째는 탈락이다.

이야기 속에 단어가 들어간다고 해서 다 되는 것이 아니라, 맥락이 있는 이야기가 만들어져야 한다. 두 번째는 평범한 수준이지만 나쁘지 않다. 명백한 스토리라인이 있다. 세 번째는 더 나아가서 스토리 구성이 더 구체적이고, 주제의식이 분명하다. 처음부터 세 번째 스토리처럼 말할 수는 없다 하더라도 반복적 연습을 하다 보면 실력이 늘어날 것이다.

단어 두 개로 만들어 보는 것이 가장 쉬운 단계이다. 단어 두 개가 쉽다고 느껴졌다면 세 개, 네 개로 늘려서 스토리텔링을 해 본다. 전혀 관련 없는 단어들이 나올수록 난이도가 높아질 것이다. 높은 난이도의 스토리텔링도 가능하다면 당신의 스피치 수준 또한 높아진 것이다.

각각의 독립된 단어의 의미들을 이어나갈 수 있는 연결고리를 찾는 것이 핵심이다. 사과와 첫사랑이라는 단어는 각각의 독립된 단어로 그 사이를 연결하기 위해 첫사랑과 사과의 에피소드를 만들었다. 그것을 사랑의 매개체로 표현했다. 첫사랑 그녀가 좋아하는 단순한 기호식품 사과로 표현하지 않고, 연인에 대한 사랑을 사과로 표현한 그녀의 이야기가 맥락을 만든 것이다. 소설이나 동화작가를 꿈꾸지 않아도 이러한 이야기를 만들어 내는 것으로 스피치의 당위성을 갖는 훈련이 된다. 건강식품 방송을 할 때 이런 훈련을 많이 했던 것 같다. 여성 갱년기 제품인 석류즙을 단순히 여자에게 좋다라고 말하지 않고, 여자와 석류를 연결할 만한 풍성한 이야기로 고객의 마음을 움직이게 한다.

"나이가 들어도 언제나 여자로 살고 싶은 마음은 누구나 같을 것입니다. 누군가의 엄마가 아닌 아름다운 여자로 살기 위해서는 여성성을 지키는 것이 무엇보다 중요한데요, 그래서 클레오파트라, 양귀비도 자신의 아름다움을 위해 먹었다는 석류를 권해 드립니다."

이렇게 여자와 석류라는 단어 사이에 연결고리가 완성되었다.

항산화 성분이 많이 들어간 베리류나 스파루리나, 혈관 건강에 좋은 오메가3 같은 건강식품은 눈에 보이는 효과가 없기 때문에 많은 스토리라인을 가지고 소구해야 한다. 그래서 주요 키워드를 연결할 수 있는 다양한 스토리를 쇼호스트들은 준비한다. 이런 훈련을 통해 어떤 단어를 던져줘도 자연스럽게 연결되는 말하기를 할 수 있는 것이다. 훈련되지 않은 일반인 게스트가 출연해서 말실수를 해도 그것을 상품의 긍정적인 부분과 연결할 수 있는 사람들이 쇼호스트다.

그럼 이번에는 단어 세 개에 도전해 볼까? 실제로 우리 교육원의 교육생들에게 이 세 단어를 주고 스토리를 짜 보라고 했다.

'장미', '유턴', '백지장도 맞들면 낫다.'

교육생 1   "백지장도 맞들면 낫다라는 말이 있듯이 혼자가 아닌 누군가와 함께하는 삶이 중요하다고 생각합니다. 그래서 저는 행복과 힘든 순간을 함께할 수 있는 제 짝을 찾기 위해 오늘도 노력하고 있습니다. 바로 오늘 그녀에게 고백을 하는 날입니다. 장미를 준비해서 그녀에게 안겨 주었습니다. 하지만 그녀가 망설입니다. 그래도 저는 유턴하지 않고 그대로 직진하기로 했습니다. 내 인연을 찾기 위해 저는 계속 달려갈 것입니다."

교육생 2 "운전면허 시험에 세 번째 도전입니다. 도로주행에서 항상 낙방했는데, 유턴 지역에서 계속 헤맸습니다. 차선 변경 시기와 뒤차 간격을 잘 보지 않고 핸들을 꺾어 버려서 점수가 깎였습니다. 백지장도 맞들면 낫다는 말이 있듯 혼자 하지 말고 누군가의 도움을 받아야겠다 생각했습니다. 일요일 남편에게 도로주행 연습에 동행해 달라 부탁했습니다. 흔쾌히 허락한 남편의 도움을 받아 이번엔 당당히 합격할 수 있었습니다. 그리고 합격한 날 남편이 장미 한 송이를 선물해 주었습니다. 정말 행복한 하루였습니다."

교육생 3 "불법 유턴 차량 때문에 큰 전복 사고가 발생했습니다. 피해 차량은 웨딩카로 막 결혼식을 끝낸 신혼부부가 탄 차량이었습니다. 장식된 장미들이 조각난 차량 파편과 섞여 바닥에 흩어졌습니다. 전복된 차량 안에는 아직 신혼부부가 탈출하지 못하고 끼어 있었습니다. 주변 사람들이 힘을 합쳐 무거운 차량을 들어 올려 부부를 구출했습니다. 백지장도 맞들면 낫다더니 혼자서는 도저히 움직이지 않았던 차가 여러 명이 함께하니 가뿐히 움직였습니다. 이런 급박한 상황에서는 서로서로 협력하는 것이 중요합니다."

이 게임을 할 때 규칙은 시간제한이다. 생각할 시간을 10초만 주고 즉흥적으로 말하게 해야 한다. 시간을 무제한 주거나 글을 써서 발표

하는 것은 쉽게 누구나 할 수 있기 때문이다. 이 게임의 핵심은 독립된 단어의 연결고리를 신속하게 찾아내어 말로 정리하는 데 있다.

나는 연상 게임용 상자를 교육원 교실에 비치하여 교육생들에게 생각나는 단어를 적어서 그 상자 안에 수시로 넣으라고 한다. 그렇게 쌓인 쪽지만 수백 장이다. 단어를 추첨하듯 뽑아서 게임을 수업 중간중간 진행한다. 수업이 딱딱하고 힘들어질 때쯤 게임을 통해 아이스브레이킹 하기도 하고, 그 게임이 메인이 되어 한 시간 내내 하기도 한다. 5~6명이 한 시간 동안 이 게임을 하다 보면 머리가 쥐가 날 것 같다고 하지만, 그 뒤로 상상력과 창의력이 좋아지는 것을 느낄 수 있다. 그리고 스피치 순발력 향상에도 도움을 받는다.

3. 금지어 게임: 꼭 그 단어가 아니어도 돼!
-방해 요소 피해가기

홈쇼핑 방송에서 해서는 안 되는 말이 굉장히 많다. 방송심의 때문이다. 석류즙을 파는데 갱년기, 폐경, 우울증, 다한증, 여성호르몬. 이런 단어를 못 쓴다. 그냥 여자에게 좋은데~ 이러면서 팔아야 한다. 과대광고의 위험성 때문에 정해 놓은 규정에 따라 멘트를 해야 한다. 두피 샴푸 광고인데 모발, 두피 건강, 탈모, 이런 단어를 못 쓰는 경우도 많다. 그래서 쇼호스트는 핵심 단어와 같은 의미의 문장과 스토리를 찾아내야 한다. 그렇게 하다 보면 간단한 '갱년기'라는 말을 '중년의 여성이 여성성의 결핍으로 신체적, 정서적 변화가 일어나는 시기'로 풀어서 설명해야 한다. 이것에 착안하여 만든 게임이 금지어 게임이다.

게임 방법은 스피드 게임과 비슷하다. 한 사람이 다른 사람에게 단어의 뜻을 설명하여 맞추게 해야 한다. 그런데 단서 조항이 있다. 그 단어를 설명할 때 써서는 안 되는 말이 있다. 그 단어를 빼고 설명해야 한다. 예를 들면 '백악관'을 설명하는데 금지어가 '대통령, 미국, 사람 이름'이다. 백악관을 설명하기 위해서는 대부분의 사람들은 미국, 대통령, 오바마, 트럼프, 집 등의 단어를 사용할 것이다. 그런데 그 핵심 단어를 쓰지 않고 설명하는 것이 이 게임의 핵심이다.

'220개국 중 가장 강력한 힘을 가지고 있는 나라의 최고 권력자가 사는 곳'이라고 설명하면 납득이 되는가? 그렇다. 굳이 대통령, 미국을 언급하지 않아도 우리는 백악관을 설명할 수 있다.

이번 단어는 '스포츠'다. 각종 운동 경기 이름을 다 동원해서 설명하거나, 운동 선수 이름이 나오거나, 규칙이 있는 신체 활동 경기를 총칭하는 말이라고 설명할 수 있다.

여기에 금지어는 '운동경기 이름'과 '사람 이름', '경기'다.

그러면 어떻게 설명해야 할까?

'규칙이 있는 신체 활동으로 더 우월함을 겨루는 경쟁이다. 개인 경쟁과 팀 경쟁이 있고, 이것들을 하나의 축제처럼 일정 기간 모여서 많은 나라들이 참여하는 것이 올림픽이다.'

금지어를 쓰지 않아도 다른 어휘를 활용해서 설명이 가능하다. 확실히 어휘력이 좋은 사람이 유리한 게임이다. 이 게임을 통해서 어휘력이 부족한 사람은 충분히 개선이 가능하다. 처음에는 시간 제한을 두지 않고, 천천히 생각하면서 설명하는 연습을 하다 보면 점점 속도가 빨라질 것이다.

방해요소 극복하기- 금지어 게임

바다	세종대왕	문재인	하이힐	졸업
어류 이름, 산	한글, 조선, 왕	대통령, 이름, 최고	여자, 구두, 굽	학교, 학생, 입학
저녁	친구	맥주	결석	시츄
하루, 아침, 점심	우정, 친하다, 사람	치킨, 술, 알코올	학교, 출석, 학생	강아지(견), 동물
나무	마블	숙제(과제)	입학	감기
뿌리, 열매, 잎	영화이름, 히어로이름	학생, 선생님, 학교	학교, 졸업, 학생	질병, 콧물, 기침
호랑이	스마트폰	게임	그림	불
동물, 사자, 의성어	전화, 톡(문자), SNS	오락, 중독, 여가	붓, 물감, 그리다	화재, 요리, 물
올림픽	영화	비행기	소설	물
스포츠, 금은동메달, 4년, 오륜	극장, 명칭, 팝콘	여행, 날다, 명칭	명칭, 작가, 글	불, 목마름, 삶
방학	만화	컴퓨터	축구	아빠
개학, 학교, 휴가	그림, 명칭, 스토리	프로그램, 문서, 명칭	명칭, 스포츠, 발	엄마, 남자, 부모
여행	코스모스	학교	유럽	볼펜
휴가, 떠나다, 사진	꽃, 가을, 추억	학생, 교육, 선생님	명칭, 여행	필기, 메모, 종이(노트)

위의 표는 금지어 게임 단어들이다. 이 게임은 각자 몇 개씩 만들 수도 있고, 이렇게 책에 나와 있는 금지어 단어들을 활용해도 좋다.

표에 있는 '아빠'라는 단어를 금지어를 빼고 설명해 보자. 당신이라면 어떻게 설명하겠는가? '아버지'라는 단어와는 또 다르다. 설명을 듣고 '아빠'라는 단어를 상대방이 바로 맞힐 수 있어야 한다.

• 아이가 태어나는 데 생물학적 정자를 제공하는 사람을 낮춰 부르는 말

또는

- 우리 가족을 든든하게 지켜 주는 히어로 같은 존재를 어릴 때 부르는 말

이렇게 그 단어를 이성적 논리로 접근하느냐 감성적으로 접근하느냐에 따라 설명의 양상도 달라진다. 어쨌든 전달만 된다면 오케이다. 한 단어를 사전적 정의 외에도 다양하게 설명할 수 있다는 것이 핵심이다. 교육생들과 이 게임을 하다 보면 잘하는 사람도 있지만 처음에는 많이 당황해한다. 핵심 단어를 빼고 설명하라 하니 갑자기 어휘가 떠오르지 않기 때문이다.

이 중 가장 어려워했던 단어는 '올림픽', '컴퓨터', '마블'이다. 영화 이름과 주인공 이름을 말하지 말고 설명하라니 쉽지 않다. 당신이 만약 쉽게 설명할 수 있다면 이 책을 끝까지 볼 필요가 없을 것이다.

4. Up & Down 게임: 부정의 부정은 긍정! 반대 개념으로 통하다

이 게임은 TV프로그램에서 뇌과학자가 창의력 개발을 위한 게임으로 소개한 적이 있다. 이 게임을 응용하여 스피치에 접목해 보았다. 한 가지 개념을 말할 때 '상승한다' 또는 '올라간다'로 시작한다. '내려간다' 또는 '하강한다'로 시작해도 좋다. 한 사람이 '○○○가 상승한다'라고 하면 '○○○가 내려간다'라고 해야 한다. 그 문장의 내용은 논리

적으로 맞아야 한다. 내려간다, 올라간다를 반복하여 말하는 것이 이 게임의 규칙이다. 그 사이사이 넣어야 하는 개념들을 빨리 생각해서 말해야 한다는 것이 이 게임의 핵심이다.

예를 들면 '가을이 되니 식욕이 올라간다.'라고 하면 다음 사람은 식욕이 올라가면 상대적으로 내려가는 것을 말해야 한다.

-식욕이 올라가면 다이어트 의지가 내려간다.
-다이어트 의지가 내려가면 체중이 올라간다.
-체중이 올라가면 인기가 내려간다.
-인기가 내려가면 좌절감이 올라간다.
-좌절감이 올라가면 의욕이 내려간다.
-의욕이 내려가면 업무 실패율이 올라간다.

끝도 없이 이어지는 Up & Down이다. 전체적인 논리는 맞지 않는다. 식욕이 올라간다고 해서 업무 실패율이 올라가지는 않는다. 이 게임은 한 문장 안에서 당위성이 있으면 된다.

이 게임을 잘할 수 있는 방법은 '내려간다, 올라간다'의 주어를 서로 반대 개념으로 찾는 것이다.

식욕과 다이어트 의지, 체중과 인기, 인기와 좌절감은 상반되는 개념들이다. 같은 up 또는 down으로 설명될 수 없다. 그런데 이 게임을 어려워하는 사람들은 대부분 같은 의미 선상의 단어를 먼저 생각한다는 것이다. '식욕이 올라가면 체중이 올라간다.'로 바로 이어진다.

'스트레스 지수가 올라가면 우울지수가 올라간다.' 이렇게 생각하기 쉽다. 이러한 방법은 생각의 창의성이나 스피치 연습에 도움이 되지 않는다. 그래서 반대 개념으로 생각하는 연습을 하는 것이다. 우리가 말을 잘한다는 것은 필요한 단어와 문장을 빠르게 떠올리고 배열하여 정확한 표현력으로 나올 때이다. 상반되는 개념과 동일한 개념을 일관성 있게 찾아내는 훈련으로 언어의 뇌와 운동능력을 모두 발달시키는 것이다. 올라가는 스트레스 지수에 내려오는 행복지수를 배치하면 이 게임의 규칙에 맞아 떨어진다. 우울지수와 상반되는 행복지수를 넣으면 완성이 되는 것이다. '스트레스 지수가 올라가면 행복지수가 내려간다. 행복지수가 내려가면 우울지수가 올라간다. 우울지수가 올라가면 삶의 의욕이 내려간다. 삶의 의욕이 내려가면 공허한 시간을 보내는 비율이 올라간다.' 이렇게 긍정과 부정의 개념을 교차로 사용해야 이 게임이 가능하다. 생각보다 이 게임도 어렵다고 느끼는 분들이 많다. 다른 게임에 비해 뇌를 더 많이 써야 하기에 그렇게 느끼는 것 같다. 하지만 반대 개념을 가지고 생각하기 시작하면 훨씬 수월하게 게임에 적응할 수 있을 것이다.

♣ 연습해 보아요.

기온이 올라간다. ⇨ 기온이 올라가면 (   )이 내려간다. ⇨ (   )
이 내려가면 (   )이 올라간다. ⇨ (   )이 올라가면 (   )이 내려간
다. ⇨ (   )이 내려가면 (   )이 올라간다.

• 환율이 내려간다 ⇨

• 취업률이 올라간다 ⇨

• 사랑하는 마음이 올라간다 ⇨

• 혼자 있는 시간 비율이 내려간다 ⇨

• 뉴스 시청률이 올라간다 ⇨

내가 몇 개의 문장까지 만들 수 있는지 체크해 보고, 점점 그 양을
늘려 나갈 수 있도록 연습해 보자.

가치를 부여하는 스토리텔링법

이야기로 말솜씨를 늘려라.

스토리는 최고의 말 연습 소재

한 드라마의 시청률이 60%가 넘는 시대가 있었다. 지금은 워낙 미디어가 다양해져서 20%만 넘어도 성공했다고 하지만, 1990년대까지만해도 이런 기록이 가능했다. 그 드라마가 방영되는 시간이면 거리가 한산하고, 기업에서도 주요 일정을 그 시간 피해서 정할 만큼 사람들은 드라마에 빠져 있었다. 내 이야기가 아닌데도 주인공의 삶에 동화되어 울고 웃었다.

학창 시절 유독 인기 많은 역사 선생님이 계셨다. 그 선생님은 방학 때마다 해외 여행을 하시며 역사 속 현장을 둘러 보는 것이 낙이셨다. 그래서 항상 방학이 끝나고 나면 이야기 보따리를 잔뜩 가져 오셨다. 그 선생님 시간은 유일하게 조는 학생이 없었다. 세계사를 배우면서 복습을 따로 하지 않아도 선생님의 이야기 속에서 답을 쉽게 떠올릴 수 있었다. 유럽의 좁은 기차 안에서 몸을 태아처럼 웅크리고 여행했던 이야기, 터키의 음식문화, 가이드보다 더 설명을 잘해서 함께 여행하는 이들에게 좋은 호응을 얻었다는 이야기들은 20년이 지난 지금도 기억이 생생하다.

해리포터 시리즈가 전 세계를 강타하고, 우리나라에도 번역되어 출간됐을 때 아르바이트 현장에서 만난 친구가 끊임없이 해리포터 이야기를 했던 기억이 있다. 도대체 어떤 이야기길래 저 친구가 완전 매료됐을까? 나도 그 후에 전권을 다 읽으며 그 친구의 기분을 이해했다.

사람들은 이야기를 좋아한다. 메시지 자체에 열광하지 않지만, 이야기를 통해 메시지를 받아들인다. 미드에 빠지지 않으려고 하는 이유가 바로 이것 때문이다. 한번 보면 밤을 꼴딱 새야 하는 상황이 벌어진다. 한 라디오 프로그램에 소개된 '버스 안 드라마 극장' 에피소드는 유명한 일화다. 버스 안 두 아주머니의 이야기에 모든 승객이 집중하고 있었다는 사연인데 정류장도 놓쳐 가며 그 이야기의 마지막을 들으려고 하는 사람들의 모습에 웃지 않을 수 없다.

스토리를 통해 우리는 우리의 생각을 전해 왔고, 시대상을 반영하고, 메시지를 전했다. 스토리의 이러한 강력한 힘 때문에 브랜드마케팅에도 활용하고, 기업 홍보에도 아주 중요하게 다뤄져 왔다.

이러한 스토리를 글이 아닌 말로 잘 풀어내는 것 또한 스피치에서는 중요하다. 살아 있는 생생한 스토리를 말할 수 있다는 것은 메시지를 아주 효과적으로 전달할 수 있다는 것이다. 아무것도 아닌 것에도 의미 부여를 할 수 있는 능력! 그게 바로 스토리의 힘이다. 또한 스토리를 이용해 스피치 능력을 향상할 수 있다. 이야기의 맥락과 포인트를 잘 잡아야 전체 흐름이 매끄럽다. 이 장에서는 스토리를 이용한 스피치 훈련법을 배워 볼 것이다.

제3장
오늘 하루는 어땠나요
- 나의 일상 스토리

스토리의 핵심 요소는 메시지, 갈등, 플롯, 등장인물이다. 이런 것들을 갖추면 멋진 스토리가 나온다. 하지만 처음부터 장편소설을 쓸 수는 없을 것이다. 일기부터 시작해 시와 단편, 에세이로 이어지다 보면 멋진 대하드라마도 나올 수 있다.

일주일 만에 만난 교육생들에게 꼭 물어보는 질문이 있다.

"당신의 일주일은 어땠나요?"

대부분 "똑같죠. 뭐." 이렇게 답한다. 그런데 어떻게 똑같을 수 있을까? 그게 가능한가?

시간이 일주일 지나는 동안 날씨가 여러 번 바뀌고, 일의 진행 과정이 달라졌을 것이며, 하루하루 만난 사람들 또한 달랐을 것이다. 나 또한 먹었던 음식과 나눴던 대화 내용도 달랐을 것이다. 어떻게 지난 일주일과 이번 주가 똑같을 수 있단 말인가?

대부분의 사람들은 하루하루를 일과로 따져보기 때문에 똑같다고 생각하는 것이다. 아침에 일어나서 출근하고, 반복되는 일을 하고, 정해진 시간에 퇴근하고, 집에 돌아와서 매일 보는 가족을 보고, 특별할 것 없는 하루를 마감하는 것이라고 생각한다. 하지만 분명 어제와 다른 오늘, 지난 주와 다른 이번 주를 보내고 있다. 그것을 찾아내야 한다.

학생들은 거의 일주일 스케줄이 동일해서 특별한 것을 찾아 내라고 하면 아주 어려워한다. 방학이나 특별한 이벤트가 없다면 정말 똑같다고 우긴다. 그러면 나는 "네가 배웠던 단원의 진도가 더 나가지 않았니?", "일주일 동안 날씨가 바뀐 것을 못 느꼈니?", "네가 배우고 있는 피아노 곡목이나 연습 실력이 달라지지 않았니?" 이렇게 질문하면 달라졌다고 얘기한다. 분명 우리는 매일 다른 하루를 지내고 있다. 그것을 말해 보는 것이다.

"저는 스포츠센터에서 상담과 접수 업무를 하고 있습니다. 9시 출근해서 6시 퇴근하는 일정이 매일 이어지고 있습니다. 고객이 오면 프로그램에 대해 설명하고, 접수를 도와드리고, 민원을 해결하는 일을 하고 있습니다. 지난 월요일에는 제가 봉사하는 모임에서 만난 지인이 고객으로 방문해 깜짝 놀랐습니다. 반갑기도 하고, 저를 기억해 주시고 일부러 찾아와 주셨다는 말에 더 신경을 써서 상담해 드렸습니다. 끝나고 잠깐 커피를 마시며 담소도 나누었습니다."

이 교육생도 처음엔 별일 없고 똑같은 일상이었다고 했지만 생각할 시간을 주니 작은 에피소드를 만들었다.

"매일 아침 아이들이 먼저 일어나서 떠드는 소리에 깨곤합니다. 십분이라도 더 자고 싶지만 아침잠이 없는 아이들 덕에 항상 일찍 일어납니다. 일어나자마자 하는 것은 아침 메뉴를 정하는 것입니다. 유치원생 아들과 초등학생 딸에게 아침으로 뭘 먹을 건지 물어봅니다. 어떤 날은 간단하게 토스트나 시리얼, 어떤 날은 김밥을 해 달라고 하고, 어떤 날은 계란에 밥을 비벼 달라고 합니다. 오늘은 다행히 토스트로 끝났습니다. 식빵에 버터와 딸기잼을 발라 주고 우유와 함께 내어 주면 됩니다. 이렇게 간단하게 오늘 아침도 해결했습니다."

매일 비슷한 아침을 보내고 있는 평범한 주부의 일상이다. 그래도 스토리화시켜 잘 말해 주었다. "매일 똑같죠 뭐. 아침에 일어나서 밥해 주고 학교 보내고……" 이런 단순한 말이 스토리가 되어 돌아왔다.

"저는 할 말이 없어요. 딱히 무슨 말을 해야 할지 모르겠어요." 이렇게 호소하는 교육생들이 많다. 낯선 사람과 낯선 장소에서 어떻게 말을 이끌어 가야 할지 모르겠다고 한다. 특히 이런 분들은 소개팅에서 정말 불리하다. 남자일 경우는 더 그렇다. 왠지 자신 없어 보이거나 리더십이 없어 보인다. 여자를 마음에 들어 하지 않는 것처럼 보일 수 있다. 소극적이고 자신을 표현할 줄 모르는 사람은 매력이 없다. 소개팅이 아니더라도 어색한 분위기를 깨려면 대화를 이끌어 가는 기술이 필요한데, 그중의 하나가 아무것도 아닌 평범한 일상을 스토리화하는 능력이다.

"오늘 비가 많이 오네요. 오시는 데 힘드셨겠어요. 이런 날은 집에서 편하게 있으면서 좋아하는 드라마나 영화 보며 커피 마시는 게 딱인데. 저는 비오는 날을 좋아하는데, 외출하는 건 힘들더라고요."

아주 평범하고 일상적인 이야기이지만, 이런 단순한 이야기들이 대화를 확장하고, 더 의미 있는 이야기를 할 기회를 주곤 한다. 그녀와 만나서 무슨 이야기를 해야 하지? 고민하지 말고 일상의 이야기로 가볍게 시작하는 것이다. 하지만 이것도 연습이 필요하다. 막상 하려고 하면 '비오는 날엔 드라마 먹는 게 좋은데' 같은 두 문장이 합쳐진 엉뚱한 말이 튀어나올 수 있다. 그래서 일상의 스토리를 매일 일기 쓰듯 말로 표현하는 연습을 해야 한다.

♣ 일상 스토리텔링 연습 원칙
- 가장 먼저 생각나는 이야기를 말할 것
- 육하원칙으로 먼저 말해 볼 것
- 그 일상의 과정을 순서대로 말해 볼 것
- 그 일상과 연결된 다른 개념을 생각해 볼 것
- 그 일상의 경험과 관련된 나의 생각들을 정리해 볼 것
- 일반적인 경험과 다른 작은 차이점이라도 찾아 말해 볼 것
- 반복되는 그 경험을 통해 달라진 나의 모습을 말해 볼 것

이 원칙을 기반으로 일상의 경험을 스토리화할 수 있다.

다음은 초등학교 교사 34세 화선 씨가 스토리화한 일상이다. 이 안에서 스토리를 찾아 스토리텔링을 해 보았다.

매일 6시에 기상해서 8시 출근

8시 반까지 교무회의

8시 반부터 9시까지 독서 지도

9시부터 2시까지 정규수업(오늘은 미술 있는 날)

3시까지 청소 후 하교 지도

3시부터 과제 점검 및 교안 작성 등 작업과 보고서 작성 업무

5시에서 6시 사이 퇴근

"출근 후 교무실에서 잠깐 교무회의를 하고 8시 반 교실로 이동해 아이들을 맞습니다. 오늘 수업할 교재와 교구들을 점검하고, 학생들에게 안내할 공지사항도 체크합니다. 8시 반부터 9시까지는 아침 독서지도 시간입니다. 읽을 책을 가져와 각자 독서를 하는 것인데 책을 안가져오는 아이들이 종종 있습니다. 오늘은 민호가 가져오지 않았습니다. 민호는 운동을 좋아하지만 책에는 관심이 없나 봅니다. 더욱이 빌린 책은 짝꿍 승희가 좋아하는 『메리와 마녀의 꽃』입니다. 소년들의 감성에 맞을 리 없겠지요. 민호가 독서에 관심을 갖게 할 만한 책 목록이 뭐가 있을까 고민하게 됩니다."

이 이야기는 대단한 서사나 갈등 구조나 플롯이 존재하지 않는다. 그러나 우리 일상의 소소한 스토리들이 더 정겹고 따뜻하게 느껴질 때가 많다. 그 스토리들을 좀 더 특별하게 만드는 게 스토리텔링이다. 학부모는 항상 우리 아이의 학교생활을 궁금해한다. 담임 선생님과 상담에서 "그냥 잘 지냅니다."라고 대답하는 선생님은 친구 관계, 학습 태도, 리더로서의 모습, 실수담 등 소소한 일상의 이야기를 전달해 주는 선생님과는 전혀 다른 느낌이다. 아무리 우리 아이가 모든 면에서 걱정할 필요 없이 잘 하고 있다고 말해 줘도 후자 쪽의 대화가 더 친근하고, 관심 있게 관찰한 듯하다. 이야기가 빠지면 메시지 또한 흐려진다.

위의 예시는 일상의 과정을 순서대로 이야기하다가 내 생각으로 연결되었다. 독서시간에 책을 가져오지 않은 민호에 대해 관찰한 내용과

자기 생각을 덧붙여 말한 것이다. 원칙들 중 3번과 5번을 활용한 말하기다.

이번 예시는 원칙 1번과 4번을 활용해 본 것이다.

"하루에 100킬로미터 이상을 운전하는 삶을 살고 있습니다. 출장도 많고 집도 회사에서 멀다 보니 운전은 내 일상이 되었습니다. 운전하는 동안에는 음악을 듣거나 업무에 대한 생각들을 정리하곤 하는데 그 시간이 꽤 많다는 것을 알게 되었습니다. 항상 혼자만의 공간과 시간이 없다고 투덜댔는데, 이 시간을 활용하면 좋겠다는 생각이 들었습니다. 그래서 영어 공부를 하기로 마음 먹고, 영어 라디오 채널을 듣거나, mp3 파일을 저장해 영어회화를 차 안에서 계속 틀어놓고 따라 합니다. 며칠 되지 않았지만 시간이 지나면 돈 안 들이고 영어 실력을 향상할 수 있지 않을까 기대하고 있습니다. 장시간 운전하는 것이 단점만 있는 줄 알았는데 이런 좋은 점을 발견하니 운전하는 시간이 즐거워졌습니다."

'운전하는 시간'이라는 일상적인 경험을 '나를 위한 시간'이라는 개념과 연결해서 이야기를 풀어나갔다.

지겹고 힘든 장시간 운전이라고 이야기가 끝날 수도 있지만, '나를 위한 시간'과 만나서 더 발전적 스토리가 되었다. 스토리를 만들어 가는 과정에서 새로운 스토리가 만들어지기도 한다. 실제로 이 스토리는 하루 3시간 이상을 거리에 시간을 버리고 있다는 힘듦을 이야기하다가 스스로 그 시간을 효율적으로 활용할 방법은 없을까라는 생각이 나서 실천으로 옮긴 사례이다. 그리고 그다음 이야기가 만들어졌다. 이렇게 일상의 경험들을 스토리화하면 그 과정에서 주제가 더 명확해 지고, 새로운 주제 의식이 생기기도 하고, 해결점을 찾을 때가 있다.

아침마다 보는 시사 프로그램에서 다양한 패널들이 준비된 각자의 의견을 열심히 말한다. 어떤 패널은 말하는 도중에 정리가 되었는지 "말하다 보니 더 ○○○○에 대한 생각이 확고해졌다."라는 멘트를 하는 걸 본 적이 있다.

언어에는 참 신기한 능력이 있다. 지나칠 수 있는 일상도 언어화하면 스토리가 되고 메시지가 된다.

"주말이면 늦잠을 자거나 쉬면서 피로를 달래곤 했습니다. 직장인이 보통 그렇듯 주말에는 아무것도 안 하고 싶을 때가 많습니다. 하지만 아이들을 위해 가끔 시간을 써야 하죠. 이번 주는 아이들을 데리고 캠프를 다녀왔습니다. 아빠의 역할은 보통 힘쓰는 일입니다. 운전을 하고, 텐트를 치고, 고기를 굽고, 축구를 함께 해 주거나, 아이를 안고 산을 오릅니다. 이렇게 나를 희생해서 가족들이 기뻐할 수 있다면 기꺼이 이 한 몸을 바치겠습니다. 하지만 가끔은 혼자만의 시간이 있었으면 좋겠다는 생각을 합니다. 2박 3일 동안 누구의 방해도 받지 않고 잠이나 실컷 자 보고 싶다는 생각을 합니다."

40대 중반 건축업에 종사하는 남자 교육생의 스토리텔링이다. 교육 초반 이 교육생은 30초 넘게 말한 적이 없다. 주말을 어떻게 보냈냐는 질문에 "낮잠 자거나 애들하고 놀아 주고, 뒹굴뒹굴하면서 지내죠. 뭐." 이게 다였다. 딱히 특별할 것 없는 삶이라 할 말이 없다고 했다. 하지만 한 달 뒤 그는 멋진 스토리텔러가 되어 있었다.

육하원칙을 기본으로 구체적으로 설명하되, 그 일상에서 특별한 경험을 찾아내는 것이 이 수업의 포인트다.

당신의 삶은 항상 의미 있다. 그 일상을 통해 나는 변화하고, 성장하고, 깨달음을 얻는다. 단지 그것을 말로 정갈하게 표현할 뿐이다. 그 말로 인해 내 일상의 경험이 더 가치 있게 된다.

제4장
칭찬에도 스토리가 있어야 한다
– 없는 칭찬도 찾아라! 긍정 말하기 기술

　칭찬은 고래도 춤추게 한다지? 너무 진부한 말이지만 칭찬하면 가장 흔하게 떠오르는 말이라 시작을 이렇게 해 보았다. 당신은 평소에 칭찬을 잘하는 사람인가?

　나는 없는 칭찬도 찾아내야 할 때가 많다. 강의를 할 때 칭찬은 최고의 동기유발제다. 아무리 강한 정신력을 가지고 있어도 반복되는 지적이나 단점에 대한 조언은 견디기 힘들 것이다. 칭찬을 통해 우리는 서로에게 좋은 관계가 되어 주기도 하고 일이 생각보다 쉽게 풀리기도 한다. 교육을 할 때는 교육생들에게 자신감을 심어 주는 것이 무엇보다 중요하다. 말이라는 것은 심적 문제에 큰 영향을 받기 때문에 용기와 안정된 마음을 주기 위한 강사의 칭찬이 꼭 필요하다. 대부분의 내 교육생들은 첫 수업만 받아도 표정과 마음 상태가 많이 달라진다. 처음의 불안하고 소심했던 모습은 사라지고 자신도 할 수 있다는 믿음을 가지고 돌아간다. 물론 첫 수업 한 번만으로 드라마틱한 스피치 변화를 보이는 경우는 별로 없다. 하지만 자신에 대한 믿음이 생기는 것이다. 그것은 바로 강사의 폭풍 격려와 칭찬이다. 스피치가 필요한 사람들은 꼭 칭찬이 필요하다. 아무리 뛰어난 재능과 명석한 두뇌, 탁월한 업무 처리 능력이 있어도 말을 못 해서 불리함을 겪었던 사람들이기에 자존심에 상처가 난 경우가 많다. 그래서 그 자존심을 살리고, 스피치 자존감을 높이기 위해서는 칭찬을 통해 자신감을 심어 주어야 한다. 때론 난감하다. 첫 수업에 잘 적응해서 수월하게 미션들을 해내는 이도 있지만, 그렇지 못한 교육생들도 많다. 그런 사람들에게도 어떻게든 칭찬을 해 주어야 한다. 발성법을 하다 보면 돌쟁이 아기 때로 돌아가서 말을 다시 배우는 느낌이다. 자신이 바보가 된 듯한 느낌도 받는다. 자신의 모습이 한심해 갑자기 웃음을 터트리는 경우도 있다. 그러면 서로 수업이 안 될 정도로 웃다가 끝난다. 하지만 강사는 그 상황을 교육생이 웃음거리가 되는 것으로 마무리하면 안 된다. 누구나 그러한 과정을 다 거쳐서 멋진 스피치를 완성하게 된다는 것을 꼭 인지시켜 주어야 한다.

40대 중반의 한 남자 교육생은 해외영업 마케팅 부서 팀장이다. 몇십 명의 부하 직원을 두고 있는 회사에서 나름 위엄 있는 위치에 있다. 하지만 첫 스피치 수업 때 안 좋은 발음을 교정하다가 거울 속의 자신의 모습을 보고 웃음이 터졌다. 평소의 카리스마는 다 사라지고, 입술을 크게 벌리며 '가나다~'를 외치는 모습이 옹알이하는 아기 같다고 했다. 그래도 열심히 집중해서 따라 하는 팀장님이 귀엽기도 하고 자랑스러웠다. 아주 잘한다고 칭찬을 쏟아내면 정말 아이처럼 좋아했다.

반면 정말 한 달이 넘도록 진도가 잘 안 나가는 교육생도 있다. 스피치에 대한 기본기와 타고난 감 자체가 아예 없는 분들이다. 그런 교육생들은 자신의 몸을 통해 스피치에 대한 감각을 찾아가며 조절해야 하는데 머리로만 스피치를 학습하려고 하니 습득이 잘 안 되는 것이다. 하지만 시간이 좀 걸릴 뿐 노력만 한다면 발전 가능성은 누구나 있기 때문에 교육생들이 포기하지 않고 꾸준히 할 수 있도록 격려와 칭찬을 해 준다. 다이어트를 할 때도 정체기가 있듯 자신이 왜 달라지지 않는지 의심을 품기 시작할 때 나는 더 많은 칭찬과 용기를 주는 말을 한다. 오늘은 지난번과 다르게 어떤 점이 좋아졌을까를 계속 고민하면서 발전 가능성을 열어 주어야 한다. 하지만 과한 칭찬은 오히려 해가 되므로 적절한 신뢰감을 주는 칭찬을 해야 한다. 그래서 이 장에서는 제대로 칭찬하는 법을 배워 볼까 한다. 칭찬 잘하는 것이 얼마나 많은 창의력을 요구하는지 알게 될 것이다.

1. 관찰력이 좋은 사람이 칭찬도 잘한다

헤어스타일을 모처럼 바꿨는데도 알아채지 못하는 남편들의 이야기는 많이 들어 봤을 것이다. 남자들은 전체를 보지만 디테일한 것은 보지 못하고, 특히 여자들의 외모 변화에 민감하지 않다. 하지만 나는 이 말에 동의하지 않는다. 화장기 없고 티셔츠에 청바지만 입고 있던 아내가 풀 메이컵에 화려한 원피스를 입고 나타났는데 못 알아보는 남편은 없다. 자극에 반응하는 민감성의 차이일 뿐 드라마틱한 변화는 누구나 알아본다. 하지만 누구도 보지 못한 것을 알아줄 때 더 큰 감동을 줄 수 있다. 그래서 칭찬의 핵심은 관찰력이다.

관찰력을 키우기 위해서는 관심이 많아야 한다. 관심이 있으면 시키지 않아도 그 사람에 대해 자세한 것도 알게 된다. 그리고 작은 변화도 눈치채게 된다. 특히 여자들이 작은 변화를 알아봐 주는 것을 좋아한다고 하지만 그것은 남자도 마찬가지일 것이다. 이제 수준 높은 칭찬을 위해 관찰하는 습관을 가져 보자. 뮤지컬 '킹키부츠'의 로라역을 맡았던 남자 배우는 여장 남자 역할을 하기 위해 하루 종일 카페에 앉아 여자들의 행동을 관찰했다고 한다. 걷는 모습, 차를 마실 때 손가락의 모습, 대화를 할 때 머리를 쓸어 내리는 모습 등 아주 구체적 행동까지 관찰해서 그 행동을 역할에 녹여 냈다. 그 정도의 정성까지는 아닐지라도 조금의 투자는 칭찬 스피치에서 필요하다. 칭찬할 대상을 정하고 잠시만 관찰해 보자.

2. 외모보다 내면을 관찰하라

관찰할 때 가장 먼저 눈에 들어오는 것은 외모일 것이다. 얼굴의 생김새, 체격과 복장, 몸짓이다. 보통 외모를 볼 때 잘 생겼다, 예쁘다, 키가 크다, 체격 좋다 등의 칭찬을 한다. 하지만 이런 칭찬은 상황에 따라 오해를 부를 수 있고, 적절하지 못할 때가 있다. 외모에 대한 칭찬은 딱히 감흥을 주지 못한다. 사람의 외모가 뛰어나면 나쁠 것은 없지만 딱히 좋을 게 없는 상황도 많기 때문이다. 어떤 일을 하는 데 있어 외모가 전혀 상관없다면 더 그렇다. 공허한 칭찬이 될 뿐이다. 가끔 라디오를 듣다 보면 디제이가 게스트로 출연한 연예인의 외모를 지나치

게 칭찬할 때가 있다. 그 칭찬을 듣고 있는 출연자나 청취자들도 불편해진다.

모두가 공감하고 반가워하는 칭찬은 단순 외모 칭찬이 아니다. 관찰하는 시점을 일차원적인 시선에서 입체적인 3D 시선으로 바꿔야 한다. 이 말은 그 외모에서 풍겨져 나오는 그 사람의 내적인 면을 관찰해야 한다는 뜻이다.

"40대인데도 30대처럼 보이는 동안의 외모를 하고 있다는 것은 자기 관리 능력이 뛰어나거나 젊은 마음으로 산다는 증거거든요. 당신의 이런 면이 항상 건강하고 활기차게 보이게 하는 것 같아서 보기 좋습니다."

'동안이다', '어려 보인다'라는 칭찬을 이렇게 바꿔 보았다. 어려 보이는 이유는 철없이 행동할 때, 피부가 탱탱하고 주름이 없을 때, 스타일이 캐주얼할 때이다. 어려 보인다는 것은 때에 따라서는 단점이 될 수 있지만, 의미 있는 좋은 칭찬으로 만들기 위해서는 어려 보일 수 있었던 그 사람의 행동이나 외모를 좀 더 관찰해서 칭찬에 녹여 내면 된다. 피부가 젊어 어려 보인다면 좋은 식습관을 가졌거나 자기관리를 잘했을 가능성이 높다. 술, 담배도 잘 안 하고, 건강한 생활을 할 가능성이 많다는 것이다. 말투나 행동이 거침없고, 어린 행동이 많아서 그렇게 느꼈다면 해맑고 순수한 면을 칭찬과 연결하면 된다. 이렇게 조금만 더 고민한다면 단순한 외모 칭찬도 의미 있는 멋진 칭찬이 될 수 있다.

"당신은 평소에도 잘 웃는 편인가 봐요. 워낙 웃는 모습이 자연스럽고 편안해 보여서 그 예쁜 눈이 더 돋보이는 것 같아요. 사람들에게 좋은 첫인상을 줄 것 같습니다. 그 점을 활용하시면 이번 입사 면접에 좋은 결과가 있을 것 같아요."

'미소가 아름다운' 그녀를 이렇게 칭찬해 보았다. 대화를 하면서 수시로 나타나는 그녀의 미소는 사람을 참 기분 좋게 만든다. 짧은 칭찬 안에서도 그녀의 삶과 미래를 얘기할 수 있다. 칭찬이란 한번 듣고 버려 버리는 일회용이 아니라 듣는 사람이 곱씹고 계속 상기할 수 있는 것이어야 한다. 기껏 칭찬했지만 상대방이 기억조차 못 한다면 아깝지 않은가? 아주 잘생긴 배우에게 끊임없이 잘생겼다를 남발하는 것은 큰 의미가 없다. 그의 외모를 칭찬하고 싶다면 그 배우의 과거 작품이나 대화를 통해 느낀 성격, 철학 등을 반영한 칭찬이어야 한다.

외모 칭찬을 가치 있게 하려면 외모에서 느껴지는 여러 가지 장점과 연결된 내적 장점을 같이 바라봐 주는 노력이 필요하다.

3. 행동을 관찰하라

나는 보통 교육생들이 교육원의 문을 열고 들어오는 모습부터 자세히 관찰한다. 준비된 슬리퍼가 입구에 있는데도 신발을 신고 어슬렁어슬렁 들어오는 사람도 있고, 자신의 신발을 가지런히 정리하고 조심스레 들어오는 사람도 있다. 앉아서 대화를 할 때 엉덩이를 들썩거리면서 뭔가 불안해하는 사람도 있고, 차분히 끝까지 내 얘기를 경청하며 최소한의 단어만 쓰는 사람도 있다. 상대방의 이야기를 끝까지 듣지 않고, 중간에 치고 들어오는 경우도 있고, 궁금한 것들을 한꺼번에 쏟아내는 사람도 있다. 말과 행동이 조심스럽고, 느린 사람, 빠르고 급한 사람. 다양한 캐릭터들이 있다. 그런 과정에서 그 사람의 성향과 스타일을 대충 파악할 수 있다. 그래서 대화의 접근방식도 달라지고 칭찬의 방식도 달라지게 된다.

스스로 장점이 하나도 없다고 말하는 교육생이 있었다. 자기는 잘하는 것도 없고 능력도 없어서 취업도 힘들다고 했다. 하고 싶은 것도 없고 그냥 취업을 위해 지원하는 것뿐이란다. 의욕도 없고 하고자 하는 의지도 전혀 없었다. 스피치학원을 찾아온 것도 집에서 부모님이 가 보라고 해서 왔고, 자기는 뭘 해도 될 것 같지 않다고 말했다. 목소리는 정말 작고, 시선을 절대 마주치지 않았으며, 행동도 정말 느렸다. 주위 다른 것에 전혀 관심이 없는 듯 초점 없는 눈빛을 하고 있었다. 그 교육생과는 6개월을 함께했다. 사실 그녀에게 필요한 것은 취업면접 스피치가 아니었다. 면접 질문을 뽑고 합격을 위한 답변을 만들어서 달달 외우게 하고 시험을 본들 그녀가 원하는 것이 아니었기에 좋은 결과가 나오기 힘들었던 것이다. 그래서 나는 6개월 동안 자신을 스스로 사랑하고, 자신감이 생길 수 있도록 많은 칭찬거리를 찾아 해 주고, 스스로 자신의 장점을 찾도록 도와주었다. 말이 없고, 소극적인 행동으로 항상 부모님께 답답하다는 핀잔을 들었지만, 나는 매우 신중하고 가볍지 않은 그녀의 태도가 사람들에게 신뢰감을 줄 거라 칭찬했다. 그녀는 다른 사람의 이야기를 전하거나 가십에 흥미를 느끼는 성격이 아니었고, 한번 약속한 것은 잘 지키는 편이라 믿음이 가는 친구였다. 절대 자기 감정을 왜곡하지 않고, 솔직하게 말함으로써 있는 그대로의 모습을 보여 주는 투명한 사람이다. 그래서 부정적 감정도 잘 드러나는 게 단점이지만, 스스로 그것을 알고 극복하려는 모습을 보였다. 시간이 지나면서 칭찬거리는 더 많아졌고, 나는 그녀의 단점보다 장점을 부각하기 위해 그녀에게 매일 오늘 잘한 일들을 일기에 적어 보라고 했다. 그런 미션들을 잘 수행한 날은 더 많은 칭찬을 해 주었다. 조금씩 긍정적인 마음이 자리를 잡으면서 처음보다는 많이 밝아졌다. 적성에 맞지 않던 회계 관련 취업 대신 자신이 좋아하는 네일아트를 배우기로 했다. 지금 그녀는 작은 동네 네일샵에서 수습 직원으로 일하며 조금씩 사회생활을 하기 시작했다.

사실 사회적 기준으로 봤을 때 그녀는 칭찬할 거리가 많지 않았다. 아니 거의 없다고 해도 무방하다. 어렸을 때부터 뭔가를 열심히 해 본 적도 없고, 친구도 없고, 좋아하거나 하고 싶은 것도 없다. 외모가 뛰어나거나 예의가 바르지도 않았다. 그냥 말없이 왔다가 물어보는 질문에 겨우 답만 할 뿐 인사도 거의 하지 않았다. 가끔 대화를 할 때는 부정적인 말만 할 뿐이었다. 그녀는 이러한 이유 때문에 칭찬을 받아 보지 못하고 살아왔던 것 같다. 그 근본적인 원인은 성장 과정에 있으리라 짐작이 가는 부분이다. 어쨌든 그녀가 자신감을 얻고 자기표현력을 기르기 위해서는 나라도 많은 칭찬을 해 주어야 했다. 그녀의 작은 행동에서도 칭찬거리를 찾기 위해 많이 고민했었던 것 같다. 부모님의 권유였지만 매주 교육원에 빠지지 않고 출석하는 것도 칭찬거리였다. 외출을 할 때 대충하고 다니지 않고 항상 예쁘게 기본 화장을 하는 것도 칭찬했다. 선생님의 칭찬에 어색해하면서도 아니라고 부정하지 않는 것조차 칭찬했다. 칭찬을 잘 받아들이고 인정하는 것 또한 중요하기 때문이다. 물론 처음엔 내 칭찬에 "그런가요?"라고 반문

하며 고개를 갸우뚱하면서 의심하는 듯했지만, 점점 감사하다는 말도 할 줄 알게 되었다.

칭찬을 잘한다는 것은 그 사람을 잘 안다는 뜻도 된다. 많은 시간을 같이하면 더 많은 정보를 얻을 수 있겠으나 짧은 시간이더라도 집중해서 관찰하면 칭찬거리를 많이 찾을 수 있다.

스피치를 배우려는 학생들에게는 이런 말을 꼭 한다.

"스피치는 말로 누군가를 이기기 위해 배우는 게 아니다. 좋은 말을 통해 아름다운 세상을 만들기 위해 배우는 것이다."

가끔 말싸움을 잘하는 법이나 말로 상대를 제압할 수 있는 말하기를 가르쳐 달라는 어린 학생들에게 이 말을 꼭 해 준다. 고운 말과 다른 사람을 칭찬하는 말을 잘하는 것이 먼저다. 칭찬할 줄 모르는 사람은 절대 어디 가서 말 잘한다고 하지 말아야 할 것이다.

4. 결과가 아닌 과정을 칭찬하라

박목월 시인의 아들이자 서울대학교 명예교수이신 박동규 선생님이 한 방송에서 어린 시절 이야기를 한 적이 있다. 아버지에 대한 사연이었다. 초등학교에 입학하게 된 여덟 살 박동규 선생은 아버지와 함께 매일 등교를 했다. 입학 후 한 달쯤 되었을 때 학교에서 첫 시험을 보게 되었다. 어려서부터 명석했던 박동규 선생은 첫 시험에 100점을 맞았다. 집에서 따로 학습을 한 적이 없었지만, 놀랍게도 100점을 맞은 것이다. 아버지 박목월 시인은 크게 기뻐하며 칭찬과 함께 사탕 하나를 사 주었다. 좋은 결과에 대한 보상이었다. 그 뒤로도 박동규 선생은 시험만 보면 100점을 맞았다. 그때마다 아버지는 아주 기뻐하며 역시 사탕을 사 주셨다. 그러다 어느 날 어린 박동규는 문제 한 개를 틀려서 95점을 맞았다. 하늘이 무너지는 기분이 들었다고 한다. 이 점수를 보면 아버지가 얼마나 실망할지 두려워 집에 갈 때 무거운 발걸음으로 아버지 뒤에서 멀찍이 떨어져 따라 갔다. 이상한 기운을 느낀 아버지는 아들에게 물었다. "무슨 일 있느냐? 왜 아버지 뒤에서 그러고 있어?" 그 말에 울음을 터트리며 95점짜리 시험지를 내놓았다. 100점을 맞지 못해서 너무 죄송하다며 목놓아 울었다. 어린 아들의 대답에 놀란 아버지는 아들을 꼭 안아 주었다.

"내가 잘못했다. 아들아. 아버지가 사탕을 사 주고 너를 칭찬했던 것은 100점 맞은 것 때문이 아니란다. 그만큼 네가 열심히 노력한 것을 기특하게 생각한 것인데 그게 잘못 전달되었나 보구나. 아버지는 네가 95점을 맞았어도 사탕을 사 주었을 것이다. 한 개 틀린 것이 무슨 대수냐. 울지 마라. 아들아."

어린 아들은 아버지의 칭찬을 결과에 대한 칭찬으로 받아들인 것이다.

이 세상에 나쁜 칭찬이란 없다. 하지만 더 좋은 칭찬이 있다. 그것은 결과에 대한 칭찬이 아니라 과정에 대한 칭찬이다.

박동규 선생의 일화처럼 우리는 흔히 결과에 대한 칭찬을 주로 한다. 그게 어떤 영향을 끼치는지 잘 알지 못한다. 과정이야 어떻든 결과만 좋으면 된다는 인식을 심어 주는 칭찬은 사람의 의식과 행동 패턴을 결과 중심으로 만든다. 시험에 100점 맞은 아들에게 "우리 아들 장하다. 100점을 맞다니. 너 때문에 엄마가 사는 낙이 있어. 정말 잘했다." 이런 칭찬은 100점을 유지해야 한다는 부담감을 주고 95점을 맞았을 때 큰 좌절감을 주게 된다.

"우리 아들이 정말 열심히 노력했나 보구나. 엄마가 신경을 많이 못 썼는데도 점수가 많이 올랐네. 혼자 공부하느라고 힘들었을 텐데 정말 대견하다. 넌 뭐든 스스로 할 수 있는 아이야."

이렇게 100점을 맞기까지의 과정에 포인트를 주고 칭찬을 해 주면 아이의 근본적인 자존감을 높일 수 있다.

100점 맞던 아이가 95점 맞았다고 속상할 일인가? 한 번의 실수는 누구나 할 수 있고, 한 문제의 차이로 아이가 노력을 덜했다고 평가할 수 없다.

"한 문제를 틀려서 100점을 못 맞은 것은 아쉽지만, 엄마는 네가 노력한 것을 알기에 걱정하지 않는단다. 실수해서 틀린 문제라면 다시는 그런 실수를 하지 말아야겠다 다짐하면 되고, 어려운 문제라 몰라서 틀렸다면 더 노력해야 할 부분을 발견했으니 좋은 기회가 된 것이야. 엄마는 네가 항상 자랑스럽단다."

이런 엄마의 반응은 한번의 실패로 좌절하지 않고 다시 일어설 수 있는 용기를 준다.

자녀교육뿐 아니라 다양한 관계에서도 과정 칭찬은 매우 중요하다. 직장에서 팀원을 칭찬할 때도 성과와 결과에 대한 칭찬만을 하는 것보다 그 결과를 내기까지 쏟았던 팀원의 노력을 칭찬해 주는 것이 자존감 형성에 큰 도움이 된다.

"이번 달 영업실적 1위를 김 대리가 차지했습니다. 박수 한번 쳐 주세요. 무려 지난달보다 10%나 실적이 올랐네요. 대단합니다. 우리 팀에 김 대리가 없었으면 큰일 날 뻔했어요. 하하하!"

이러한 결과 칭찬을 과정 칭찬으로 바꿔 보았다.

"이번 달 영업실적 1등을 김 대리가 차지했습니다. 박수 한번 쳐 주세요. 한 달 동안 거의 매일 야근에다 여기저기 뛰어다니는 것을 보면서 참 열심히 한다라는 생각을 했는데 성과로 그동안의 노력을 보여 주네요. 역시 노력하면 안 되는 것은 없는 것 같습니다. 참 힘들고 고민도 많았을 텐데 묵묵히 우리 팀을 위해 열심히 해 줘서 감사합니다. 그리고 축하드려요. 김 대리!"

사람들은 좋은 성과에 대해 칭찬하고 축하해 주는 말보다 그 과정에서 느꼈던 힘듦과 고난을 알아주는 말에 더 감동한다고 한다.

"지난주보다 소리에 힘이 생겼어요. 발음도 더 또박또박해지셨고요. 열심히 연습하셨나 봐요. 선생님 연세에 일주일 만에 이렇게 달라지는 게 쉽지 않은데, 바쁘신데도 과제도 잘 해 오시고. 빨리 좋아지실 것 같아요."

스피치를 코칭할 때도 결과만을 가지고 평가하지 않는다. 일주일 동안 미션 수행한 과정을 보고 평가한다. 대부분 미션을 잘 수행하거나 연습을 빼먹지 않고 한 경우는 차이가 확연히 드러나기 때문에 알 수 있다. 연습을 충분히 못 했다 하더라도 노력을 한 부분이 조금이라도 보이면 그 점을 알아드리는 칭찬과 격려의 말을 꼭 건넨다.

직장을 다니며 저녁에 교육원에 오는 사회인 교육생들은 지각하기 일쑤이다. 일이 제시간에 끝나지 않는 경우가 많기 때문이다. 늦더라도 빠지지 않고, 달려온 그분들에게 꼭 감사하다는 말을 건넨다. 얼마나 마음이 바빴을까? 조금이라도 놓치지 않고 수업에 참여하려는 그 마음이 중요한 것이다. 그래서 그분들은 끝나고 보강을 더 해 드릴 때도 많다. 매번 늦는다고 핀잔을 주기보다는 그런 상황에서도 수업에 참여하는 마음과 노력을 알아주면 자꾸 오고 싶은 자리가 된다.

스피치 교육은 부담을 주면 안 된다. 오고 싶게 만드는 곳이어야 한다. 사람이 좋고, 발표가 즐겁고, 늦거나 과제를 못 했더라도 환영해 주는 분위기가 있어야 참여율을 높일 수 있다. 우리가 회사에 가기 싫은 이유는 아마 진심으로 칭찬해 주는 이들이 별로 없기 때문일 것이다.

5. 존재 가치를 칭찬하라

강의 관련 미팅 자리에서 만난 그녀는 멋진 스카프를 매고 있었다. 스카프 매듭법도 예사롭지 않았다.

"패션에 대한 감각이 대단하시네요. 스카프랑 입고 계신 원피스랑도 정말 잘 어울리는데요? 따로 패션 공부를 하셨나요?"

보통 예쁜 옷을 입고 있는 친구에게 "그 티 진짜 예쁘다. 어디서 샀어?"라고 칭찬한다. 이것은 옷을 칭찬한 것이다. 그 티를 선택하고, 다른 패션 아이템과 연출한 그 친구의 감각을 칭찬한다면 더 기뻐할 것이다. 이것은 행위 자체나 그 사물에 대한 칭찬이 아닌 존재 가치에 대한 칭찬이기 때문이다.

예쁜 스카프가 아닌 그 스카프를 선택하고 어울리는 원피스와 매치

한 그녀의 패션 감각을 칭찬했다. 따로 패션 공부를 전문적으로 한 것 아닌가라는 생각이 들 정도로 매우 훌륭하다는 의미다.

그녀는 쑥스러워하면서도 내 칭찬에 아주 기분 좋아했다. 가끔 패션 잡지를 보거나 아이쇼핑을 하면서 패션에 대한 상식을 쌓는 편이지 전문적으로 공부한 건 아니라고 했다. 스카프는 아주 유용한 패션 아이템이라고 하면서 여러 가지 연출이 가능해서 자주 애용한다고 했다. 그리고 나에게 좋은 패션 팁도 알려주었다. 이런 대화를 통해 미팅 전 분위기가 매우 좋아졌다.

이게 바로 존재 가치에 대한 칭찬이다. 우리는 행위 자체에 대한 칭찬을 할 때가 많다.

"오늘 화장 잘 됐네.", "보고서가 꼼꼼하게 잘 작성됐다.", "어쩜 너는 일을 잘하니?", "오늘 사람들 다 챙겨 주느라 수고했다.", "우리 딸 그림 잘 그렸네." 이런 것들이 결과와 행위에 대한 칭찬이다. 여기에 존재 가치에 대한 칭찬 한 줄만 더해 주면 더 좋은 칭찬이 된다.

존재 가치를 알아주는 질문은 대상자의 자존감을 상승시켜 동기부여를 유발한다. 행동 그 자체보다 그 행동 결과를 보인 사람에 대한 잠재된 재능과 가능성을 꿰뚫어 보는 칭찬이기 때문이다.

"수정 씨는 참 배려심이 많은 사람이야. 자기 일만 해도 힘들고 바쁠 텐데 팀원들 일일이 챙기는 거 보면 리더로서의 자질도 있고. 앞으로 우리 팀에서 주요 역할을 맡겨도 되겠어."

팀원을 격려하는 팀장의 칭찬 내용이다. 단순히 열심히 해서 보기 좋다고 끝나지 않고, 그 팀원의 리더 자질과 앞으로의 가능성에 대한 언급을 통해 존재 가치를 알아주는 좋은 칭찬이 되었다.

"우리 딸은 참 관찰력이 좋구나. 엄마, 아빠의 표정이 생생히 살아있네. 어떻게 이런 표정을 기억했을까? 대단하네. 더 멋진 그림도 그릴 수 있겠는걸?"

여섯 살 딸의 그림을 보고 한 엄마의 칭찬 내용이다. 딸의 그림을 잘 그렸다, 멋지다고 하지 않고 잘 그렸다고 생각한 부분을 구체적으로 파악해 뛰어난 관찰력을 칭찬 주요 내용으로 한 것이다. 그림을 잘 그릴 수 있는 조건들은 여러 가지가 있지만 그중에서 관찰력을 꼽은 것이다. 엄마, 아빠의 평소의 표정과 행동을 자세히 표현한 부분을 가장 큰 칭찬 요소로 잡은 것이다. 그래서 그림을 잘 그리는 재능뿐 아니라 뛰어난 관찰력이라는 잠재된 재능과 앞으로 더 멋진 그림을 그릴 수 있을 것이라는 가능성을 얘기한 것이다.

이번에는 맛있는 요리를 해 준 아내를 칭찬해 보자.

"정말 맛있다." 혹은 "당신 요리는 정말 최고야." 남편이 이 정도 칭찬만 해 줘도 정말 기분 좋다. 여기에 존재 가치의 칭찬을 더하면 감동이 폭풍처럼 밀려온다.

"당신의 된장찌개는 내가 빨리 집에 들어오고 싶게 하는 이유야. 힘들다가도 집에서 당신 음식을 먹으면 다 풀린다니까. 정성과 사랑이 들어가서 그런가? 사랑이 많은 사람은 음식에도 사랑이 들어 있다니까."

이런 칭찬이 손발이 오글거린다고 생각하는가? 하지만 이런 말 한마디가 우리의 삶과 관계를 완전 바꿔 준다는 것을 알게 된다면 주저할 이유가 없을 것이다. 존재 가치 칭찬은 사실 많은 고민이 필요하다. 더 많은 관찰과 대상자에 대한 연구가 있어야 근거 있는 칭찬이 나온다.

너무 과하거나 맥락 없는 칭찬은 진정성을 의심받을 수 있다. 그래서 평소에 자꾸 칭찬에 대해 고민해 보는 것이 중요하다. 한 사람에 대한 진정성 있는 칭찬은 쉽게 나오는 것이 아니다.

제5장
어릴 적 나의 동화들
– 토끼와 거북이가 이렇게 말하기 어려운 동화였나?

　〈옛날옛적에〉라는 추억의 전래동화 프로그램이 있었다. 1990년대 어린 시절을 보낸 사람들이라면 다 기억할 것이다. 무도사, 배추도사의 오프닝으로 시작하는 이 만화 프로그램은 전래동화를 재구성하여 만든 것으로 어린이들에게 인기가 많았다. 내가 결혼하고 아이를 키우면서 전래동화를 비롯해 이솝 이야기나 그리스 로마 신화, 디즈니 등 많은 어린이 이야기 콘텐츠를 다시 접하게 되었다. 책 또는 플래시 영상, 애니메이션 등 다양한 미디어를 통해 우리는 그 이야기를 다시 만난다. 하지만 과거 할머니, 할아버지가 직접 들려 주셨던 것처럼 우리가 직접 그 이야기를 해 볼 기회는 없다.

　스토리텔링 연습에서 가장 기본적인 소재가 바로 동화다. 짧지만 이야기 구조가 다 들어가 있고, 명확한 메시지가 있기 때문이다. 지금 잠시 읽던 책을 덮어두고 「토끼와 거북이」 이야기를 해 보라. 이야기가 술술 잘 나오는가? 왜 토끼와 거북이가 경주를 하게 되었는지 기억이 가물가물할 수도 있다. 중간의 과정은 어땠지? 경주가 끝나고 나서 그

다음은? 이 이야기가 어떤 주제의식을 보여주고 있는지도 잘 정리가 되는가?

20대 이상 교육생들에게 가장 쉬운 이야기 구조를 가지고 있는 「토끼와 거북이」 이야기를 해 보라고 하면 제대로 얘기하는 사람은 많지 않다.

'토끼와 거북이가 경주를 했는데 낮잠을 자다가 토끼가 경주에 지고 말았다.' 이렇게 한 문장으로 끝내는 사람도 있고, 토끼와 거북이 이야기 자체가 생각이 잘 안 난다고 하거나, 알고 있어도 이야기 순서대로 잘 정리가 안 된 사람도 많다. 이렇게 간단한 이야기도 왜 매끄럽게 말하지 못하는 것일까? 그 이유는 듣기만 하고 말로 표현해 본 적이 없기 때문이다. 우리 뇌가 기억하는 것은 이야기에서 임팩트 있는 부분이다. 부수적인 것들은 남아 있지 않고, 이야기를 대부분 감정으로 기억하기 때문에 논리 구조와 디테일이 살아 있는 설명은 타고난 재능이 있는 사람이 아니고는 힘들다. 우리가 놀라운 기사를 보거나 재미있는 영화, 드라마를 보고 누군가에게 이야기를 할 때도 가장 기억에 남는 것 위주로 하게 되어 있다. 그것만으로는 전체 이야기를 생생하고 재미있게 전달하는 데 충분하지 않다. 유능한 스토리텔러들은 이야기를 수집하는 과정도 다르다. 이야기를 즐기는 것에서 멈추지 않고 어떻게 전달할 것인가를 고민한다. 스토리텔링은 꼭 필요한 기승전결의 내용을 최대한 간략하게 전달하면서 이야기의 흐름을 생생하게 전하는 게 중요하다. 길게 할 필요도 없고, 불필요한 모든 것을 다 할 필요는 없다. 거기에 마지막에 확실한 메시지가 있으면 완벽해진다. 그 스토리텔링 기법을 지금부터 하나하나 알아보자.

1. 이야기의 구성 요소를 파악하라

이야기를 이루는 요소는 4가지가 있다. 등장인물, 갈등, 사건, 결말이다. 모든 이야기에는 이 4가지 요소가 반드시 들어간다. 기본적인 이 구조를 이해하고 파악하는 과정이 필요하다.

동화 「토끼와 거북이」에서 이 4가지 요소가 어떻게 구성되었는지 먼저 알아보자.

[토끼와 거북이]

등장인물: 토끼, 거북이

갈등: 평소에 느린 거북이를 무시했던 토끼가 그날도 거북이를 놀리고 있다. 자존심이 상한 거북이는 그런 토끼가 마음에 들지 않는다.

사건: 토끼가 자신에게 굴복하지 않는 거북이에게 달리기 시합을 제안한다. 거북이가 이를 흔쾌히 받아들여 모든 숲속 동물 친구들이 지켜보는 가운데 시합이 열린다. 언덕 위 나무까지 먼저 가는 이가 이기는 게임으로 시작과 동시에 토끼는 빠른 속도로 앞서 나갔다. 한참을 가서 뒤를 돌아본 토끼는 눈에 보이지 않을 정도로 뒤쳐져 있는 거북이를 보고 안심하고는 바위 밑에서 잠깐 쉬었다 가야겠다는 생각을 하게 된다. 바위 밑에서 쉬던 토끼는 깜박 잠이 들게 된다.

결론: 뒤쳐져도 열심히 한 발 한 발 달려가던 거북이는 토끼가 바위 밑에서 잠든 것을 보았다. 그것을 보고 더 열심히 쉬지 않고 달려갔다. 꽤 시간이 지나 잠에서 깬 토끼는 깜짝 놀랐다. 잠든 사이 결승점에 거의 도달한 거북이를 보았기 때문이다. 그때서야 전속력으로 달려가 보

았지만 거북이가 먼저 결승점을 통과했다. 승리는 결국 거북이가 차지했다.

이렇게 이야기의 구조를 인물, 갈등, 사건, 결론으로 나누어 먼저 정리하면 스토리텔링하기가 편해진다. 이야기를 하다가 삼천포로 빠지거나 다시 앞으로 돌아가는 일은 없다.

사건의 구조가 복잡하면 더 어렵다. 그럴수록 사건의 구조를 간략하게 정리하는 데 더 신경을 써야 한다.

이야기 구조가 조금 더 복잡한 「신데렐라」를 살펴보자.

[신데렐라]

등장인물: 신데렐라, 새어머니, 이복 언니 둘, 왕자, 마법사

갈등: 재혼을 한 아버지 때문에 새어머니, 이복언니 둘과 함께 살던 신데렐라는 아버지의 죽음으로 불행한 삶을 살게 된다. 못된 새어머니는 신데렐라를 구박하고 하녀로 부려먹는다.

사건: 왕자님의 생일 파티에 온 마을 처녀들이 초대된다. 새어머니의 방해로 파티에 갈 수 없는 신데렐라는 실망을 하게 되지만, 마법사의 도움으로 유리구두를 신고 파티에 가게 된다. 파티에서 왕자와 즐거운 시간을 보내지만, 12시가 되자 마법이 풀려 그녀는 급하게 집으로 돌아온다. 그 과정에서 유리구두 한 짝을 잃어버린다. 왕자는 그녀가 누군지 모르고 남겨놓은 유리구두로 그녀를 찾기 위해 온 마을을 뒤진다.

결론: 유리구두가 맞는 처녀를 찾지 못하다가 마지막에 신데렐라가 유리구두의 주인이라는 것이 밝혀져 왕자는 그녀와 다시 만나게 되고

둘은 결혼해서 행복하게 살았다는 이야기다.

중간중간 동화 속에서 봤던 군더더기는 필요 없다. 스토리텔링은 동화 구연이 아니다. 마치 영상물을 보거나 책을 보듯 모든 소소한 것들까지 다 말할 필요는 없다. 그렇다고 빈약하게 얘기해서는 안 된다. 그래서 4가지의 구성 요소를 중심으로 이야기를 풀어나가는 것이 좋다. 등장인물은 누구이고, 갈등의 시작과 중심 사건은 무엇인지. 그리고 반전을 포함한 결말로 정리해 나간다. 동화를 통해 스토리텔링 연습을 시작하는 것은 이야기 구조가 간단하면서 확실한 갈등과 사건 및 메시지가 있기 때문이다. 명확한 이야기의 구조를 먼저 익히는 것이 더 복잡한 스토리텔링을 위해서 편하게 접근할 수 있는 방법이 될 것이다.

지인 중에 말을 많이 하는 편이지만 도대체 무슨 이야기를 하는 것인지 잘 이해가 안 되게 말하는 분이 있다. 연세가 있으신 그분은 가족 이야기나 주변 사람들의 이야기를 잘한다. 그런데 앞뒤 이야기가 연결이 잘 안 돼서 나는 자꾸 질문을 해야 했다. 중간중간 이야기의 흐름에 꼭 필요한 부분을 건너뛰거나 순서를 바꾸거나 정리가 잘 안 되고, 뒤죽박죽일 때가 많다. 어린 친구들과 대화할 때도 그럴 때가 있다. 교육대학교를 다니는 대학생이었던 그녀는 교생 실습 때 있었던 이야기를 들려주었다. 그런데 나는 전체 이야기를 이해하는 데 몇 번의 질문과 추가 설명을 요구해야 했다. 이처럼 내용 정리가 잘 안 될 때는 이야기의 플롯을 구분하여 말하는 연습이 필요하다. 인물, 갈등, 사건, 결론. 이 네 가지 요소만 잘 파악해도 이야기의 흐름이 매끄럽게 진행될 것이다.

2. 듣고 따라 하라

　동화 스토리텔링을 잘하는 방법은 문자(text)로 되어 있는 자료를 보고 말로 표현하는 것보다는 오디오나 영상으로 되어 있는 것을 보고 따라하는 것이 좋다. 글로만 되어 있는 자료를 보고 말로 바로 표현하는 것은 스피치 초급 단계에 있는 사람에게는 어렵다. 우리의 뇌는 문자(text)보다 이미지를 더 잘 기억하기 때문에 처음부터 문자로만 되어 있는 자료는 지양하는 것이 좋을 것이다. 네이버는 주니어 포털을 따로 운영하고 있다. 그래서 다양한 동화 영상을 무료로 즐길 수 있다. 짧게는 3분 내외 길게는 7분짜리로 되어 있다. 좋아하는 동화를 다시 보는 재미도 있고, 잊고 있었던 이야기들을 내 기억 속에서 소환해 다시 어린 시절로 돌아가는 즐거움도 있을 것이다. 창작동화와 생활동화 같은 처음 접하는 동화들을 활용해 보는 것도 좋다. 네이버뿐 아니라 유튜브에도 우리가 스토리텔링할 수 있는 동화 영상자료들이 엄청나게 많으니 찾기 어렵지 않을 것이다.

　동화 플래시 영상은 귀여운 애니메이션에 해설자와 등장인물의 대사로 이루어져 있다. 한 번에 내용이 다 들어오는 경우도 있지만 적어도 세 번을 보라고 권하고 싶다. 처음에는 편하게 스토리를 감상하면서 보면 된다. 전체적인 이야기의 흐름과 주요 등장인물을 파악하면 된다. 두 번째 감상에서는 이야기의 네 가지 구성 요소를 분석해 보는 것이다. 주요 갈등 내용, 사건의 시작, 전개, 반전, 그리고 결론으로 구분해 보는 것도 좋다.

　세 번째는 필요 없는 군더더기를 빼고 말로 표현하기 위한 내용을 한 번 더 정리하는 차원에서 감상하면 된다.

[은혜 갚은 호랑이]

영상을 통해 우리가 접하는 동화는 등장인물의 표정과 감정을 바로 느낄 수 있기 때문에 이야기의 구조적인 면뿐만 아니라 표현하는 방식에도 도움이 된다.

"화살에 맞아 숨을 거두는 호랑이를 보고 나무꾼은 눈물을 흘리며 슬퍼했다."라는 텍스트를 보고 감정을 읽는 것보다는 영상에서 나무꾼의 슬픈 표정과 대사를 통해 감정이 직접 전달되기 때문에 우리가 스토리텔링할 때도 표현하기 쉬워지는 것이다. 스토리텔링은 내용 전달뿐만 아니라 사건이 발생하고 등장인물의 갈등을 겪는 과정에서의 감정 상태와 결말에서의 청자들이 느껴야 할 감정이 잘 전해질 때 빛을 발한다.

착한 나무꾼이 산에서 호랑이를 만났을 때의 공포, 울고 있는 호랑이, 마당에 놓인 호랑이의 온갖 선물을 본 뒤 반응, 호랑이의 죽음에 대한 슬픔 등의 감정이 영상을 통해 바로 느껴진다. 스토리텔링에서 이 부분도 빼놓을 수 없는 중요한 포인트다. 말을 통해 전할 때도 감정을 느낄 수 있어야 한다.

몇 년 전 작가 이지선 씨의 이야기가 화제가 된 적이 있다. 그녀는 당시 인기 방송이었던 〈힐링캠프〉에 나와 자신의 이야기를 담담하게 말했다. 교통사고로 전신 55%, 3도 화상을 입어 30번이 넘는 수술을 하였지만, 그녀는 지난날의 인생으로 돌아갈 수 없었다. 그녀 나이 23세 때 일이었다. 하지만 그녀는 모든 것에 감사하는 긍정과 희망의 아이콘이 되어 돌아왔다. 그녀는 사회복지학을 전공하여 미국에서 박사학위를 취득하고 현재 교수가 되었다. 그녀의 이야기는 우리 수업시간에 스토리텔링 소재가 되곤 하는데, 그녀의 굴곡진 삶을 이야기할 때 우리가 방송을 통해 느꼈던 감정을 그대로 전할 수 있어야 한다. 완전히 똑같을 수는 없겠지만, 그녀가 겪었던 고통과 극복하는 과정에서의 강한 의지, 그녀의 삶의 철학, 그리고 그것을 통해 우리가 느끼는 감정과 생각들을 영화 한 편을 보듯 전달해야 한다.

한 번에 감동의 물결을 일으킬 수 있는 스토리텔링을 할 수 없겠지만, 단순함 속에 큰 교훈을 담고 있는 동화부터 도전해 보면서 점차 실력을 키워 나갈 수 있을 것이다.

3. 변화의 포인트를 기억하라

승진, 포트폴리오 발표, 사내 캠페인 발표 등 다양한 발표에서 빠질 수 없는 것이 스토리텔링이다. 십여 년 동안 경영관리 부서에서 일했던 정양희 씨는 차장 진급 시험에서 자기 PR 발표를 해야 했다. 발표 내용에 십 년 넘게 근무하면서 회사에 기여한 부분을 스토리텔링 형식으로 넣었다. 하지만 스토리텔링을 매끄럽게 하기까지 꽤 많은 연습이 필요했다. 힘들었던 가장 큰 이유는 스토리의 중요한 포인트를 자꾸 잊어버렸기 때문이다. 발표를 할 때 원고를 작성하고 외우는 것은 좋은 방법은 아니다. 중간에 단어 하나만 잊어도 전체가 무너진다. 발표라는 긴장된 상황에서는 충분히 그럴 수 있다. 그래서 외우지 말고 스토리의 포인트만 기억해서 연결하는 연습을 시켰다.

백설공주 이야기를 예로 변화의 포인트를 찾아보면 다음과 같이 정리가 된다.

새어머니 왕비의 등장

사냥꾼의 거짓말

일곱난쟁이와의 만남

독사과

백마탄 왕자

백설공주 이야기는 새 왕비의 등장으로 갈등이 시작된다. 질투를 느낀 왕비는 공주를 죽이라고 사냥꾼에게 명령하지만, 사냥꾼은 공주를 살려 주고 대신에 사슴의 심장을 가져가 공주가 죽었다고 속인다. 공주는 숲속을 헤매다가 일곱난쟁이를 만나 행복한 생활을 하게 된다.

하지만 거울을 통해 공주가 살아 있다는 것을 알게 된 왕비는 독사과로 공주를 다시 죽이려 한다. 결국 독사과를 먹고 깊은 잠에 빠진 공주는 백마탄 왕자가 나타나 그녀에게 키스함으로써 살아나게 된다.

이야기의 변화 포인트를 기억하면 흐름이 끊기지 않고 연결된다.

공주가 사냥꾼에게서 어떻게 살아난 건지, 그 뒤로 숲속에서 누구를 만났는지, 왜 또다시 죽게 되었는지, 어떻게 살아나게 된 건지, 변화의 포인트에서 이야기는 이어진다.

앞에서 언급한 정양희 교육생은 경영관리자로서 자신의 업적을 이야기할 때 자기계발 부분에서 자꾸 막혔다. 3개 국어를 목표로 작년부터 영어와 중국어를 공부하고 있고, 지금은 어느 정도 수준에 올랐으며 내년까지 단계를 높여 해외 법인 재무제표까지 분석할 수 있는 능력을 갖추어 중국과 유럽 등 해외 법인 경영관리 파견 업무에 지원하겠다는 내용이다.

이 스토리의 포인트를 이렇게 잡았다.

> 회사의 경영철학- 미래를 준비하는 인재
>
> 3개 국어
>
> 중국어
>
> 해외 법인 재무제표
>
> 경영관리 컨트롤 타워
>
> 해외 파견 업무

이야기의 흐름에서 주요 변화 포인트의 키워드만 기억해도 막히지 않는 스토리텔링을 할 수 있다.

이렇게 간단한 이야기가 기억이 안 나거나 말이 꼬일 일이 뭐가 있을까 싶지만, 스피치의 초보자에게는 '토끼와 거북이'도 아주 말하기 어려운 이야기다. 뿐만 아니라 자신의 이야기를 하는데도 기승전결이 매끄럽지 않고, 사건이 어떻게 발생하고 어떤 과정으로 해결된 건지 매끄럽게 이어지지 않는다. 스토리에는 변화와 변화의 단계가 있고, 변화의 강도가 있다. 그 포인트만 잘 정리해 놓으면 꼬였던 이야기가 잘 풀어질 것이다.

제6장
최고의 경험, 최악의 경험
– 나의 극적 스토리

추수감사절 전날 밤 추운 거리를 반팔만 입고 헤매는 마이크를 발견한 리앤은 그가 그녀의 아이들과 같은 학교에 다닌다는 것을 알고, 그를 데리고 집으로 향한다. 갈 곳이 없는 그를 받아주고 가족이 된 리앤 가족은 사람들의 편견과 질타 속에 갈등도 있었지만, 순수하고 착한 마이크를 온전히 받아들이게 된다. 마이크가 남다른 운동신경을 가지고 있다는 것을 발견한 리앤은 그가 최고의 미식축구 선수로 거듭날 수 있도록 모든 지원을 아끼지 않는다. 결국 미국에서 아주 뛰어난 미식축구 선수가 된 마이클 오어. 이 이야기는 영화화되어 미국뿐 아니라 우리나라에서도 많은 인기를 끌었다.

2003년 미국 유타주의 블루 존 캐넌에서 홀로 등반을 하던 아론은 좁은 협곡 사이에 굴러 떨어져 오른팔이 암석 사이에 끼는 사고를 당하게 된다. 바위를 깎아 보고 힘으로 들어 올려 보려 했지만, 팔은 절대 빠지지 않았다. 그곳에 갇혀 추위와 배고픔, 공포와 외로움을 견뎌내야 했다. 결국 아론은 탈출을 위해 몇 시간에 걸쳐 자신의 오른팔을 절단한다. 일부러 팔을 부러뜨리고, 칼로 살과 신경을 자르는 과정에서 아론은 엄청난 고통을 겪었지만 삶에 대한 의지로 모든 것을 극복하며 결국 탈출할 수 있었다. 이 이야기 또한 〈127시간〉이라는 영화로 제작됐다.

1. 영화보다 더 영화 같은 우리의 이야기

우리의 삶은 때론 영화보다 더 극적이다. 평범한 대학생이 창고에서 사업을 시작해 세계 최고의 IT기업의 회장이 되었다는 이야기, 팔다리가 없이 태어난 장애인이 많은 사람을 감동시킨 희망의 아이콘이 된 이야기, 최고의 인기를 누렸던 아티스트가 약물중독과 우울증으로 불행하게 삶을 마감한 이야기. 이런 삶의 굴곡진 이야기들을 통해 우리는 많은 감흥을 얻게 된다.

스토리텔링에서 극적 스토리는 아주 좋은 소재다. 동화 드라마처럼 가상의 이야기가 아닌 실제 삶의 이야기는 더 강력한 힘을 발휘한다. 이런 극적 스토리는 많은 매체에서 다루고 있기 때문에 어렵지 않게 접할 수 있다. 이런 이야기를 수집해 놓으면 분명 써먹을 데가 많을 것을 것이다. 책이나 방송, 뉴스를 통해 본 이야기들을 한 번 듣고 버리지 말고 기억해 두도록 노력해 보자. 메모해 놓는 것도 좋다.

하지만 이 단원에서는 남의 극적 이야기를 찾는 것이 아니라 내 삶의 극적 스토리를 찾는 연습을 해 볼 것이다. "내 인생은 너무 평범해서 극적 스토리가 없는데요."라고 하는 분들이 많을 것이다. 하지만 우리 인생이 가장 큰 드라마고 영화다. 세상에는 평범한 인생이란 존재하지 않는다. 우리는 각자 특별한 경험들을 매일매일 하고 있다.

"살면서 가장 행복했던 순간은 언제인가요?"라는 질문에 당신은 어떤 대답을 할 것인가?

지금까지 살아오면서 가장 힘들었던 순간은 언제인가? 당신의 삶에서 가장 큰 위기는 언제였고, 어떻게 극복했는가? 인생에서 최고의 인연을 꼽으라면? 지금까지 살면서 가장 큰 도움을 준 사람은 누구인가? 반대로 가장 당신을 힘들게 했던 인연은?

이런 질문에 많은 교육생이 딱히 할 말이 없다고 대답했다. 누구나 겪는 그저 그런 인생을 살아왔기 때문에 특별히 해 줄 말이 없다는 것이다. 아주 좋았던 적도 없었고, 아주 힘들었던 적도 없는 평이한 삶. 사실 누구나 꿈꾸는 삶일지도 모른다.

여자는 태어나서 결혼을 하고 누군가의 아내가 되고, 아이를 출산하고, 엄마가 되는 삶이 당연하고 특별할 것 없는 삶이라고 말할지도 모른다. 하지만 많은 사람이 경험했다고 해서 그것이 극적 스토리가 되지 못하는 것은 아니다. 출산의 느낌과 기쁨은 남성 혹은 짝이 없는 여성은 절대 알 수 없는 경험이다. 남자로서 아빠가 되고, 누군가의 든든한 남편이 된다는 것 또한 여성이나 결혼하지 않은 남자는 결코 알 수 없는 경험일 것이다.

또 나처럼 일찍 결혼해서 가정을 꾸린 사람은 30대 중반까지 싱글로 지내는 사람들의 삶을 온전히 알 수 없다. 때때로 자유로움이 부럽기도 하고, 혼자 사는 것이 외롭진 않을까 상상하는 정도이다. 직장생활, 대학생활, 결혼과 연애도 마찬가지다. 우리가 말하는 평범한 삶이란 사실 그 실체가 없는 것일 수도 있다. 내가 특별하지 않다고 믿기 때문에 내가 살아온 삶 또한 특별하지 않다고 생각하는 것이다. TV나 언론에 소개되는 아주 아주 희귀한 삶을 종종 만나지만 그런 것만이 특별한 이야기라고 단정 짓지 말자. 우리는 각자 아주 특별하고 극적인 인생을 살고 있다.

이 장에서는 바로 별거 아닌 내 인생 이야기에 특별함을 부여하는 말하기에 대해 알아볼 것이다.

다음은 내 인생의 극적 스토리를 찾기 위한 질문들이다. 질문에 맞는 답변을 해 보자.

♣ 내 인생의 베스트 찾기

가장 행복했던 순간은 언제인가?

가장 사랑하는 사람은 누구인가?

가장 나에게 큰 도움을 줬던 사람은 누구인가?

내 인생에서 가장 의미 있던 사건은 무엇인가?

내 인생 최고의 여행은?

노력해서 가장 큰 성과를 이루었던 경험은?

가장 맛있었던 음식은?

가장 열정을 쏟았던 일은?

가장 멀리 떠났던 경험은?

간절히 원하던 것을 얻었던 경험은 무엇인가?

♣ 내 인생의 워스트 찾기

내 인생 최악의 순간은?

가장 힘들었던 순간 극복기는?

가장 큰 좌절이라고 생각했던 경험은?

내 인생 최악의 실패 경험은?

가장 큰 상처로 남은 나의 실수담은?

나에게 큰 상처를 주었던 사람은?

나 스스로에게 실망스러웠던 순간은?

내 인생 최악의 음식은?

내가 봤던 공연/영화 중에 가장 재미없었던 것은?

가장 후회되는 순간은?

♣ 내 인생 첫 경험

내 인생 첫사랑은?

처음으로 부모의 도움 없이 혼자 해낸 일은?

산타클로스가 없다고 처음 생각했을 때는?

처음으로 내 인생을 걸 만하다고 생각했던 것은?

혼자 처음 여행했던 경험은?

처음으로 돈을 번 경험은?

조직이나 팀에서 리더 역할을 처음 했던 적은?

처음으로 부모가 됐을 때의 심정은?

사랑하는 사람을 처음으로 떠나 보냈을 때는?

나의 첫 직장은?

위의 질문에 중복되는 답변이 있을 수 있다. 나의 최고의 경험이 첫 경험이 될 수도 있고, 최악의 경험이 나의 가장 큰 실수담이 될 수도 있다.

그 점을 감안하더라도 우리는 적어도 20개의 스토리는 나와야 한다.

여기서 최고, 최악, 첫 경험이라는 것은 누구의 기준도 아니고, 내 기준이다. 내 인생에서 그나마 가장 좋았던 순간, 가장 힘들었던 순간을 찾아보자. 20대 초반이나 10대 교육생 중에서 가장 힘들었던 순간이 없었다고 말하는 사람이 많다. 부모님의 보호 아래 경제적으로 힘든 것도 없었고, 친구 문제나 건강 문제도 없었다고 한다. 굳이 꼽자면 성적 문제라고 했다. 성적이 잘 오르지 않거나 떨어질 때가 가장 힘들었다고 한다. 특히 우리나라의 교육시스템에서는 학생들이 다양한 경험을 할 수 없으므로 공부밖에 할 이야기가 없다. 공부 빼고 다른 이야기를 하라 하면 거의 특별한 것이 없다고 한다. 중년의 어른들도 마찬가지다. 50대가 될 때까지 많은 경험을 했으련만 딱히 기억나는 게 없다고 한다. 그런 교육생들에게 잃어버린 이야기를 찾아드리는 것이 내 일이다.

위의 30개의 질문 중에 가장 어려워하는 것은 내 인생에서 가장 힘들었던 순간이다.

이 질문은 우리가 드라마나 영화에 나올 법한 시련을 말하는 것이 아니다. 내가 경험했던 것 중에 나를 힘들게 했던 일을 떠올리면 된다. 예를 들면, 가까운 사람과 멀어진 것, 사소한 일로 갈등이 생겨 좋은 기회를 잃어버린 것, 가족과 의견 충돌로 갈등을 겪은 시기, 내가 원하는 일을 누군가의 반대나 방해로 못 했던 일 등이다. 꼭 크게 집안이

망하거나, 난치병에 걸렸다거나, 사기를 당한 일이 아니어도 된다.

꿈을 안고 직장에 들어왔지만 나를 괴롭히는 동료나 상사를 만난 것, 일이 너무 바빠 가족과 시간을 보낼 수 없었던 날들, 아이를 출산하고 여자로서의 모습을 잃어버린 나를 발견했을 때 등 우리의 일상에서도 얼마든지 시련의 순간을 떠올릴 수 있다.

"가장 힘들었던 순간은 진로 문제 때문에 고민이 많았던 중3 때입니다. 저는 음악을 좋아해서 청소년 밴드부 활동을 했고, 피아노와 기타를 잘 치는 편이었습니다. 노인복지관에 연주 봉사를 간 적도 있고, 자작곡을 만들기도 했습니다. 특히 케이팝에 관심이 많아 음악을 전공하여 작곡가 겸 연주가가 되는 것이 꿈이었습니다. 하지만 부모님께서는 음악보다 공부를 하길 원하셨습니다. 경영학과를 나와 일반 회사에 취업하는 것을 권했습니다. 그래서 제가 원하던 예술 고등학교를 진학하지 못하고 자사고에 들어가게 되었습니다. 그때 제 인생을 스스로 결정하지 못한다는 것이 너무 힘들었고, 부모님의 뜻에 대항하지 못하는 제가 초라해 보이기도 했습니다.

하지만 지금 저는 부모님의 뜻을 거스르지 않고 제 꿈을 어떻게 이룰 수 있을지 고민하며 힘든 시기를 견뎌내고 있습니다. 경영학을 전공하여 대중음악 마케터가 되어 우리나라 음악계에 도움이 되는 일을 하고 싶습니다. 그리고 음악 작업은 틈틈이 하여 제 작품도 계속 만들고 싶습니다. 저는 음악을 사랑하고, 음악적 재능뿐 아니라 경영학도로서의 마인드와 자질도 가지고 있으므로 우리나라 대중음악계를 이끌어 가는 마케터가 될 수 있다고 생각합니다."

자신의 진로 문제에 대해 아주 단순하게 얘기했던 고3 학생의 스토리를 '내 인생의 역경 극복기'라는 극적 스토리로 만든 것이다. 물론 부모님과의 갈등을 극대화하고, 그 갈등을 드라마틱하게 극복한 경험담이라면 더 재미있겠지만, 누구나 그런 인생을 사는 게 아니다. 내 마음속의 숨어 있던 갈등과 고민을 꺼내어 내 인생을 결정지었던 그때의 순간을 생생하게 그려내는 것이 이 스토리텔링 기법의 핵심이다.

"경쟁에서 살아남기 위해 20대를 정말 열심히 살았습니다. 30대 초반에 회사의 중요한 직책을 맡을 만큼 성장했고, 그 과정에서도 제 젊은 날의 열정을 다 받쳤습니다. 그렇게 정신 없이 20년이란 세월을 보내고 어느 순간 40대가 되어 있는 나를 발견했습니다. 항상 아이들에게 피곤에 찌들어 주말에는 잠만 자던 아빠의 모습만 보여 줬던 것 같습니다. 아내와의 진솔한 대화를 한 게 언제인지 기억이 나지 않았습니다. 그래서 문득 내가 살아가는 이유가 무엇인지 생각하게 되었습니다. 나를 돌아보지도 못하고, 가족과의 추억도 쌓지 못하고 일만 하고 있는 삶이 어떤 의미가 있을까 생각해 보니 뭔가 잘못되고 있다는 느낌이 들었습니다. 그래서 지금부터 달라지려고 합니다. 나와 가족을 위한 시간을 늘리고, 쏟아 내기보다 내공을 쌓아 가는 시간을 갖기로 했습니다. 공부도 하고, 건강관리에도 더 힘쓸 것입니다. 앞으로 50년을 더 건강하고 행복하게 살기 위해 한쪽만을 바라보지 않고, 인생의 다양한 면을 바라볼까 합니다."

40대 중년의 가장인 이 남자 교육생은 인생의 큰 시련 없이 탄탄대로를 달려온 사람이다. 입시 걱정, 취업 걱정, 돈 걱정 없이 45년을 살아왔다. 그래서 딱히 시련과 고난에 대해 할 말이 없다고 했다. 하지만 시간을 두고 드라마틱한 큰 시련이 아니라, 소소한 일상에서의 내적 갈등이나 고민들을 나열해 보라고 했다. 그중에서 누구나 중년이 되면 겪는 인생에 대한 고민을 털어놓았다. 그 이야기는 누구나 공감할 수 있는 멋진 스토리가 되었다. 평범한 사회인에서 인생의 의미를 찾아가는 가장이 되어 가고 있는 중이다.

이런 스토리는 없는 이야기를 거짓으로 만들거나 과장한 것이 절대 아니다. 자신의 삶에 분명 존재했던 일상의 스토리들을 한 가지의 주제에 맞게 의미 부여를 하고, 나의 추상적인 생각들을 구체화된 언어로 표현한 것뿐이다. 누구나 술자리에서 푸념처럼 했던 이야기들을 제대로된 스토리로 승화시켰다.

"공장을 운영했던 남편 덕에 30년이 넘게 공장에서 일을 했습니다. 지금은 직원들도 많아지고, 아들들이 도와주니 직접 생산라인에서 일할 일은 줄어들었지만, 신혼 초에는 직원대신 직접 생산, 포장, 주문받는 일까지 모두 다 했습니다. 하루 12시간 이상을 일하고, 살림과 두 아이 육아까지 하다 보니 나를 위해 투자한 것은 아무것도 없었습니다. 주문이 밀리면 생산 일정을 맞추기 위해 밤새 공장을 돌리고, 쉬는 날도 없이 열심히 일만 하며 30년을 살았습니다. 그래서 저는 할 줄 아는 게 아무것도 없습니다. 나이 50이 넘어서 이제서야 내가 하고 싶었던 운동도 배우고, 노래교실도 나가고 있지만, 평생 시끄럽고 좁은 공장에서 일만 하다 보니 사람들과 어울리는 것도 힘들고, 말도 잘 못해서 참 바보 같다는 생각이 듭니다. 일만 하지 말고 가끔 나를 위한 투자도 하면서 살 걸 하는 후회가 밀려 옵니다. 이제는 말 잘하는 법을 배워서 모임에서 당당하게 내 의견도 말하고, 리더 역할도 맡아서 멋지게 살아보고 싶습니다."

우리 스피치 교육원을 찾았던 50대 중반의 주부 교육생의 스토리텔링이다. 이 교육생은 자신은 일만 해서 할 줄 아는 것도 없고, 할 얘기도 없다고 했던 분이다. 인생의 가장 행복했던 순간, 힘들었던 순간, 보람 있었던 순간, 인상 깊었던 경험이나 여행 등 모두 딱히 기억나는 게 없다고 했다. 하지만 스토리텔링 수업을 통해 의미 있는 스토리를 만들어 보았다.

스토리텔링을 하다 보면 자신을 돌아보는 계기가 된다. 내 안의 멋진 스토리를 찾기 위해서 지나간 세월들을 더듬어 본다. 그 과정을 통해 내 삶이 특별해지는 것이다. 스피치는 말 잘하는 법을 배우는 과정이지만, 진짜 말을 잘한다는 것은 내 안의 스토리를 진정성 있게 표현하는 것도 포함된다. 그 사람의 내면을 알 수 있는 이야기, 깊은 생각과 삶의 철학을 알 수 있는 말하기를 했을 때 말을 잘한다고 할 수 있다. 정확한 발음과 멋진 발성, 화려한 미사여구가 아니어도 된다. 더듬거리더라도 내 이야기를 진솔하게 할 수 있는 용기와 마음이 있으면 가능하다. 할 얘기가 없다고 단정 짓지 말고, 소소한 일상도 스토리가 될 수 있다는 자신감을 가지면 된다.

반면에 진짜 극적 스토리를 가지고 있어도 그것을 잘 표현하지 못해 묻혀 버리는 경우가 있다. 나의 생고생담, 어려움 극복기, 남들과 다른 특별한 경험들을 생생하고 의미 있게 표현할 줄 안다면 그 이야기는 사람들에게 많은 감동과 메시지를 줄 것이다. 내 자랑이나 무용담으로 끝나는 나 혼자만의 이야기가 아닌 누구나 공감하고 함께할 수 있는 스토리텔링으로 의미 있는 말하기를 하는 것이 이 장의 목적이다.

2. Why, How, Result로 말하기

그러나 아직도 스토리텔링이 어렵다면 간단한 질문을 통해 스토리의 구성을 배워 보자.

"누구의 도움 없이 내 스스로 뭔가를 해 낸 경험은?"이라는 질문에 간단하게 대답해 본다.

'보호자 없이 열네 살에 친구와 함께한 계룡산 등산.'

이렇게 단답형으로 답을 단순하게 말해 본 뒤 구체적 스토리를 완성하기 위한 다음의 질문에 다시 답을 해 보자.

"왜 친구와 단둘이 계룡산을 등산하게 되었나?"(Why)

"친한 친구와 중학생이 된 기념으로 우리만의 추억을 만들고 싶어서 당일치기 여행을 계획했다. 집에서 가까운 계룡산으로 등산을 가기로 했다. 초등학교 때부터 아빠와 자주 가던 곳이라 익숙한 곳이었다. 등산을 하고 나면 힘들기도 하지만 정상에 오르면 뿌듯한 기분도 들었다. 그래서 가장 좋아하는 친구와 함께 그 기분을 함께 느끼고 싶었다."

"등산을 하는 과정은 어떠했나?"(How)

"처음에는 화기애애한 분위기로 발걸음이 가벼웠다. 하지만 1시간쯤 지나서 말이 서로 없어지고, 무릎과 허리가 아파 오기 시작했다. 등산 경험이 거의 없는 친구는 자꾸 뒤쳐지고, 얼마나 더 가야 하나 계속 물어봤다. 하지만 가을의 절경에 감탄하며 힘듦을 잊을 수 있었다. 오랜만에 만나는 물소리, 새소리, 낙엽 밟는 소리는 어린 우리들의 마음을 편안하게 해 주었다. 성적 문제, 진로 문제, 친구 문제 등 복잡한 고민들이 사라지는 느낌이었다."

"등산을 마치고 난 느낌은 어떠했나?"(Result)

"3시간 만에 우리는 동학사를 지나 관음봉에 도착했다. 산봉우리 꼭대기의 시원한 바람이 이마의 땀을 식혀 주었다. 몇 시간 동안 올라오면서 힘들었던 것은 다 사라지고 가슴이 뻥 뚫리는 기분이었다. 친구와 아무 말 없이 웃다가 싸 갔던 도시락을 정말 맛있게 먹었다. 정상에서 많은 사람이 휴식을 취하며 사진도 찍고 즐거워하는 모습이 보였다. 올라갈 때 그 무거웠던 다리가 내려갈 때는 정말 가벼웠다. 뭔지 모를 뿌듯함과 함께 앞으로 뭐든지 할 수 있을 것 같은 용기가 생겼다. 그리고 친구와의 관계도 더 돈독해지는 기분이었다. 그 친구는 등산은 자기 체질이 아니라며 다시는 안 하겠다고 했지만, 우리는 그 뒤로 두 번의 산행을 더 했다."

질문에 대한 답에 Why, How, Result에 대한 추가 답을 달면 구체화된 스토리텔링이 완성된다. 아주 쉽지 않은가? 스토리를 만드는 과정은 어렵지 않다. 주제 문장을 하나 정하고 그것을 구체화할 수 있는 추가 질문에 답을 하는 방법으로 살을 붙여 나가면 된다. 우리가 1장에서 배웠던 관점 쪼개기와 비슷하다.

질문에 그 대답을 한 이유가 무엇인지, 그 과정은 어떠했는지, 그 일화를 통해 내가 느낀 점이나 나에게 일어난 변화는 무엇인지 추가적인 질문을 통해 구체화하라. 그리고 그 스토리를 통해 전하고 싶은 메시지를 덧붙이면 된다.

스토리텔링의 힘은 많은 책에서도 이미 소개되었다. 'Ted', '세바시' 등 많은 강연 프로그램에서 멋진 강연을 했던 연사들의 공통점이 감동적인 스토리텔링을 했다는 것이다. 스토리를 통해 메시지는 그 힘이 강력해지고, 우리 뇌와 마음속에 더 확실하게 각인된다. 우리가 정직해야 한다는 교훈을 「양치기 소년」에서 배우고, 착하게 살아야 한다는 교훈을 「흥부와 놀부」, 「콩쥐팥쥐」를 통해 배운 것처럼 우리의 인생 스토리를 통해 의미 있는 메시지를 남길 수 있다.

"나는 너무 평범하게 살아와서 딱히 할 말이 없어."라고 하지 말고 내 인생의 특별한 스토리를 찾아 이야기해 보자.

PART 3
Do it!

상황에 맞는 스피치 훈련법

다양한 목적에 따라 달라지는 말하기 기법

제1부와 제2부에서는 다양한 말 소재를 구하고, 스토리를 통한 스피치 훈련법을 배워 보았다. 생각의 영역과 언어 운동능력을 동시화시켜 막혔던 말문을 여는 과정이라고 보면 된다. 하지만 이제 말문을 연 것일 뿐 더 효과적인 말하기를 위한 스피치 구성법을 알아야 한다. 이 장에서는 말의 구조를 배워 볼 것이다. 그 첫 번째가 논리적 말하기 구조이다. 논리적 말하기는 말 그대로 중구난방하지 않고, 말의 논리성이 확보되어 설득력 있는 말하기를 뜻한다. 논리적인 말하기는 이성적 설득에 꼭 필요한 말하기다. 감성적인 설득과 별개라고 생각할 수 있지만, 감성적 설득을 하기 위해서도 논리적 말하기는 매우 중요하다. 모든 것을 감정 호소만으로 설득할 수는 없기 때문이다.

홈쇼핑 방송 10년 동안 다양한 설득 방법으로 고객에게 상품을 판매했다. 특히 논리적 접근이 필요한 상품은 고관여 상품이다. 렌탈 상품이나 건강식품, 보험상품 등이다. 물론 모두 감성 소구가 필요하지만 식품이나 패션, 이미용 제품보다는 탄탄한 논리와 신뢰성을 강조해야 하는 상품이 앞서 말한 그런 상품들이다. 왜 홈쇼핑에서 지금 당장 이 고가의 상품을 사야 하는지 탄탄한 논리 구조가 없으면 고객은 절대 구매하지 않는다. 한번 구매하면 몇 년은 빼도 박도 못 하고 써야 하는 것들은 더더욱 그렇다. 천만 원이 넘는 자동차, 백만 원이 넘는 모피나 어학 프로그램, 몇십만 원의 아동전집들. 이런 상품을 단 몇 분의 설명만 듣고 결정하기는 쉽지 않다. 하지만 쇼호스트들은 그런 일들을 해내고 있다. 단순한 말발이 아니라 구매할 수밖에 없는 탄탄한 설득력을 가지고 있다. 사실 이런 것들은 쇼호스트가 만들어 내는 것이 아니다. 그 상품을 기획한 개발자나 MD가 만든다. 상품이 판매될 수 있도록 상품의 콘셉트에 논리성과 신뢰성을 심어야 하는 것이다. 시중에서 150만 원에 판매되는 상품을 홈쇼핑 방송에서 100만 원에 판매하면서 많은 사은품까지 줄 수 있는 타당한 이유가 있어야 한다. 그 논리성을 찾기 위해 사전 미팅 때 많은 사람이 아이디어를 짜낸다. 방송 100회 특집 방송 특별 할인 이벤트, 100억 돌파 특별전, 공동구매 형식으로 이런 혜택을 줄 수 있다는 식이다. 가격이 너무 저렴해도 설득력 있는 이유가 없으면 고객은 의심을 품기 때문이다. 가격이 아닌 상품에 대한 콘텐츠 가치에 대해서도 당연히 논리적 타당성이 있어야 한다. 생전 들어 보지 못한 브라질넛이나 링곤베리를 왜 먹어야 하는가? 가격이 아무리 싸도 듣보잡(?) 상품을 구매하는 고객은 없을 것이다. 상품의 기원, 가치, 영양학적 특징, 건강과의 연관성 등의 정보를 매우 객관적이고, 신뢰성 있게 풀어내야 한다. 풀어내는 과정에서 무엇을 먼저 말해야 할지 모르겠다면 포인트가 되는 주제 문장을 만드는 것부터 시작하라. 논리적 말하기의 기본은 핵심 주제 문장이다.

제7장
막힐 때 꺼내쓰는 로지컬 기법

1. 논리적 말하기 구조: 두괄식, 양괄식, SEO기법

"한번 약속을 어기게 되면 그다음부터 약속을 어기는 것이 더 쉬워지게 됩니다. 점점 나를 가까이하는 사람들도 줄어들게 되는 것 같습니다. 친구들 사이에서도 그런 일이 종종 있는데요, 모임 약속 때마다 당일이나 하루 전날 꼭 약속을 펑크 내는 친구들이 있습니다. 같이 만나기로 의견을 모을 때는 오케이 해놓고는 막상 당일이 되면 귀찮아져서 아프거나 일을 핑계로 나오지 않습니다. 매번 약속을 어기는 친구는 정해져 있습니다. 그래서 점점 그 친구는 모임에 부르지 않게 되고, 연락도 잘 안 하게 됩니다. <u>그래서 아무리 친한 사이어도 약속을 잘 지키는 것이 중요하다고 생각합니다.</u>(주제 문장)"

이 내용은 우리가 일상에서 편하게 말할 수 있는 가벼운 이야기다. 결론은 맨 마지막에 나온다. 이것을 국어에서는 미괄식이라고 한다. 결론 문장이 나중에 나오는 것이다. 글과 말에서는 여러 가지 형식이 있을 수 있지만 스피치의 초보자라면 나는 무조건 두괄식을 따르라고 말하고 싶다.

"**나는 아무리 친한 사이라도 평소에 약속을 잘 지키는 것이 중요하다고 생각합니다**(주제 문장). 한번 약속을 어기게 되면 그다음부터는 약속을 어기는 것이 더 쉬워지고 사람들과의 관계도 멀어지기 때문입니다. 친구들 사이에서도 종종 그런 일이 있는데요, 모임 약속 때마다 당일이나 하루 전날 못 나온다고 연락하는 친구들이 있습니다. 같이 만나기로 의견을 모을 때는 오케이 해놓고 막상 당일이 되면 귀찮아져서 아프거나 일을 핑계로 나오지 않습니다. 매번 약속을 어기는 친구는 정해져 있습니다. 그래서 점점 그 친구는 모임에 부르지 않게 되고, 연락도 잘 안 하게 됩니다."

한국 사람의 말하기 특징 중의 하나가 주인공은 마지막에 등장한다는 개념이다. 내가 말하고자 하는 핵심 주제를 맨 마지막에 위치시켜야 멋있다고 생각하는 것 같다.

반면 '빨리빨리' 문화도 있다. 청중은 화자의 말을 끝까지 듣고 싶어 하지 않는다. 결론만 듣고 싶어 하는 경우가 많다. 그래서 결론을 시원하게 먼저 던져 주고 시작하는 것이 청중의 반응을 끌어내는 데 더 효율적이다. 하지만 이것만으로는 조금 부족하다. 두괄식의 말하기를 더 완벽하게 끝내기 위해 주제 문장을 한 번 더 정리해 주는 양괄식 말하기를 권하고 싶다.

"**나는 아무리 친한 사이라도 평소에 약속을 잘 지키는 것이 중요하다고 생각합니다**(주제 문장). 한번 약속을 어기게 되면 그다음부터는 약속을 어기는 것이 더 쉬워지고 사람들과의 관계도 멀어지기 때문입니다. 친구들 사이에서도 종종 그런 일이 있는데요, 모임 약속 때마다 당일이나 하루 전날 못 나온다고 연락하는 친구들이 있습니다. 같이 만나기로 의견을 모을 때는 오케이 해놓고 막상 당일이 되면 귀찮아져서 아프거나 일을 핑계로 나오지 않습니다. 매번 약속을 어기는 친구는 정해져 있습니다. 그래서 점점 그 친구는 모임에 부르지 않게 되고, 연락도 잘 안 하게 됩니다. <u>그래서 아무리 사소한 약속이나 친한 사람끼리의 약속이라도 잘 지키는 것이 좋다고 생각합니다.</u>(주제 문장)"

청중의 기억력은 좋지 않다. 아무리 짧은 이야기라도 주제가 무엇인지 얘기를 듣다 보면 잊는 경우가 많다. 대화를 하다가 삼천포로 빠지는 데 청중이 한몫하는 경우가 있다. 연인과의 문제를 상담하려고 얘기를 꺼냈다가 남자 친구랑 먹었던 맛집 얘기로 대화의 주제가 바뀐다. 우리 조직의 문제점에 대해서 이야기를 하다가 지난번 있었던 승진 심사 얘기로 끝난다. 그래서 양괄식 말하기를 통해 내 이야기를 끝까지 잘 마무리하고 정확한 메시지를 다시 한번 상기시켜 주는 것으로 명확성과 설득력을 확보하는 것이다. 이야기의 마무리 시점을 명료하게 하고 상대방이 대화를 이어갈 수 있는 타이밍을 알 수 있게 하는 또 다른 장점이 있다.

"환절기가 되면 병원에 갈 일이 많아집니다. 독감 예방 주사를 맞아도 가벼운 감기 증상이 계속 나타나는 경우가 많습니다. 작년 가을에는 알레르기 비염과 코감기, 목감기, 기침감기에 장염까지 계속 골골댔네요. 일주일에 먹는 약이 엄청났습니다. 그럴 땐 잘 쉬어야 한다고 하는데, 사실 마음껏 쉬는 것이 쉽지 않죠. 그래도 건강관리는 잘 해야 합니다. 그래서 일단 먹거리를 건강식으로 바꿨습니다. 인스턴트나 커피를 줄이고, 감기에 좋은 유자차나 생강차, 비타민이 많이 들어간 과일 섭취를 늘렸습니다. 술자리를 자제하고, 숙면을 위해 자기 전에 따뜻한 허브차를 마십니다. 그리고 매일 가벼운 운동을 하기 시작했습니다. 퇴근 후 스포츠센터에 들러 한 시간씩 러닝과 스트레칭, 가벼운 근력운동을 합니다. 그렇게 1년을 생활하다 보니 올해 환절기는 그래도 건강하게 지내고 있습니다."

위의 말하기 내용에 주제 문장을 붙인다면 뭐라고 할 수 있을까?

나는 "환절기 건강관리를 위해서 평소의 좋은 건강 습관을 갖는 것이 중요합니다.(주제 문장)"라고 붙이겠다. 이 문장을 처음과 끝에 붙이면 양괄식 말하기가 된다.

"환절기 건강관리를 위해서 평소의 좋은 건강 습관을 갖는 것이 중요합니다(주제 문장). 환절기가 되면 병원에 갈 일이 끊이지 않고, 독감 예방 주사를 맞아도 가벼운 감기 증상이 계속 나타나는 경우가 많습니다. 작년 가을에는 알레르기 비염과 코감기, 목감기, 기침감기에 장염까지 계속 아팠습니다. 일주일에 먹는 약이 엄청났습니다. 그럴 땐 잘 쉬어야 한다고 하는데, 사실 마음껏 쉬는 것이 쉽지 않죠. 그래도 건강관리는 잘 해야 합니다. 그래서 일단 먹거리를 건강식으로 바꿨습니다. 인스턴트나 커피를 줄이고, 감기에 좋은 유자차나 생강차, 비타민이 많이 들어간 과일 섭취를 늘렸습니다. 술자리를 자제하고, 숙면을 위해 자기 전에 따뜻한 허브차를 마십니다. 그리고 매일 가벼운 운동을 하기 시작했습니다. 퇴근 후 스포츠센터에 들러 한 시간씩 러닝과 스트레칭, 가벼운 근력운동을 합니다. 그렇게 1년을 생활하다 보니 올해 환절기는 그래도 건강하게 지내고 있습니다. 그래서 환절기를 건강하게 나기 위해서는 평소의 생활습관을 건강하게 바꾸는 것이 중요

<u>한 것 같습니다.</u>(주제 문장)"

사소한 나의 일상의 에피소드를 근거로 환절기 건강을 위한 평소 생활습관의 중요성을 강조하는 말하기가 되었다. 이 이야기를 듣는 상대방도 아마 '그래, 평소에 건강을 잘 챙겨야 해.' 이렇게 생각할 것이다. 이처럼 주제 문장의 존재 여부가 말의 완성도에 큰 영향을 끼친다.

내 일상의 사소한 스토리에 주제 문장을 배치하는 것으로 논리성을 갖춘 말하기가 되었다. 위의 예시글 정도는 굳이 주제 문장을 말하지 않아도 청자가 이해하고 주제 의식을 가늠할 수 있는 내용이다. 난이도가 아주 낮다. 하지만 이러한 수준의 이야기라도 양괄식의 주제 문장을 꼭 언급하는 평소의 습관이 당신 말의 논리성을 높이는 데 큰 도움이 될 것이다. 다음의 예시를 통해 주제 문장을 만들어 보는 연습을 해 보자.

이 글에서 말하고자 하는 바가 무엇인지 한 문장으로 정리해 보도록 하자. 당신은 이 글이 무엇에 관한 글이라고 말하겠는가? 다양하게 표현할 수 있다.

우리 교육생들은 몇 분 동안 고민한 후 다음과 같은 답을 내놓았다.

"출산율이 낮아지면서 학교 입학생 수도 줄어들어 발생할 수 있는 문제점에 대해 말하는 글입니다."

물론 틀린 건 아니지만 좀 더 명확한 주제 의식이 드러났으면 좋겠다고 생각한 문장이다. 입학생들이 줄어들어 어떤 문제가 어디서 발생하는 건지 알 수 없다.

"고령화와 저출산으로 대학 입학생들이 줄어들어 대학정원을 채우지 못해 그것을 해결하고자 교육부와 지방대학들이 협력 시스템 구축 협약을 체결하면서 위기 극복을 하려고 노력하는 점을 설명한 글입니다."

이것도 나쁘지 않지만 한 문장으로 하기엔 너무 길다. 그리고 모든 것을 주제 문장에 다 담을 필요는 없다.

"저출산으로 인한 입학 정원 부족 현상이 코앞에 닥치면서 위기 의식을 느끼고 있는 대학이 나름 대책을 강구하고 있습니다."

우리나라의 고령화와 저출산 문제는 심각한 상황이다. 통계청에 따르면 지난 2월 출생아 수가 역대 최저 수준으로 떨어졌다. 2월 한 달 동안 태어난 신생아 수는 34,900명, 통계가 작성되기 시작한 1990년 이래 2월 기준 출생아 수 역대 최저치다. 출산율 하락 추세는 더 심해질 것으로 전망되고 있다. 출산율이 지속적으로 감소하고 있는데다 20대가 혼인을 미루면서 인구 절벽이 다가왔다는 우려가 커지고 있다. 최근 5년간 전체 출산율은 6.75% 떨어졌는데, 20대 출산율은 32.96%나 급감했다. 2015년 전체 혼인수는 2010년에 비해 7.14% 줄었지만, 20대 혼인의 경우 2010년에 비해 27.96%

나 떨어졌다. 출산율 저하는 학령인구(6~21세) 감소로 이어진다. 올해 유치원, 초·중·고교 학생 수는 663만 5,784명으로 전년 대비 18만 4,145명(2.7%) 감소한 것으로 나타났다.

　인구 절벽에 따른 입학 절벽이 코앞에 닥치자 지역의 대학가는 비상이다. 우선 2017학년도 대학수학능력시험 수험생 지원자가 최근 6년' 만에 대폭 감소했다. 한국교육과정평가원에 따르면 올해 수능에 지원한 학생은 60만 5,988명이다. 이는 지난해 63만 1,187 명보다 2만 5,199명(4.0%) 줄어든 수치다. 이 같은 감소폭은 2012학년도 수능부터 지원자 감소세가 시작된 이래 최대 규모다. 수능 지원자는 2012학년도 당시 전년 대비 2.6% 감소한 것을 시작으로, 2013학년도 3.6%, 2014학년도 2.7%, 2015학년도 1.6%, 2016학년도 1.5%씩 줄어들었다.

　더 큰 문제는 중학생 수가 전년에 비해 8.1%나 감소한 것. 이들이 대학에 진학하기 시작하는 '2020학년 대입'에 비상이 걸렸다. 지금까지는 고교 졸업자 수가 대입 정원보다 많았지만 2018년부터는 역전 현상이 발생. 2020년부터는 역전 폭이 크게 늘어나 2023년이면 2015년 기준 53만 명에 달하는 대학진학자 수가 거의 절반인 24만 명 선으로 떨어진다. 대학입학을 원하는 학생이 입학 정원보다 줄어드는 입학 절벽이 현실화되는 셈이다.

　정부의 대학 구조 조정 압박 속에서 입학 절벽이 코앞에 닥치자 지방 대학들이 위기 극복을 위해 상호 협력에 나섰다. 지방 사립대학 경성대와 동서대는 9월 8일 '협력 시스템 구축 협약'을 체결했다. 교수진과 강좌, 캠퍼스 시설 등을 공유하는 실험에 나선 것.

교육부는 경성대와 동서대의 협력에 긍정적이다. 교육부 대학 구조조정 담당자는 "대학이 자율적으로 비교우위를 가진 분야를 특성화하고 비용을 줄이는 시도여서 긍정적"이라며 "바람직한 방향이지만 드러내놓고 유도하기엔 대학별 여건과 처지가 달라 조심스러운 측면이 있다."라고 말했다.

출처: EUREKA. 395(2016.10.01)

가장 잘 된 주제 문장이라고 할 수 있겠다. 저출산 ⇨ 입학 정원 부족 ⇨ 대학의 위기라는 핵심어를 연결하여 앞으로 진행될 이야기가 어떤 내용인지 큰 그림을 그릴 수 있으면서 간결하다.

이렇게 시작한 이 기사의 브리핑에 꼭 필요한 자료만 넣어서 설명한 뒤 마지막에 본인의 생각을 넣으면 꽤 괜찮은 짧은 논평이 된다. 우리가 신문에서 보는 논평이나 사설이 사실에 내 생각을 입히는 것인데, 그것을 말로 표현할 때는 더 간략하고 핵심적인 것만 추려 말하는 게 좋다.

주제 문장 저출산으로 인한 입학 정원 부족 현상이 코앞에 닥치면서 위기의식을 느끼고 있는 대학이 나름 대책을 강구하고 있습니다.

기사 내용 우리나라 고령화와 저출산 문제는 여러 가지 사회문제를 야기하지만 대학의 존폐 문제에도 영향을 미치고 있습니다.

특히 20대 혼인율이 급격하게 떨어지면서 출산율도 계속 감소하고 있는데요, 2016년 2월 최저치의 출생아 수를 기록했습니다. 이것은 학령 인구 감소로 이어져 유치원, 초중고 학생수가 전년 대비 2.7% 감소하였고, 대학수학능력시험 지원자가 2017학년도에 최근 6년만에 대폭 감소했습니다. 앞으로 2023년에는 2015년에 비해 절반으로 줄어들 것으로 예상됩니다. 그러므로 대학입학정원보다 지원자의 수가 줄어드는 입학절벽이 현실화되는 셈입니다.

이런 상황에서는 지방대학이 더 큰 타격을 받을 것으로 예상됩니다. 그래서 지방의 대학들은 '협력 시스템 구축 협약'을 체결하여 살아남기 위한 노력을 나름 하고 있습니다. 이러한 대학들의 협력을 교육부에서도 긍정적으로 바라보고 있지만 근본적인 대책은 아닌 것 같습니다.

내 생각 기사를 보면서 저출산 문제가 가져올 파장이 생각보다 크고, 이것을 빨리 해결하기 위한 정부의 적극적 방안이 필요하다고 느꼈습니다. 또한 대학도 부족한 정원을 채우기 위한 다양한 교육과정을 개설해야 한다고 생각합니다. 지역 주민 대상으로 한 평생교육원이나 외국인 학생 유치 프로그램 등 다양하고, 수준 높은 교육과정을 개발하여 돌파구를 마련해야 합니다.

이렇게 주제 문장(Subject) ⇨ 사례 및 객관적 자료(Example) ⇨ 내 생각(Opinion) 형식으로 정리하면 긴 기사의 내용을 효과적으로 전달하게 된다. 이것을 SEO기법이라고 부르겠다.

SEO기법으로 짧은 시간 동안 기사의 내용과 내 생각이 아주 잘 정리되어 상대방에게 전해졌다. 기사 내용 중 중요한 데이터만 사용하고 청자의 피로도를 높이는 복잡한 자료들은 걸러냈다. 볼 수 있는 자료를 제공하지 않고 말로만 할 경우에는 숫자 자료는 최소한으로 쓰는 게 좋다. 꼭 필요한 핵심 데이터만 사용해야 확실한 의미 전달이 가능하다. 예를 들면 OECD 국가 중 자살률 1위, 10년간 한국인 사망 원인 1위 암. 이런 자료들이다. OECD 국가 20여 개국 중 인구 10만 명당 자살률 25.6명을 기록하며 1위를 차지한 국가가 대한민국. 이렇게 모든 데이터를 한 문장에 넣고 말하는 것보다는 핵심적인 1위라는 데이터만 사용하여 표현하는 것이 임팩트 있는 말하기가 되는 것이다. 보조 자료 없이 화자의 말을 통해 정보를 얻는 경우에는 이런 방법이 좋다.

　이처럼 기사를 활용해 주제에 내 생각을 입혀 말하는 연습과 함께 책이나 드라마, 영화를 활용해도 좋다. 다음 기사는 당신을 위한 연습용 예문이다. SEO 원칙을 기억하며 주제의식을 뽑아내고 정리하는 연습을 해 보자.

[예문]
《동아일보》 2018.1.9.
햄버거, 라면, 커피, 콜라 등 고열량, 저영양 식품과 고카페인 식품의 TV광고를 오후 5~7시 사이 제한하는 조치가 상시적으로 실시된다. 정부는 9일 이낙연 국무총리 주재로 정부 서울청사에서 국무회의를 열어 이 같은 내용을 골자로 한 '어린이 식생활안전관리 특별법' 시행령 개정안을 심의 의결했다. 어린이 비만을 예방하고 올바른 식생활 습관 형성을 위해 특정 식품에 대한 방송광고 시간

제한이 지속적으로 필요하다는 지적에 따른 조치다. 앞서 정부는 2010년 1월 3년 시한으로 고열량, 저영양 식품에 대한 TV광고를 오후 5~7시에 금지시켰다. 이후 2013년 1월 이 규정의 존속 기간을 2년 더 연장했다. 2014년 1월에는 커피 등 카페인 식품까지 광고제한 대상을 확대했다. 2015년 1월에는 존속 기한을 다시 2018년 1월 26일까지로 3년간 재연장했다. 이번에는 아예 시간 제한 존속 기한 규정을 삭제하고 상시화한 것이다.

이 기사를 보고 당신은 어떤 생각이 드는가? 이런 조치에 과하다고 생각하는가 적절하다고 생각하는가? 그렇게 생각하는 이유는 무엇인가? 이 기사를 누군가에게 전한다면 어떤 키워드를 중심으로 둘 것인가? 이 기사의 핵심 내용을 한 문장으로 정리해서 말해 본다면 뭐라하겠는가?

당신은 이런 질문에 바로 대답할 수 있어야 한다. 앞의 예시를 바탕으로 연습해 보자. 매일 보는 뉴스나 기사 중 관심 있는 분야를 말로 정리하고 내 생각을 입혀 보는 것이다. 이런 과정을 통해 말의 논리력이 향상될 것이다.

2. 키워드 스피치와 DATA 활용 스피치

최근에 뜨개질을 유튜브를 통해 배우게 되었다. 우연히 동영상을 보고 따라하게 되었는데 나의 새로운 재능을 발견하게 되어 한동안 뜨개질에 빠져 있었다. 처음에는 쉬운 단계부터 시작했다가 점점 자신감이 붙어 어려운 작품에 도전했다. 역시 쉽지 않았다. 동영상을 보면서 혼자 작업하는 거라 더 어려웠다. 가장 힘들었던 것은 진행 내용이 중간에 이어지지 않고, 말로만 설명한 후 바로 다음 단계로 화면이 넘어가 버리면 혼자 한참 헤매야 했다. 실 하나에서 멋진 꽃잎의 향연이 나올 때까지 풀 영상으로 보여 주면 좋겠지만, 진행자의 스타일에 따라서 반복되는 작업은 바로 넘어가 버리는 경우도 있다. 그런 영상은 나 같은 뜨개질 초보자가 따라 하기에는 어려운 단계의 수준이었나 보다. 기본기도 없이 바로 작품에 뛰어들려다 보니 당연히 실패작이 나올 수밖에 없다.

스피치도 마찬가지다. 처음부터 무리한 단계의 도전은 하지 않는 것이 좋다. 포기해 버리기 일쑤이기 때문이다. 하지만 자신감이 붙기 시작하면 세바시 강연 같은 멋진 연설을 꿈꾸거나 청중을 빵빵 웃게 하는 유머 스피치를 원한다. 진정한 멋진 스피치는 내가 하고자 하는 이야기를 진솔하게 표현하는 것으로 시작된다. 전달력에 방해가 되는 작은 목소리나 안 좋은 발음, 지루한 표현력을 보완하며 가는 것이다.

앞서 논리 스피치의 두괄식, 양괄식, SEO 구조를 배워 보았다. 이제는 좀 더 자연스러운 논리 스피치를 위한 키워드 스피치와 통계 활용 스피치에 대해 알아볼 것이다.

◢◣ 키워드 스피치

앞 장에서 주제 문장을 만드는 것이 얼마나 중요한지 이야기해 보았다. 주제 문장은 최대한 간략하면서도 핵심적인 주제의식이 들어 있어 야 한다. 그런데 우리 초보 스피커들에겐 그다음이 더 큰 문제다. SEO 에서 바로 E(example)가 가장 긴 호흡으로 말해야 하는 부분이기 때문 이다. 그리고 어려운 통계자료나 전문적인 용어들이 등장해서 신경 쓸 부분이 많다. 그래서 이야기가 두서없어지고, 주제의식을 잊어버리기도 한다. 그렇다면 우리는 어떻게 하면 긴 호흡의 이야기를 끝까지 안전하 게 이어갈 수 있을까?

30대 직장인인 한 교육생은 회의 시간에 말할 내용을 대본 쓰듯 다 써서 준비한다고 했다. 그걸 보고 읽지 않으면 말이 꼬이고, 설명이 매 끄럽게 나오지 않았다. 긴장하면 할수록 더 그랬다. 그래서 미리 할 말 들을 원고에 써서 회의 시간에 읽어야 했다. 그러다 생각지 못한 상사 의 질문을 받거나, 다른 직원 발표에 대한 의견을 제시해야 할 때는 매 우 곤란하였다. 바보처럼 얼버무리게 되거나 답변을 잘 하지 못해서 무능력하게 보이는 자신이 한심하게 느껴졌다. 공식행사에서 발생한 문제에 대해 전후 상황을 보고해야 하는 자리에서도 횡설수설하여 잘 못을 은폐하려고 하는 것 아닌가 하는 의심을 사기도 했다.

하지만 그 교육생은 내용을 몰라서 말을 못 하는 게 아니다. 사실이 아닌 꾸며낸 이야기를 하려고 해서 말을 더듬는 게 아니다. 머릿속이 정리가 안 되고 언어 운동능력이 떨어져 그것을 밖으로 출력해 내지 못한 것이다. 복잡한 서사가 있는 내용일수록 원고 전체를 외우려고 하면 안 된다. 자연스럽게 중심이 되는 키워드를 연결하며 흐름을 타며 말해야 한다. 그 방법이 바로 키워드 스피치다.

키워드 스피치 1단계: 조사 붙이기

다음의 광고문구를 통해 이 상품이 어떤 특장점을 가지고 있는지 설명해 볼 것이다.

- 프리미엄 2018 최신 모델
- 전 세계 5억 대 이상 판매 기록
- 네덜란드 직수입 정품
- 미국, 유럽, 국내 특허
- 오늘만 최저가 50% 세일전

이 상품이 매체에 공개된 광고문구 중 다섯 가지만 가져와 봤다. 어떤 상품인지는 중요하지 않다.

이 다섯 가지 소구점을 누군가에게 전달한다는 생각으로 말로 다시 재구성할 것이다. 그렇다면 다섯 가지 이 내용들을 완벽한 문장으로 만들기 위해서는 무엇이 필요할까? 바로 조사이다. 키워드 스피치 첫 단계는 바로 '조사 붙이기'다.

- 프리미엄 2018 최신 모델
⇨ 이 상품은 2018년 최신 모델로 프리미엄 사양입니다.

    주어 조사   조사   동사

문장의 완벽한 구조가 되기 위해서는 주어와 동사, 목적어가 있어야 한다.

주어와 동사, 목적어를 이어주는 것이 조사이다. 키워드를 연결하는 적절한 조사를 붙여주면 자연스러운 문장 구조를 만들 수 있다.

지면 광고나 인터넷 쇼핑몰 광고는 키워드 중심으로 표현하기 때문에 스피치 연습하기 아주 좋은 소재다. 홈쇼핑에서도 전면 자막이 있다. 화면 한쪽을 분할해서 제품 특장점을 키워드로 노출하기도 하고, 전면 자막 코너가 따로 있어 6~8장 정도 자막으로만 제품 정보를 노출하면 그것을 쇼호스트나 성우가 읽어 주는 것이다. 이렇게 단순화된 키워드를 주어와 동사가 있는 제대로 된 문장으로 말하며 제품에 대한 정보를 제공한다. 단어만 읽는 것보다 훨씬 자연스러운 말하기가 된다. '프리미엄 2018 최신 모델'이라는 키워드에 '이 상품은', '모델로', '사양입니다'라는 단어를 추가하고 필요한 조사를 붙여 말로 표현해 보았다. 그럼 다른 것들도 직접 완벽한 문장으로 만들어 보자.

- 전 세계 5억 대 이상 판매 기록 ⇨
  전 세계에 5억 대 이상 판매가 된 유명제품입니다.
- 네덜란드 직수입 정품 ⇨
  네덜란드 직수입 정품으로 보여 드립니다.
- 미국, 유럽, 국내 특허 ⇨
  미국, 유럽, 국내 특허까지 획득한 제품입니다.
- 오늘만 최저가 50% 세일전 ⇨
  오늘만 최저가로 무려 50% 세일된 놀라운 가격으로 판매합니다.

'조사 붙이기'는 상징적 제목일 뿐이다. 조사와 함께 그 키워드를 설

명하기 위한 목적어와 주어, 관용구를 더해 완벽한 문장으로 만드는 것이 핵심이다. 언어를 처음 배울 때는 완벽한 문장을 구사하지 못하고 단어로 소통한다. 사람이 돌쯤 지나서 처음 말을 배울 때도 그렇고, 영어를 잘 못하는 사람이 해외에 나가면 아는 단어 몇 가지로 소통하게 되는 경우가 많다. 완벽한 문장 구조를 만드는 데 전체 내용을 연결하는 주어와 동사, 조사를 찾아내어 붙이는 것이 가장 기본적인 단계이다. 이 정도의 문장은 손쉽게 할 수 있다고 생각하는 사람도 있을 것이다. 하지만 이 단계부터 어려워하는 사람들도 많다. 예를 들면, '특허'라는 단어와 '획득'이라는 단어를 연결하지 못하는 경우다.

'특허'라는 단어를 문장으로 만들기 위해서는 반드시 '획득'이라는 짝꿍 단어가 따라와야 한다. 스피치에 약한 사람들이 바로 이 짝꿍 단어를 찾지 못해 말문이 막힌다. 짝꿍 단어가 한 가지가 아닌 경우도 많다. '세일전'이라는 단어와 어울리는 짝꿍 단어는 어떤 것이 있을까?

'세일전을 보여 드립니다.', '세일전을 단행합니다.', '세일전을 진행합니다.', '세일전을 실시합니다.' 등 여러 가지가 나올 수 있다. 이 문장 중에서 가장 적합한 것을 고르면 되는 것이다.

이렇게 단어를 문장으로 만드는 조사 붙이기 단계가 가장 기본적인 단계이다.

키워드 스피치 2단계: 브릿지 멘트 넣기

키워드 스피치 두 번째 단계는 각각의 독립된 문장들의 연결고리를 만드는 것이다. 문장 내용이 서로 관련이 없더라도 그 사이의 브릿지 멘트를 통해 자연스럽게 말이 연결되게 하는 연습이다. 이것은 프레젠테이션 코칭에서 꼭 필요한 과정이다. 이야기의 흐름이 뚝 끊기지 않고 청중이 알아채지 못할 만큼 자연스럽게 다음 주제로 넘어가는 스킬이다. 브릿지 멘트를 통해 청중의 집중력을 유지할 수 있고, 더 능숙한 스피치를 선보일 수 있다.

앞서 조사만 넣어서 완성했던 광고 문구를 다시 살펴보도록 하자.

> 이 상품은 2018년 최신 모델로 프리미엄 사양입니다.
> 전 세계에 5억 대 이상 판매가 된 유명제품입니다.
> 네덜란드 직수입 정품으로 보여 드립니다.
> 미국, 유럽, 국내 특허까지 획득한 제품입니다.
> 오늘만 최저가로 무려 50% 세일된 놀라운 가격으로 판매합니다.

여기서 완성한 문장들만 따로 모아놓으면 각각의 문장들이 따로 논다. 서로 연결고리가 없어서 이 내용을 고객에게 그대로 말로 전한다면 고객은 소통한다는 느낌보다는 기계적으로 정보를 쏟아낸다고 생각할 것이다. 그래서 문장 사이를 연결하는 언어가 필요한데 그게 바로 브릿지 멘트다. 브릿지 멘트는 보통 접속사로 시작된다.

> "이 상품은 2018년 최신 모델로 프리미엄 사양입니다. 전 세계에 5억 대 이상 판매가 된 유명제품입니다. 게다가 네덜란드 직수입 정품으로 보여 드립니다. 더 좋은 건 미국, 유럽, 국내 특허까지 획득한 제품이라는 겁니다. 그런데 이렇게 좋은 제품을 오늘만 최저가로 무려 50% 세일된 놀라운 가격으로 판매합니다."

이렇게 문장 사이사이 접속사만 넣어도 자연스러운 느낌이 더해졌다. 여기에 부가적인 브릿지 멘트가 더해지면 더 훌륭해진다. 그것은 첫 문장과 다음 문장의 공통점, 또는 다음 문장에 대한 밑밥 깔기 문장이다.

"전 세계 5억 대 이상 판매가 된 유명제품입니다."라는 문장과 "네덜란드 직수입 정품으로 보여 드립니다."라는 문장 사이에는 공통점보다는 다음 문장을 위한 밑밥 깔기 문장(단어)이 들어가는 것이 좋다. 밑밥 깔기란 다음 문장을 말하기 위한 당위성을 포함한 문장이다. 예를 들면 이런 것이다.

"전 세계 5억 대 이상 판매가 된 유명제품입니다. 그럴 수밖에 없는 이유는 제품에 대한 높은 가치 때문이겠죠. 그 가치를 제대로 담은 네덜란드 직수입 정품으로 보여 드립니다."

이게 바로 밑밥 깔기 문장이다. 5억 대 이상·판매가 된 것과 네덜란드 직수입 사이에는 연결고리가 없는 것처럼 보인다. 하지만 조금만 고민하면 그 연결고리를 만들 수 있다. 공통점을 찾는다는 것은 이런 것이다.

"○○○비데는 풀스텐레이스 노즐이라 항상 새것같이 깨끗하고, 공기방울 세정으로 부드럽게 자극 없이 관리 가능합니다. 또한 한 겨울에도 따뜻하게 쓸 수 있는 3온 기능이 있어서 더 편안합니다."

비슷한 기능적 장점들만 나열한 경우에는 and의 개념인 '또한, 게다가, 그리고' 등의 접속사를 쓰면 된다. 이런 경우는 비교적 쉬운 브릿지 멘트이다. 어려운 것은 가격, 브랜드, 기능 등 독립적인 주제가 나열된 경우와 반대 개념이 연달아 나올 경우다.

[키워드]
한시적 30% 파격 세일,
10년 연속 대한민국 퍼스트 브랜드 대상,
1주일 무료 체험

이러한 독립적 키워드일 경우 다음 키워드에 대한 밑밥 깔기로 연결 고리를 만들어 준다.

"무려 30%의 세일을 한시적으로 단행합니다. 오늘 기회 놓치시면 당분간은 이 조건은 힘들겠습니다. 하지만 비데를 무조건 가격만 보고 구매할 수는 없겠죠. 브랜드도 꼭 따져 봐야 합니다. 지금 보고 계신 이 상품은 10년 연속 퍼스트 브랜드 대상을 수상한 ○○○로 믿을 수 있는 브랜드입니다. 그래도 걱정되신다면 써 보시고 결정할 수 있는 기회를 드리겠습니다. 1주일 무료체험 기회를 드립니다."

이렇게 밑밥 깔기 문장으로 다음 키워드를 등장시키는 것이 더 자연스러워졌다. 가격 얘기를 하다가 어떻게 브랜드 얘기로 넘어가야 할지, 또 무료체험 기회 얘기로 어떤 순간에 넘어가야 할지 고민하지 않아도 된다. 그럼 두 번째 단계까지 적용해 원래의 예시문을 완성해 보자.

> "이 상품은 2018년 최신 모델로 프리미엄 사양입니다. 전 세계 5억 대 이상 판매가 된 유명제품입니다. 그럴 수밖에 없는 이유는 제품에 대한 높은 가치 때문이겠죠. 그 가치를 제대로 담은 네덜란드 직수입 정품으로 보여 드립니다. 그 독자적인 기술력을 인정받아 미국, 유럽, 국내 특허까지 획득했습니다. 그렇다면 가격이 비싼 건 아닐까 걱정이 될 텐데요, 걱정하지 마세요. 이렇게 좋은 제품을 오늘만 최저가로 무려 50% 세일된 놀라운 가격으로 판매합니다.

처음의 단순한 키워드가 매우 훌륭하게 연결되어 고객과 소통하고 있다. 하지만 여기서 끝이 아니다. 키워드 스피치를 완성시킬 마지막 단계가 남아 있다.

키워드 스피치 3단계: So what?

'So what'이란 말 그대로 '그래서 뭐? 어쩌라구?'란 뜻이다. 내가 홈쇼핑 방송을 할 때 선배 쇼호스트에게 자주 들었던 말이다. "그래서 뭐? 고객한테 뭘 어쩌라는 거야?" 이 질문을 받을 때면 머리가 하얘지곤 했다. 나는 이 제품은 전 세계적으로 유명 제품이고, 최고급의 사양으로 되어 있고, 재료가 국내산이며, 많은 사람이 이미 좋은 평을 남기고 있다는 특장점들을 나열하면 어김없이 방송이 끝나고 선배에게 이 질문을 받았다.

"유명 제품이라서 뭐?, 왜 고객이 사야 하지?"

"재료가 국내산이라서 뭐? 왜 그걸 강조하는 건데?"

"특허가 7개 있어서 뭐가 어떻다는 거야?"

제품에 대한 정보를 받으면 그것만 앵무새처럼 반복하지 말고, 그 안에 들어 있는 메시지를 찾으라는 것이다. '전 세계인이 다 알 만한 유명 브랜드라는 것을 우리가 왜 강조하고 있는 것일까?', '그것을 통해 고객에게 하고 싶은 말이 무엇인가?', '오늘만 파격 세일을 한다는 것은 고객에게 어떤 행동을 유도하기 위해서인가?' 등등 이런 질문을 통해 카메라 넘어 보이지 않는 고객과 긴밀한 소통을 할 수 있다. 이유를 모르고 말하지 말라는 것이다. 막연하게 좋으니까라는 생각으로 접근하면 공감을 얻을 수 없다. 그래서 'So what?'이란 질문을 스스로에게 던지면서 보이지 않는 메시지를 찾는 과정이 홈쇼핑 방송에서 꼭 필요하다. 이것을 스피치 연습에 활용하면서 교육생들의 입체적 스피치가 가능해졌다. 주어진 정보만 나열하는 수준이 아닌 그 안에 숨어 있는 정보와 의미를 명확하게 짚어 줌으로써 능숙한 스피치를 뽐낼 수 있다. 예를 들면 이런 것이다.

So what

- 전 세계에 5억 대 이상 판매가 된 유명제품입니다. ⇨ 많이 판매가 되었다는 것은 고객들의 만족도가 높다는 뜻이겠죠?
- 네덜란드 직수입 정품으로 보여 드립니다. ⇨ 본사의 기술을 그대로 담은 고품질 제품으로 함께하시는 것입니다.
- 미국, 유럽, 국내 특허까지 획득한 제품입니다. ⇨ 까다로운 해외 특허까지 획득했다는 것은 다른 제품에서는 볼 수 없는 특별

한 효과를 기대할 수 있다는 것입니다.

- 오늘만 최저가로 무려 50% 세일된 놀라운 가격으로 판매합니다. ⇨ 오늘 이 기회를 놓치시면 다시는 이런 가격으로 구매 못합니다. 오늘 꼭 구매하세요.

이렇게 So what 멘트를 정리해 보았다. So what 멘트는 내 생각과 의견을 표현하는 말이다. 그래서 상대방의 생각을 내 의도대로 끌어들이는 성격이 강한 멘트들이다. 그래서 세일즈 스피치에서 중요하게 다룬다.

이렇게 키워드 스피치 1, 2, 3단계에서 각각 만들었던 문장들을 합쳐서 전체 내용을 완성해 보면 다음과 같은 말하기가 된다.

"이 상품은 2018년 최신 모델로 프리미엄 사양입니다. 전 세계 5억 대 이상 판매가 된 유명 제품입니다. 이 정도로 많이 판매가 되었다는 것은 고객들의 만족도가 높다는 뜻이겠죠? 그럴 수밖에 없는 이유는 제품에 대한 높은 가치 때문입니다. 그 가치를 제대로 담은 네덜란드 직수입 정품으로 보여 드립니다. 본사의 기술을 그대로 담은 고품질 제품으로 함께하시는 것입니다. 그 독자적인 기술력을 인정받아 미국, 유럽, 국내 특허까지 획득했습니다. 까다로운 해외 특허까지 획득했다는 것은 다른 제품에서는 볼 수 없는 특별한 효과를 기대할 수 있다는 것입니다.

그렇다면 가격이 비싼 건 아닐까 걱정이 될 텐데요, 걱정하지 마세요. 이렇게 좋은 제품을 오늘만 최저가로 무려 50% 세일된 놀

라운 가격으로 판매합니다. 오늘 이 기회를 놓치시면 다시는 이런
가격으로 구매 못 합니다. 오늘 꼭 구매하세요."

'프리미엄 2018 최신 모델', '전 세계 5억 대 이상 판매 기록', '네덜란
드 직수입 정품', '미국, 유럽, 국내 특허', '오늘만 최저가 50% 세일전',
이 다섯 단어가 조사와 동사, 브릿지 멘트, So what 멘트가 더해져서
완벽한 상품 설명이 되었다. 키워드만 주어지면 이제는 당신도 10분 이
상 살을 붙여 설명할 수 있을 것이다. 물론 키워드 스피치는 무조건 길
게 말하는 것을 뜻하는 것은 아니다. 꼭 해야 할 말을 자연스러운 흐
름으로 만드는 문장 구조이다. 처음에는 이런 상품 광고 문구를 활용
해 연습하는 것이 좋다. 그 후 자신의 전문 분야와 접목해서 연습하면
된다. PPT에 있는 키워드, 그래프, 표 등의 자료들을 이 방법으로 멘트
구성을 하면 자연스럽고 능숙한 프레젠테이션이 될 것이다. 그래서 프
레젠테이션 스피치에서도 키워드 스피치 과정이 꼭 들어간다.

이제는 더 나아가 다음의 연습 예문을 통해 키워드 스피치를 완성
해 보자. 주어진 자료에 내가 알고 있는 지식을 더하면 더 멋진 내용이
될 것이다.

[연습 예문]

[라면 맛있게 끓이는 법]
물 550ml 끓임
스프 먼저(끓는점 높아져 국물맛이 좋다)-건더기 먼저. 스프 반만
된장 반 스푼

면 넣고 3분 내외

면 젓가락으로 꺼냈다 넣었다 반복(쫄깃)

계란 탁!

파송송. 김치와 함께 ~~~호로록

[환절기 건강관리]

환절기에 쉽게 걸리는 질환

면역력 약화

목감기, 알레르기 비염, 기관지염, 피부질환

환절기 질환 예방법

위생, 자외선 차단제, 수분 충전, 적당한 운동

환절기 질환 예방을 위한 먹거리

호두: 불포화지방산(두뇌건강, 피부건강), 비타민 E(피부노화 방지)

블루베리: 안토시아닌(항산화)

시금치: 칼슘, 철분, 엽산(빈혈, 산모에 도움)

[기억력 좋아지는 법]

두뇌 운동

두뇌 게임, 퍼즐 게임

두뇌 기능 활성화 영양 섭취

오메가3, 적은 양 식사 자주(저작운동, 당수치 유지)

몸무게 유지

산책과 운동, 스트레칭

심장 강화운동은 혈류를 뇌로 보냄

스트레스 관리

이완 운동, 명상

철분(신경전달물질)

다중작업 금지

콜레스테롤 조절

발표할 때도 전체 원고를 작성해서 외우려고 하지 말고, 키워드로 정리해서 살을 붙이고, 연결고리를 만드는 키워드 스피치로 연습을 하라. 보다 자연스럽고 매끄러운 발표가 될 것이다. 즉흥말하기를 해야 할 때도 머릿속에 키워드로 정리해서 말하기를 하면 버벅대는 일이 줄어들 것이다.

◢◣ DATA 활용 스피치

2017년 국정감사 때 자유한국당 장제원 의원이 사회경제 교과서에 대해 자유경제시장을 악으로 표현했다고 주장하며, 교묘하고 악랄하게 자유시장경제를 무시하는 교육을 한다고 서울시장에게 항의했다. 이에 새천년민주당 표창원 의원은 우선 사회적 경제기본법은 2014년 새누리당에서 먼저 추진하고 당내에서 당론으로 채택하고 발의했던 내용임을 조선일보의 기사와 함께 소개하고, 미국과 유럽의 경제학자의 논문과 이론을 근거로 사회적 경제가 교육적 효과가 매우 높은 경제 개념임을 주장했다. 이념적이나 사회주의적인 것이 전혀 아니라는 것을 정확한 근거를 통해 반박했다. 이 영상은 SNS를 통해 확산되며 프로파일러다운 속시원한 반론이라는 평가를 받았다. 상대 진영에서 질의할 것을 대비해 미리 자료를 준비한 것이다.

이처럼 논리적 말하기에서 빠질 수 없는 부분이 근거 제시다. 확실한 근거가 있어야 논리성은 완성된다. 앞서 언급했던 SEO기법에서 E(Example)는 스토리나 에피소드, 사례가 될 수도 있지만, 통계나 기사 내용, 논문 자료, 칼럼, 전문가의 인터뷰가 될 수도 있다. 주제 문장에 대한 탄탄한 논리성을 위해 필요한 근거가 되는 자료들이다. 그 자료들을 논리적 말하기에 적용하는 것 또한 매우 중요하다. 좋은 자료가 있어도 그것을 분석해서 주제와 연결되는 포인트를 잡지 못하면 무용지물이 된다. 복잡한 자료들 속에 숨어 있는 의미들을 화자가 잘 정리해 주어야 한다.

그래서 이번에는 여러 가지 자료를 활용해 논리적 구조를 탄탄히 하는 스피치를 배워 볼 것이다.

통계 분석 스피치

다음에 보이는 도표는 최근 뉴스나 각종 언론에서 가장 많이 활용된 자료일 것이다. OECD 국가의 자살률 통계다. 우리나라는 12년째 자살률 1위를 기록하고 있다. 이 자료를 바탕으로 많은 전문가는 우리나라의 사회적 구조를 분석하며 이러한 현상에 대한 논평들을 내놓았다. 과도한 경쟁과 스펙 위주의 사회 구조와 자기만족보다는 상대적 박탈감을 느끼게 하는 비교문화가 만연해 있기 때문이라는 지적도 있다.

GDP가 3만 달러가 넘어가지만, 낮은 행복지수를 통해 우리 사회 구

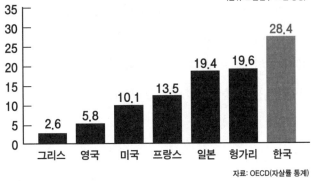

OECD 국가 자살률 비교

(단위: 표준인구 10만 명당)

그리스 2.6
영국 5.8
미국 10.1
프랑스 13.5
일본 19.4
헝가리 19.6
한국 28.4

자료: OECD(자살률 통계)

조에 확실한 문제점이 있음을 알 수 있다. 돈은 많은데 왜 국민들은 행복하지 않은 것일까? 돈과 명예가 아닌 각자가 원하는 삶을 주관적으로 추구하고 그것을 인정해 주는 사회 분위기가 조성될 때 행복지수는 올라간다. 또 상위권에 오른 나라들의 특성을 분석해 볼 때 사회복지제도가 잘 되어 있다는 점에서 우리나라 복지제도에 대해 다시 한번 생각해 보는 자료가 될 수 있다.

이렇게 통계를 통해 사회적 메시지를 발견하게 된다. 숫자로 되어 있는 자료 속에서 숨어 있는 메시지를 찾는 과정도 스피치 연습 과정의 하나이다.

🌐세계에서 가장 행복한 나라는?

순위	🧍‍♂️ 나라	🌍 행복지수
1위	노르웨이	7.537
2위	덴마크	7.522
3위	아이슬란드	7.504
4위	스위스	7.494
5위	핀란드	7.469
6위	네덜란드	7.377
7위	캐나다	7.316
14위	미국	6.993
16위	독일	6.951
26위	싱가포르	6.572
51위	일본	5.920
56위	한국	5.838
79위	중국	5.273

자료: 유엔 지속발전해법네트워크(SDSN), 세계 행복 보고서 2017 대상: 세계 155개국

숫자는 숫자일 뿐 어떤 것도 보이지 않는다면 논리 스피치를 완성할 수 없다. 우리는 누군가가 정리하고 의미 부여한 통계 자료를 활용하는 데 익숙해져 있을 것이다. 하지만 이제는 우리 스스로 복잡한 숫자들 사이에서 의미 있는 메시지를 찾을 수 있어야 한다. 같은 데이터를 보고 다른 결과를 도출할 수 있다. 그 논리 과정이 타당하다면 설득력을 가질 수 있을 것이다.

본격적인 통계활용 스피치에 들어가 볼까? 다음의 통계를 보고 이 수치가 의미하는 바를 직접 찾아보자.

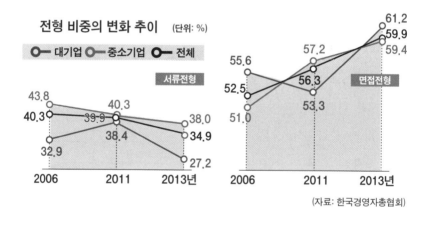

(자료: 한국경영자총협회)

이 자료는 한국경영자총협회에서 조사한 내용으로 2006년부터 2013년까지 취업 전형 비중 변화를 나타낸 것이다. 서류 전형에서 보면 그래프가 모두 하락하는 반면 면접 전형은 급격하게 상승했다. 이 통계 안에서 우리가 얻을 수 있는 사회적 메시지를 유추해 보면 중소기업을 비롯한 대기업에서도 인재를 뽑는 기준이 스펙에서 인성이나 직무적합성으로 옮겨 가고 있다는 것이다. 서류상의 내용보다 직접 지원자를 만나 그들의 생각과 의견을 듣고, 회사에 적합한 인재를 뽑겠다는 의지가 보인다. 그렇다면 앞으로 취업을 준비하는 학생들은 서류보다 자기표현력이나 직업에 대한 철학, 구체적이고 직접적인 직무와 관련된 경험들을 준비해야 할 것이다. 실제로 이 자료를 바탕으로 소개된 기사의 제목은 "대기업 스펙을 집어던지다"였다. 그래서 면접코칭을 하는 스피치학원에서 이 기사를 많이 인용한다. 이처럼 수치 안에서 사회의 변화와 의미, 미래 비전 등을 도출해 낼 수 있다. 문제는 이런 복잡한 숫자들 안에서 메시지를 얼마나 신속하게 뽑아내고 그것을 말로 어떻게 표현하느냐이다. 그래도 이 자료는 스피치 연습용으로 쉬운 단계에 활용되는 내용이어서 별로 어렵지 않았다.

다음 예시는 여러 통계를 한꺼번에 분석하고 메시지를 찾아내는 연습이다. 청소년 관련 통계들을 모아 보았다.

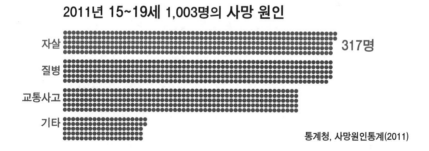

2011년 15~19세 1,003명의 사망 원인

자살 ································· 317명
질병 ·····························
교통사고 ·······················
기타 ················

통계청, 사망원인통계(2011)

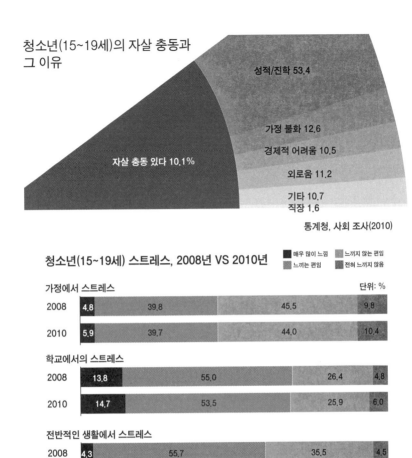

청소년(15~19세)의 자살 충동과 그 이유

성적/진학 53.4

가정 불화 12.6

경제적 어려움 10.5

외로움 11.2

기타 10.7
직장 1.6

자살 충동 있다 10.1%

통계청, 사회 조사(2010)

청소년(15~19세) 스트레스, 2008년 VS 2010년

■ 매우 많이 느낌   □ 느끼지 않는 편임
■ 느끼는 편임   ■ 전혀 느끼지 않음

가정에서 스트레스   단위: %

| 2008 | 4.8 | 39.8 | 45.5 | 9.8 |

| 2010 | 5.9 | 39.7 | 44.0 | 10.4 |

학교에서의 스트레스

| 2008 | 13.8 | 55.0 | 26.4 | 4.8 |

| 2010 | 14.7 | 53.5 | 25.9 | 6.0 |

전반적인 생활에서 스트레스

| 2008 | 4.3 | 55.7 | 35.5 | 4.5 |

| 2010 | 12.0 | 58.3 | 27.5 | 2.3 |

통계청, 사회 조사(2008, 2010)

연령대별 주말/휴가 여가 활용에서 게임이 차지하는 비중(주된 응답)

단위: %

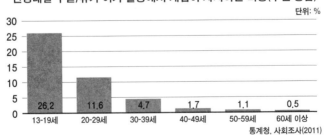

| 13-19세 | 20-29세 | 30-39세 | 40-49세 | 50-59세 | 60세 이상 |
| 26.2 | 11.6 | 4.7 | 1.7 | 1.1 | 0.5 |

통계청, 사회조사(2011)

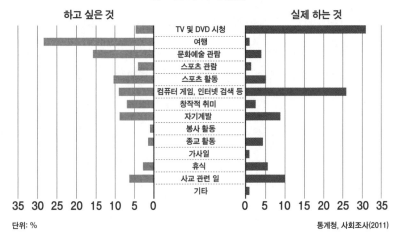

청소년의 여가 활용

하고 싶은 것		실제 하는 것
	TV 및 DVD 시청	
	여행	
	문화예술 관람	
	스포츠 관람	
	스포츠 활동	
	컴퓨터 게임, 인터넷 검색 등	
	창작적 취미	
	자기계발	
	봉사 활동	
	종교 활동	
	가사일	
	휴식	
	사교 관련 일	
	기타	

단위: %   통계청, 사회조사(2011)

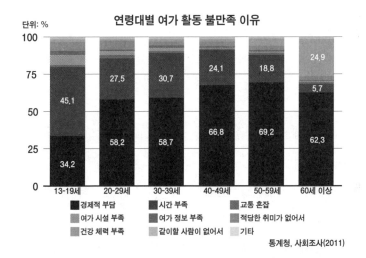

연령대별 여가 활동 불만족 이유

단위: %

	13-19세	20-29세	30-39세	40-49세	50-59세	60세 이상
				24,1	18,8	24,9
	45,1	27,5	30,7			5,7
	34,2	58,2	58,7	66,8	69,2	62,3

■ 경제적 부담   ■ 시간 부족   ■ 교통 혼잡
■ 여가 시설 부족   ■ 여가 정보 부족   ■ 적당한 취미가 없어서
■ 건강 체력 부족   ■ 같이할 사람이 없어서   ■ 기타

통계청, 사회조사(2011)

   이 자료들은 'Slownews'의 "무엇이 우리 아이를 죽이고 있나: 통계로 보는 청소년"이란 칼럼에서 발췌한 것이다. 칼럼에서 도출하고 있는 결론은 아직 공개하지 않겠다. 이 책을 보고 있는 우리 스스로 찾아보도록 할 것이다.

청소년 사망 원인 중 자살률이 1위라는 자료와 자살 충동 이유, 스트레스 관련 자료, 여가생활과 게임 비중에 관련된 자료다. 이것을 보고 당신은 어떤 결론을 내릴 것인가? 우리나라 청소년의 자살률과 스트레스, 여가생활에 대한 통계를 어떻게 연결 지어 생각할 것인가? 이 자료를 보면 청소년들의 자살률과 스트레스 지수가 높은 편이다. 그리고 여가 시간을 거의 대부분 게임하는 데 쓴다. 그러나 정작 하고 싶은 것은 TV 보기나 게임이 아니라 여행이나 문화 예술 공연 관람이다. 하지만 시간 부족이나 경제적 이유로 못 하고 있다. 여가 시설이 부족한 것도 눈에 띄는 부분이다. 이 점을 바탕으로 결론을 내려 보자. 그리고 사회적 의미와 메시지를 찾아보자. 사람마다 의견이 다를 수는 있으나 통계를 바탕으로 했기 때문에 타당성이 있어야 한다. 해석하는 과정에서도 논리적으로 접근해야 한다. 이 자료를 근거로 한 칼럼에서 내린 결론은 다음과 같다.

1. 질병을 제외하면, 우리나라 청소년의 제1 사망 원인은 '자살'이다.
2. 우리나라 청소년의 스트레스 인지율은 70%대로 전체 연령대 평균을 아주 약간 웃돈다.
3. 청소년은 여가 활동으로 여행과 문화 예술 관람을 하고 싶어 한다.
4. 하지만 청소년은 여가 시간이 부족하고, 경제적 부담도 있다.
5. 이에 따라, 청소년은 TV 시청과 컴퓨터 게임을 하며 스트레스를 풀고 있다.

⇨ 청소년을 죽이고 있는 것은 게임이 아니라 게임을 할 수밖에 없는 사회 환경이다. 다양한 경험을 할 수 있는 기회를 제공해야 한다.

충분히 다른 의견도 가능하다. 모든 근거가 하나의 결론으로 향하는 경우도 있지만 우리는 더 다양한 관점에서 바라볼 줄 알아야 한다. 그럼 이 통계를 바탕으로 내릴 수 있는 또 다른 결론은 무엇이 있을까?

자살률과 스트레스 지수가 높은 청소년들이 해소할 수 있는 여가 활동 중 게임이 가장 높게 나왔지만, 정작 하고 싶은 것은 여행과 문화 예술 활동이다. 어른들이 청소년들의 생각에 대해 많이 알지 못하고 있다는 생각이 든다. 그들의 생각을 공유할 수 있는 시간을 많이 가져야 할 것이다.

이런 결론 또한 공감 가는 내용이다. 매년 통계청 자료를 바탕으로 각계 각층에서 사회 구조를 분석해 미래를 대비하고 있다. 메시지를 도출하기 위한 여러 데이터를 선별해서 활용하는데, 그 메시지에 유리한 자료만 골라서 의견 제시하는 경우도 종종 있다. 토론에서 자주 볼 수 있는 부분이다. 그것을 반박하기 위한 또 다른 데이터가 필요하다. 하나의 데이터만 보지 말고 여러 가지를 통합해 비판적인 사고를 하는 것이 언어의 논리성을 키우는 데도 도움이 된다. 그런 면에서 논리스피치에서 통계를 분석하여 적절한 메시지를 찾아내는 연습이 꼭 필요한

것이다. 처음에는 내가 내린 결론이 맞는 건지 확신이 서지 않을 것이
다. 그래서 여러 사람과의 대화를 통해 내 생각을 공유하는 것도 좋다.

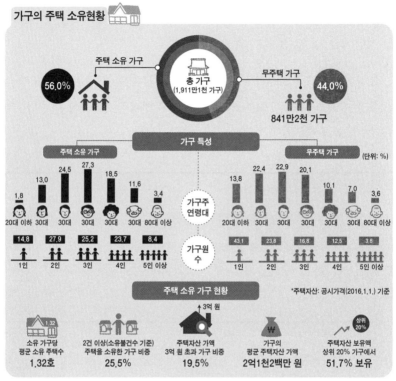

가구의 주택 소유현황

주택 소유 가구
56.0%

총 가구
(1,911만1천 가구)

무주택 가구
44.0%
841만2천 가구

가구 특성

주택 소유 가구   무주택 가구   (단위: %)

가구주
연령대

1.8 13.0 24.5 27.3 18.5 11.6 3.4
20대 이하 30대 30대 30대 30대 30대 80대 이상

13.8 22.4 22.9 20.1 10.1 7.0 3.6
20대 이하 30대 30대 30대 30대 30대 80대 이상

가구원
수

14.8 27.9 25.2 23.7 8.4
1인 2인 3인 4인 5인 이상

43.1 23.8 16.8 12.5 3.8
1인 2인 3인 4인 5인 이상

주택 소유 가구 현황

*주택자산: 공시가격(2016.1.1.) 기준

소유 가구당
평균 소유 주택수
1.32호

2건 이상(소유불건수 기준)
주택을 소유한 가구 비중
25.5%

↑3억 원
주택자산 가액
3억 원 초과 가구 비중
19.5%

가구의
평균 주택자산 가액
2억1천2백만 원

상위
20%
주택자산 보유액
상위 20% 가구에서
51.7% 보유

이 자료는 2015년 가구 주택 소유 현황에 대한 통계청 자료이다. 주
택 소유 통계는 전국적인 주택보급률과 소유 현황, 주택에서의 재산 분
배 현황에 대해 알 수 있는 자료이다. 이 통계에서는 어떤 메시지와 결
론을 끌어낼 수 있을까?

일단 주택 소유 가구와 무소유 가구 비율부터 살펴보면 56.0% 대

44.0%이다. 절반 이상 주택 소유 가구이다. 그리고 1인 가구 비율을 보면 무주택 소유 1인 가구의 비율이 매우 높다. 여기에는 없지만 지난해와 비교해 보면 1인 가구 비율이 높아지고 있음을 알 수 있다. 그리고 2건 이상 소유한 가구수는 25.5%이고 주택 자산보유액으로 봤을 때 상위 20%가 전체 가구 자산 51.7%를 차지하고 있다. 최근 몇 년간 주택 소유 비율이 조금씩 올라가고 있다. 하지만 주택자산을 봤을 때 상위 20%가 50%가 넘는 주택자산을 차지하고 있다는 것이 아직도 주택자산의 빈부 격차가 존재하고 있음을 알 수 있는 내용이다. 이런 식으로 숫자로만 되어 있는 데이터 안에서 '빈부 격차', '나홀로 족 증가', '핵가족화'라는 메시지 키워드를 뽑아낼 수 있고, 이러한 사회 현상을 바라보는 내 생각을 더하면 데이터 스피치가 완성된다.

데이터를 보고 마치 숨은그림 찾기 게임 같다고 말한다. 처음엔 잘 보이지 않지만 복잡하고 많은 데이터 안에서 우리 사회에 존재하는 의미 있는 메시지들을 하나하나 찾아내고, 그것에 내 의견을 더해 완벽한 문장으로 언어화해 보자. 이것을 통해 분석력과 말의 논리성을 키울 수 있을 것이다.

스피치에 통계를 접목한다는 것은 매우 흥미롭다. 최근 통계학 관련 도서가 많이 나오고 있는데 빅데이터와 4차 산업혁명의 등장에 빠질 수 없는 부분이다. 조재근의 『통계학, 빅데이터를 잡다』에서 통계학은 골치 아픈 수학의 일부가 아닌 자연과학은 물론 인문, 사회과학 분야의 경험적 연구에서 핵심적인 역할을 한다고 했다. 통계자료를 분석하지 못한다는 것은 스피치적으로 봤을 때 논리성과 설득력을 갖지 못하게 되는 것이다. 숫자 데이터를 말할 때는 전달력에 더 신경써야 한다.

글자가 아닌 말로 표현하다 보면 숫자들 안에 갇혀 의미 전달이 안 될 수 있다.

그래서 그 많은 숫자 안에서 좀 더 의미 있는 숫자에 포인트를 주어 말하는 연습도 필요하다.

통계자료는 일반적인 설문조사 통계뿐 아니라 최근 그 중요성이 대두되는 빅데이터가 있다. 빅데이터는 인터넷이 발전하면서 쌓인 방대하고, 다양하며, 빠른 속도의 특성을 포함한 데이터를 말한다. 일반적인 표본조사를 통해 얻은 데이터가 아닌 사람들이 IT 세계 속에 남긴 데이터를 수집하여 통계적으로 분석한 것이다. SNS를 포함한 교통수단 사용 내역, 통신과 소비 내역 등 전자기록에 남긴 모든 흔적이 데이터화되어 산업 곳곳에 활용되고 있다. 이밖에 공식적인 기관의 설문조사 자료와 논문 등도 데이터 활용 스피치에 포함된다. 데이터를 통해 메시지를 찾고 그것을 적절한 언어로 표현하는 훈련은 논리 스피치에 빠질 수 없는 과정이다.

3. 인용 스피치: 권위자 또는 전문가의 말을 인용하여 논리성 확보하기

홈쇼핑 방송을 하다 보면 제품과 관련된 좋은 글귀들을 찾게 된다. 쇼호스트가 구구절절 설명하는 것보다 한마디로 정리되는 좋은 글귀나 명언, 전문가나 유명인의 말을 인용하는 것이 좋을 때가 있다. 침대 방송 때는 "사람은 건강하기 위해서 '3쾌'를 잘 지켜야 한다고 합니다. 쾌식, 쾌변, 쾌면입니다. 쾌면을 위한 잠자리. ○○○ 침대가 약속 드립니다."

간 제품 방송 때는 "몸이 천 냥이면 간이 구백 냥이라고 했습니다. 그만큼 우리 건강에서 간의 역할이 아주 중요하다는 뜻인데요. 간 건강! 평소의 꾸준한 관리가 필요합니다."

화장품 방송 때는 "화무십일홍이라는 말이 있습니다. 꽃은 그 화려함이 열흘을 못 간다는 뜻인데요. 여자의 젊음과 아름다움도 영원한 것은 아닙니다. 하지만 적극적인 관리로 그 기간을 늘릴 수는 있습니다. 10년의 세월을 마치 5년이 지난 것처럼 가꾸어 줄 ○○○. 오늘 경험해 보시기 바랍니다."

제품과 관련된 명언 하나를 찾기 위해서 밤새 책과 인터넷을 뒤져야 했다. 좋은 멘트 하나를 찾기 위해 정말 많은 시간을 투자한다. 그 이유가 있다. '잠이 정말 중요하죠.'라고 말하는 것보다 3쾌라는 단어를 활용해서 쾌면의 중요성을 알리는 것이 기억에 더 남기 때문이다. '간 건강을 지키는 것이 정말 중요합니다.'라고 말하는 것보다는 '구백 냥'이라고 하는 순간 간이 얼마나 중요한 장기인지 한 방에 각인시키는 효과가 있다. 또한 여자의 젊음과 아름다움을 꽃에 비유하는 것이 공감을 일으킬 수 있는 부분이기 때문에 '화무십일홍'이라는 말을 인용한 것이다. 이렇게 내 얘기가 아닌 이미 많이 알려진 명언들을 활용하는 스피치로도 깊은 인상을 남긴다.

◢◣ 명언을 통해 마음을 움직여라

"천재는 1% 영감과 99%의 노력으로 이루어진다." - 에디슨

어떤 일을 하든지 노력이 매우 중요하다라는 말을 할 때 이 명언을 자주 인용한다. 하지만 에디슨은 한 잡지사와의 인터뷰에서 노력만으로는 이루어지지 않는다는 취지에서 한 말이었다고 한다. 그 말이 잘못 전해져 오늘날의 이 명언이 탄생됐다.

"인간은 입이 하나 귀가 둘이 있다. 이는 말하기보다 듣기를 두 배 더 하라는 뜻이다." - 탈무드

경청의 중요성이 부각되면서 이 명언이 한참 많이 쓰였다. 귀가 두 개인 이유는 과학적으로 보면 다른 의미가 있을 것이다. 하지만 소통이 중요한 시대에 경청의 필요성을 탈무드의 명언으로 우리는 강조해 왔다.

"우물쭈물하다가 내 이럴 줄 알았다." - 버나드 쇼 묘비명

목표를 두고 망설이는 사람들에게 용기 있게 도전하라는 의미로 우리나라에서 많이 쓰였다. 하지만 이제는 이것이 오역이라는 것이 많이 알려졌다. 원래 원문의 의미는 죽음을 차분히 맞이하자라는 내용을 좀 익살스럽게 표현한 것이라고 한다.

"좋은 친구와 좋은 책, 그리고 살아 있는 양심이야말로 가장 이상적인 생활이다." - 마크 트웨인

정말 많은 명언을 남긴 마크 트웨인. 현대문학의 거장으로 '허클베리 핀', '톰소여의 모험' 등 많은 명작을 남겼다. 이것 이외에 내가 가장 좋아하는 명언은 "내가 가장 쓰기 힘들었던 글은 가장 짧게 쓰는 편지였다."이다. 이 명언은 스피치를 가르치고 스피치 관련 업종에서 일한 내가 아주 공감한 명언이다. 가장 하기 힘든 말은 짧지만 핵심 내용이 다 들어가 있는 말이다. 마치 한 줄로 고객의 마음을 사로잡아야 하는 광고 카피처럼 말도 임팩트 있는 단 한 줄이 중요하다.

"학교를 여는 자는 감옥을 닫는다." - 빅토르 위고

내가 가장 좋아하는 교육 명언이다. 교육 분야에서 일하는 나로서는 자부심을 느끼게 하는 명언이다. 누군가에게 가르침을 준다는 것이 감옥이 필요 없는 사회를 만들 만큼 가치 있는 일이라는 것을 깨닫게 해 준다.

이처럼 우리는 명언을 통해 강력한 깨달음을 얻곤 한다.

명언은 확실한 메시지가 담겨 있는 짧은 글이다. 명언을 잘 활용하기 위해서는 내가 하고자는 이야기의 메시지와 인용하는 명언 메시지가 동일해야 한다. 오로지 명언만을 위한 말하기가 최악의 인용 스피치다. "저 사람 명언 하나 건졌나 보네. 그거 말하려고 지금까지 떠들었나 봐." 이런 느낌을 주면 실패한 것이다. 자연스럽게 전체 내용에 어우러지는 타이밍과 메시지여야 한다. 보험 회사에 근무하는 슬기 씨는 매주 월요일마다 팀 회의에서 팀장님의 똑같은 명언 멘트를 들어야 한다. "스스로 알을 깨면 병아리가 되지만, 남이 깨 주면 후라이가 된다."

라는 명언을 매주 강조하는 팀장님. 누가 대신 일을 해 줄 것을 기대하지 말고 스스로 실적을 올릴 기회를 찾으라는 의미다. 명언 자체는 좋은 의미를 가지고 있지만, 명언이 잔소리가 되어서도 안 된다. 명언을 쓰는 이유는 강력하지만 간결한 이 말을 통해 행동의 변화를 이끌어내기 위함이다. 하지만 너무 남발하여 명언이 잔소리처럼 여겨지면 아무 소용이 없다. 다양한 명언을 준비해서 청자들에게 신선함을 주는 것도 좋은 방법이다.

명언 스피치 공식

명언 스피치에도 공식이 있다. 바로 '명언의 메시지 = 스토리의 메시지'이다. 명언의 메시지와 스토리의 메시지가 일치했을 때 명언을 쓰는 의미가 있는 것이다. "노력은 배반하지 않는다."라는 명언과 어울리는 스토리를 찾아보자. 동화도 좋고, 영화도 좋고, 실제 인물의 이야기도 좋다. 내 이야기라면 더 환영이다. 동화에서는 '토끼와 거북이', ' 아기돼지 삼형제'가 떠오른다. 열심히 쉬지 않고 달려서 게으른 토끼를 이긴 거북이의 이야기와 노력하는 사람은 반드시 좋은 결과를 얻는다는 의미의 이 명언과 일맥상통하는 부분이 있다. 막내 돼지가 힘들어도 어렵게 지은 벽돌집 덕분에 목숨을 구할 수 있었다는 아기돼지 삼형제 이야기도 노력에 대한 메시지가 담겨 있다.

"노력은 배반하지 않는다라는 말이 있습니다. 실제로 저는 노력만으로 제 꿈을 이루었습니다. 타고난 재능을 가지고 태어났거나 유복한 환경에서 자라지 않았지만, 제 힘으로 성공한 사업가가 되기 위해 어렸을 때부터 안 해 본 일이 없습니다. 학비를 벌기 위해 각종 아르바이트를 했고, 학교를 졸업하고, 누나와 함께 건강음료를 팔며 사업자금을 마련했습니다. 작은 회사를 차려 건강 주스 브랜드를 론칭하고, 인터넷과 홈쇼핑에서 대박이 나면서 지금은 자산 1,000억 원의 상장사의 대주주가 되었습니다. 남들 놀 때 일하고 남들 일할 때 또한 더 일에 매진하며 열심히 살아왔습니다. 사업을 하는 20년 동안 제대로 된 휴가를 가 본 적이 없습니다. 이렇게 저는 누구의 도움 없이 제 노력만으로 성공을 이루었습니다. 꿈이 있고 노력을 한다면 안 되는 일은 없습니다. 열심히 노력했는데 결과가 좋지 않다고 생각하나요? 그럼 더 노력하십시오. 노력은 절대 배반하지 않습니다."

명언과 내 경험의 스토리가 일치하며 좋은 명언 스피치가 완성되었다. 스토리를 정하고 그에 맞는 명언을 찾는 것이 일반적인 절차다. 하지만 스피치 연습에서는 좋은 명언을 많이 확보하고 다양한 명언에 적절한 스토리를 입히는 방법을 쓰는 것이 좋다. 명언에 어울리는 스토리를 많이 알고 있는 것도 멋진 명언 스피치를 하는 데 도움이 될 것이다. 평소에 독서나 검색을 통해 혹은 우연히 접한 명언을 기록해 두는 것으로 소재를 확보해 놓으면 적절한 상황에서 활용이 가능하다. 그리고 이미 알고 있는 자료들도 정리해 두는 것도 좋다. 알고 있는 명언이나 스토리도 막상 써먹으려고 하면 기억이 안 나는 경우도 많기 때문이다.

다음의 명언과 어울릴 만한 이야기가 어떤 것이 있는지 각자 말해 보는 시간을 갖도록 해 보자.

"내일은 내일의 태양이 뜬다." 이 명언은 비비안 리의 대표작 〈바람과 함께 사라지다〉의 마지막 대사이다. 오늘 어떤 삶을 살았든지 내일은 내일을 위한 태양이 뜨듯이 내일을 위한 새로운 삶이 기다리고 있다는 뜻이다. 과거에 연연하지 말고 새로운 내일을 바라보며 희망을 가지라는 메시지를 담고 있다. 과거에 얽매여 희망을 바라보지 못하는 이들에게 하루하루 새로운 인생으로 다시 일어설 수 있는 이야기가 더해지면 좋을 것이다. 부도를 네 번이나 당하고 모든 것을 다 잃었음에도 다시 시작한다는 마음으로 계속 도전해서 결국 성공을 이룬 유명 건강식품 회장의 이야기가 어울릴 것이다.

"돈이란 바닷물과도 같다. 마시면 마실수록 목이 마르다."
- 쇼펜하우어
정말 와닿는 명언이다. 9개를 가진 부자가 1개를 가진 가난한 사람에게서 그마저도 뺏어 10개를 채운다는 말도 있다. 실제로 충분히 풍족한 사람들이 부를 늘리기 위해 무리한 투자를 한다거나, 탈세를 하는 경우를 종종 본다. 물질에 대한 과욕을 비판하는 명언이다.

"사막이 아름다운 것은 어딘가에 샘이 숨겨져 있기 때문이다."
- 생텍쥐페리
이 명언은 정말 아름답다. 무섭고 삭막한 사막의 숨어 있는 가치를 샘을 통해서 표현한 명언이다. 이 명언의 메시지를 어떻게 해석하면 좋을까? 나름 스토리를 찾아 연결해 보자.

"당신이 아름다운 이유는 어딘가에 숨겨진 가능성이 있기 때문입니다. 무한히 솟아나는 샘처럼 당신은 무궁무진한 가능성과 열정을 가지고 있습니다. 아직 드러나지 않은 것일 뿐 그것을 찾아 열심히 달리십시오. 달리다 보면 오아시스를 발견하게 될 것입니다."

이 책을 보고 있는 당신께 보내는 나의 메시지다. 그 오아시스를 꼭 찾길 바란다.

◢◤ 권위자의 말을 통해 깨닫게 하라

명언은 주로 짧은 글을 말한다. 명언처럼 짧은 글뿐 아니라 유명인이나 그 분야의 전문가 또는 권위자의 강연이나 책을 통해 알려진 내용을 인용해서 메시지를 이어나가는 스피치도 논리 스피치의 하나이다.

'알리바바 회장 마윈이 말하는 가난한 사람들'

세상에서 가장 같이 일하기 힘든 사람들은 가난한 사람들이다.
자유를 주면 함정이라 얘기하고 작은 비즈니스를 얘기하면 돈을
별로 못 번다고 얘기하고
큰 비즈니스를 얘기하면 돈이 없다고 하고
새로운 것을 시도하자고 하면 경험이 없다고 하고
전통적인 비즈니스라고 하면 어렵다고 하고

새로운 비즈니스 모델이라 하면 다단계라고 하고

상점을 같이 운영하자고 하면 자유가 없다고 하고

새로운 사업을 시작하자고 하면 전문가가 없다고 한다.

그들에게는 공통점이 있다.

구글이나 포털에 물어보기를 좋아하고

희망이 없는 친구들에게 의견 듣는 것을 좋아하고

자신들은 대학교 교수보다 더 많은 생각을 하지만

장님보다 더 적은 일을 한다.

그들에게 물어보라. 무엇을 할 수 있는지. 그들은 대답할 수 없다.

내 결론은 이렇다.

당신의 심장이 빨리 뛰는 대신 행동을 더 빨리 하고

그것에 대해서 생각해 보는 대신 무언가를 그냥하라.

가난한 사람들은 공통적인 한 가지 행동 때문에 실패한다.

그들의 인생은 기다리다가 끝이 난다.

그렇다면 현재 자신에게 물어보라.

당신은 가난한 사람인가?

앞서 배웠던 명언에 비해서 비교적 긴 글이다. 마윈은 많은 어록을 남겼다. 그중에서 많이 인용된 어록을 가져와 봤다. 여기에서 마윈이 말하는 가난한 사람이란 어떤 사람을 말하는 것일까? 아마도 물질적 가난보다는 마음이 가난한 사람을 말하는 것일 것이다. 실제로 마음이 가난한 사람이 물질적인 가난을 부른다는 의미도 담겨 있다. 마윈이 길게 말하긴 했지만 여기에서 핵심은 하나이다. 바로 "고민하지 말고 실행하라."는 것이다. 행동으로 옮기는 것을 두려워하거나 생각을 오래 하지 말고 실행력을 발휘해서 무엇이라도 당장 하라는 것이다. 충분히 공감가는 메시지다. 우리는 고민만 하다 끝나는 경우가 많다. 금연이나 다이어트만 하더라도 연초에 계획을 세우는 사람들이 아주 많지만 행동으로 옮기는 경우는 많지 않다. 내 친구들 중에도 다음 주부터 다이어트해야지. 오늘까지만 먹고 해야지 하면서 몇 년을 보낸 이도 있다. 절대 살을 뺄 수 없다.

육아 때문에 일을 포기한 여성들이 아이 핑계를 대며 아이가 조금 크면 다시 일해야지 한다. 유치원만 들어가면, 초등학교만 들어가면, 중학생도 챙겨 줄 게 많다던데, 고등학교 시절이 매우 중요하다던데 하면서 벌써 20년의 세월을 그냥 보내 버렸다. 영어 공부도 마찬가지다. 여름 지나서 휴가 끝나면 시작해야지, 가을 명절 끝나고, 연말이니까 내년부터 하다가 계속 못 한다. 이런 사람들에게 실행력을 강조하는 메시지를 전달하고 싶다면 마윈의 이 연설을 인용하면 좋을 것이다. 긴 인용문은 핵심 내용을 파악하는 게 중요하다. 그냥 '멋진 말이야.', '공감 가는 말이야.'로 끝나지 말고 이렇게 긴 문장들 안에서 전하고자 하는 분명한 메시지를 찾아 한 줄로 정리해 보아야 한다. 그래야 나의 스토리와 연결할 수 있다. 마윈의 어록을 인용하고, '이렇게 살아보자구요!'라고 하는 것은 인용이 아니라 그냥 어록 소개일 뿐이다. 전체 구성상 일부만 필요하다면 부분 인용도 괜찮다. 분명한 것은 핵심 메시지를 명확하게 아는 것이다. 위 내용을 가난한 사람들과 일하지 말자로 받아들이면 곤란하다. 마윈은 적극적인 행동력을 말하고자 한 것이다.

"마원이 말하는 가난한 사람이란 물질적 가난만을 뜻하는 것이 아닙니다. 삶의 열정에 대한 가난입니다. 뭔가를 시도하기 전에 생각과 고민만 하다가 끝나는 열정 없는 사람들을 말합니다. 성공한 사람들은 적극적인 실행력과 과감한 도전정신을 가지고 있습니다. 그런 면에서 마원의 연설은 충분히 공감 갑니다. 핑곗거리를 대며 도전을 두려워하는 사람들에게 경종을 울리는 따끔한 충고 같은 글입니다. 오늘부터 작은 것부터라도 행동으로 옮기는 습관을 가져 봐야겠습니다. 실패하더라도 과감한 도전이 필요한 때입니다."

마원의 연설을 인용하여 한 교육생이 발표한 내용의 일부이다. 내가 전하고자 하는 메시지와 일치하는 권위자의 말을 인용함으로써 내 주장에 힘이 실렸다. 인용 스피치는 한번에 만족스럽게 나오지 않는다. 좋은 글귀나 멋진 명언을 발견하면 내 메시지를 입혀 완성해 보기 바란다. 여기에 스토리까지 더해지면 완벽한 나만의 연설문이 완성되는 것이다.

"진짜 내 삶을 아낀다는 것은 하루하루 죽어가는 나를 볼 때입니다. 내가 영원하지 않다는 것을 알 때, 내가 벚꽃같이 느껴질 때입니다. 태어나면 죽는 것입니다. 어머니도 돌아가시고, 꽃이 피면 지듯이. 하지만 꽃은 지려고 피는 게 아닙니다. 우리가 태어난 것은 죽으려고 태어난 것이 아닙니다. 꽃은 피기 위해서 핀 것입니다. 우리는 태어나기 위해서 태어난 것입니다.

벚꽃이 예쁘다고 막 흔들어대는 아이들에게 이렇게 말할 수 있습니다.

'얘야 어차피 질 거 조바심내지 마라. 어차피 꽃은 질 것이다.'

우리의 삶도 어차피 집니다. 부모님은 언젠가 돌아가십니다. 흔들지 마십시오. 우리의 삶을 즐기십시오. 죽음이 두렵습니까? 예쁜거죠. 향 없는 영원한 플라스틱 꽃을 원하시나요? 그러면 안 되죠. 하루하루를 즐기며 살면 됩니다."

죽음에 대해 한 방송 프로그램에서 했던 강신주 철학자의 강연 일부이다.

이 강연을 인용 스피치에 활용한다면 어떤 메시지와 연결하면 좋을까? 죽음을 바라보는 시선을 두렵고 무서운 것에서 아주 자연스러운 것으로 바꿔 보자는 것이다. 우리의 삶이 무한하지 않다는 것을 아는 순간 하루하루가 너무 소중하고, 그 가치를 알게 된다. 그러나 우리는 죽지 않을 것처럼 살고 있다. 그리고 죽음을 직면했을 때 많은 고통을 느끼게 된다. 살아가면서 많은 죽음을 만나게 될 것이다. 사랑하는 이의 죽음은 더 고통스럽다. 죽음과 삶을 바라보는 시선을 바꿈으로써 그 고통의 깊이를 덜어 낼 수 있을 것이다.

"죽음은 아름다운 것이라는 강신주 철학자의 말을 통해 삶에 대한 의미를 더 생각해 보게 되었습니다. 내가 살아 있기 때문에 죽음 또한 의미 있는 것이죠. 내가 언젠간 죽을 거라는 것을 생각하니 지금의 하루하루가 너무 아깝다는 생각이 드네요. 내가 원하지 않는 것에 연연하기보다 더 즐겁고 행복한 것을 찾아야 할 것 같습니다. 쓸데없는 고민에 괴로워하고, 다른 사람들에게 내가 어떻게 평가될지 신경 쓰는 것이 얼마나 시간 낭비였는지 알게 되었습니다. 사랑하는 가족과 친구들에게 더 집중하고 나 자신을 위해 조금 더 투자하는 삶을 살아야겠습니다."

"어릴 적 저를 키워 준 할머니가 돌아가시면서 많이 방황했습니다. 10년 더 사셨더라면 제 삶이 바뀌지 않았을까 많이 아쉬워했습니다. 할머니는 저에게 어머니와 같은 존재였기에 세상에 혼자가 된 기분이었습니다. 힘들고 지칠 때마다 할머니의 부재를 원망하며 세상을 부정적으로 바라보았던 것 같습니다. 의욕도 없고, 꿈도 없이 십 대를 보내고 후회만 가득한 삶이었습니다. 하지만 이제 강신주 철학자의 말처럼 죽음을 원망하지 않고 아름답게 바라보려고 합니다. 할머니는 지금 제 옆에 안 계시지만, 언젠가 다시 만나게 될 거라 믿습니다. 그때 자랑스러운 저의 모습을 보여 드리고 싶습니다."

　50대 여성과 20대 청년의 인용 스피치 일부이다. 강신주 철학자의 강연을 보여 주고, 강연 내용을 인용하여 자신의 생각을 정리해 발표하는 시간이었다. 가장 와닿는 부분을 선택하여 자신의 스토리를 입히고 메시지를 찾아보았다. 만약 강의 내용에 전혀 공감 가는 부분이 없었다면 진정성 있는 내 생각이나 스토리가 나오지 못할 것이다. 강연 내용과 연결되는 메시지를 찾고 내 생각을 함께 말하기 위해서는 공감이 되어야 한다. 공감되지 않는 부분이 있다면 비판적인 반론 스피치를 할 수도 있다. 인용 스피치에서는 인용할 내용과 메시지의 공통된 부분을 찾는 것이 가장 중요하다.

> "무엇보다 중요한 것은 이 게임이 사과를 따먹는 게임이냐, 버찌를 따먹는 게임이냐, 연속으로 사람을 넘어뜨리는 게임이냐라고 할 때 인생은 각 개인이 행복해지기 위한 게임이라고 말하고 싶습니다. 우리 인생의 목적은 태어나는 것이었고 우리는 그 목적을 다 했기 때문에 남은 인생은 보너스 게임입니다. 행복하세요."
>
> -故 신해철의 MicimpactTV 강연 중

많은 이에게 감동을 주었던 故신해철 씨의 마지막 강연 클로징 멘트다. 정말 멋진 말이다. 우리 인생 목적이 태어나서 뭔가를 이루는 데 있지 않고 태어난 것 자체에 있다니. 우리는 살면서 뭔가를 이루어야 한다고 생각한다. 이루지 못한 인생은 가치 없게 느껴진다. 그래서 행복과 점점 멀어지는 것 같다. 태어난 것으로 우리의 소명을 이미 다했으니 나머지 보너스 인생을 행복을 위한 게임처럼 살라는 말에 나도 용기를 얻었다. 나이 더 먹기 전에 꿈을 이루고, 그럴 듯한 성과를 내고 싶고, 그래서 열심히 하루하루 살아야 하지만 그 결과가 만족스럽지 못하거나 늦어질 때 조급해지기 마련이다. 행복해지기 위해서 사는 삶인데 행복보다는 성과를 바라보며 살고 있다. 누군가의 배를 불려 주고, 만족감을 대신 채워 주고, 결핍을 채워 가는 삶을 사는 건 아닌지 생각해 보게 되는 강연이었다. 진짜 내 삶을 사랑하는 방법이 뭔지 깨닫게 되었다.

  이렇게 권위자의 좋은 말은 사람들에게 생각과 행동의 변화를 일으키고, 긍정적 영향을 미치게 된다. 그래서 꼭 내가 직접 만든 말이 아니더라도 좋은 글귀나 강연을 인용하는 것도 영향력 있는 스피치가 된다. 넘쳐 나는 정보의 홍수 속에서 좋은 정보를 잘 선택하는 것도 중요하지만 우리처럼 스피치를 연습하는 단계에서는 이 정보의 홍수가 참 반갑다. 명언, 어록 등의 키워드 하나만 쳐도 인터넷에 좋은 글귀나 영상 자료를 많이 얻을 수 있기 때문이다. 그중에서 내가 공감 가는 것을 선택해서 인용 스피치를 연습해 보자. 찾아낸 자료는 꼭 기록해 두고 잊지 않도록 하자. 더 풍성하고 설득력 있는 말하기를 할 수 있을 것이다.

제8장
마음을 움직이는 이모션Emotion 기법
– 감성적 말하기 기술

1. 옳은 말을 해도 인정받지 못하는 이유

27세 회사원 윤희 씨는 결혼 2년 차 신혼부부다. 달달한 신혼을 만 끽해야 하지만 자주 남편과 다투게 된다. 감성적인 윤희 씨에 비해 매우 이성적인 남편의 성향 때문에 언쟁이 생기곤 한다. 회사에서 선배와 갈등이 생겨 남편에게 하소연을 하면 남편은 윤희 씨의 편에 서서 마음을 달래 주는 것보단 그 갈등에 대해 객관적으로 분석해서 문제점과 해결점을 제시해 주려고 한다. 예를 들면 이런 것이다.

아내: 그 선배는 내가 만든 보고서를 제대로 보지도 않고 제대로 한 거냐며 의심부터 해. 그리고 자기가 확인도 안 해 보고 잘못된 거 같다며 사람들 있는 데서 면박을 주는데, 결국 내가 틀린 게 아니었어. 나만 이상한 사람 만든다니깐.
남편: 그 선배 입장에서 봤을 땐 아마 당신이 과거에 몇 번 실수한

것 때문에 그런 걸 거야. 원래 그쪽 분야 사람들은 고지식한 부분이 있어서 첫인상을 오래 기억하거든. 그런 면을 만회하려면 당신이 더 열심히 해야 할 거야. 직장에서 신뢰를 얻는다는 게 쉽지 않으니까. 당분간은 사소한 실수도 하지 않도록 더 신경 쓰고, 시키지 않아도 선배 일을 알아서 챙겨 주는 것도 좋은 방법인 것 같아.

감정적인 아내는 남편의 말에 딱히 잘못된 부분을 찾을 수 없었지만, 기분이 많이 상했다. 마치 엄한 아버지나 선생님의 훈계를 듣는 기분이랄까?

"누가 그걸 몰라서 얘기하는 거야? 그냥 이런 일이 있어서 기분이 안 좋다고 말한 것뿐이야. 누가 당신보고 해결책을 마련해 달랬어?"

남편은 아내의 이런 반응에 적잖이 당황한다. 내가 뭘 잘못했지? 왜 그녀는 화를 내고 있는 것일까? 이게 왜 기분이 나쁜 말이지? 아내를 위해서 정말 도움이 될 만한 조언을 해 주려고 한 것뿐인데.

오랜만에 미용실에서 염색과 파마를 한 아내는 집에 돌아온 남편에게 묻는다.

"나 어때요? 머리했어."

"음, 전체적으로 잘 어울리긴 하는데 갑자기 머리카락이 밝아지니까 적응이 안 되는걸? 그리고 당신 얼굴이 동그란 편이라 과한 웨이브는 피하는 게 좋을 거 같아."

참 솔직한 감상평이다. 이 얘기를 들은 아내는 역시 화가 난다.

『감성연구』 창간호에 실린 조향숙의 「감성과 커뮤니케이션-통찰과 맥락 중심으로」라는 논문에서 감성과 통찰과의 상관관계에 대해 언급한 부분이 있다. 배려라는 감성을 기본으로 하는 감성 커뮤니케이션에 빠질 수 없는 부분이 바로 통찰이라는 것이다. 통찰이란 일반적으로 예리한 관찰력으로 사물을 꿰뚫어 보는 것을 의미한다. 심리학적 측면에서 새로운 사태에 직면하여 장면의 의미를 재조직화함으로써 갑작스럽게 문제를 해결하는 능력 혹은 그런 과정이라고도 말한다.

이 논문에서 장면의 의미를 재조직하는 것은 감성적 측면에서 내면의 감정들을 상황에 따라 재조직화하여 정서화하는 것과 흡사하기 때문에 감성과 통찰의 상관관계를 추론할 수 있다고 했다. 따라서 통찰과 감성은 어떤 장면에서의 행위와 마음 상태를 규정할 수 있는 주요한 매개체라고도 할 수 있다고 결론을 지었다.

이 말은 결국 감성을 이해하는 것은 통찰력과 관련이 되어 있다는 뜻이다. 액면 그대로의 표현이 아닌 그 언어에 숨겨진 감정적 메시지를 간파해야 한다는 것이다. 많은 커뮤니케이션 전문가들은 논리적 말하기뿐 아니라 감성 커뮤니케이션의 중요성을 강조해 왔다. 감성적으로 다가가지 못하는 소통은 논리적으로 아무리 맞는 말이어도 불통이 되는 것이다. 감성적 통찰을 위해서는 결국 사실 이상을 꿰뚫어 보는 예리함과 관찰력이 필요하다. 그 대상은 보통 감정적 욕구일 것이다.

◢ 문제보다 본질을 파악하라

감성 스피치에서 필요한 부분이 바로 통찰력이라고 했다. 특히 감정적 통찰이 필요하다.

　부모님께 비싼 선물을 드릴 때마다 아버지와 어머니는 "이런 걸 뭐하러 사 오냐. 돈 쓰지 말고 아껴서 생활에 보태야지. 이런 거 필요 없다."라고 말한다. 문자 그대로만 본다면 부모님은 비싼 선물을 사 오지 말라는 것이고, 돈을 아끼라는 말이다. 그렇다면 우리는 그 말을 그대로 받아들여 다시는 부모님께 선물하지 않고 사는 것이 맞는 것인가? 통찰력을 발휘한다면 그런 결론이 나올 수 없다. 부모님의 말에는 고마움과 미안함, 그리고 자식을 사랑하는 마음이 녹아 있다. 자식들이 주는 선물을 받았을 때 정말 행복해하고 있는 것이다.

　앞서 말한 윤희 씨 부부의 대화에서도 감정을 꿰뚫어 보는 통찰력을 발휘했다면 다른 대답이 나왔을 것이다. 회사에서 스트레스를 받아 남편에게 하소연을 하면서 푸는 아내의 모습을 먼저 봤어야 한다. 말의 내용에 집중하지 말고, 그 말을 하는 사람의 표정과 말투를 통해 감정을 읽고, 상대방이 어떤 반응을 원하는지 파악하는 게 먼저다. "이럴 때 어떻게 했음 좋겠어?"라고 묻기 전에는 절대 문제 해결책을 제시하지 말아야 한다.

　"나 살찐 거 같지?" 진짜 살찐 것 같은지 물어보는 게 아니라 살찐 거 같아서 고민인데 아직도 내가 예뻐 보이냐고 묻는다는 것을 알아야 한다. 걱정의 감정이 숨어 있고, 그 걱정을 안심시켜 줄 대답을 원하고 있다는 것을 통찰력을 발휘한다면 알 수 있다. 통찰력은 관찰을 통해 기를 수 있다. 오랜 시간을 함께했던 사람이라면 통찰하는 데 어렵지 않을 것이다. 제1부에서 우리는 관찰을 통한 관점 쪼개기를 배웠다. 관점 쪼개기를 익혔다면 통찰력을 발휘하는 데도 도움이 될 것이라 믿는다. 다양한 각도에서 바라보는 것으로 진실을 보는 안목이 생길 것이다.

오랜만에 미용실에서 관리를 받고 온 아내에게 웬 지적질인가? 그냥 무조건 어울리고 예쁘다고 하면 되는 것이다. 팩트체크할 필요 없다. 혹 자기가 원하는 스타일이 안 나와서 불안해하는 마음이 있더라도 남편의 칭찬에 안심이 되면 그만이다. 나는 마음에 드는데, 남편이 다시 한번 내 선택을 칭찬해 주는 것으로 역시나 하는 만족스러움을 주면 되는 것이다. 그러면 부부의 대화는 문제없이 행복하게 끝난다. 보통 남자에 비해 여자들에게 감성 스피치가 통한다고 하지만, 내가 볼 때는 그렇지 않다. 남자든 여자든 감정을 읽어 주는 말은 다 좋아한다. 그게 사실이 아니어도 된다.

"당신은 김수현보다 더 잘 생겼어."라고 말한다고 왜 거짓말을 하냐고 화내는 남자는 없다. 그게 사실이 아니더라도 기분 좋은 말이다.

"내가 오늘 친구들에게 식사를 대접하기로 했는데, 갈 데도 마땅치 않고 어디서 모임을 해야 할지 모르겠네. 오늘 당신 별 일정 없다고 했지?"

이렇게 남편이 말했다면 어떤 의미를 담고 있다고 생각하는가? 단순하게 글자 그대로만 본다면 모임 장소를 찾고 있는 것 같다. 적당한 식당을 알아봐서 추천해 주면 될 일 같다. 하지만 통찰력을 발휘해 보라. 이 말을 하면서 뭔가 미안해하거나 어색한 표정이 보인다면 차마 아내에게 말하지 못하는 숨어 있는 속뜻이 있는 것이다. 최근 이사도 했고, 집들이겸 친구들을 부르고 싶은 것이다. 그런 것을 파악했다면 배려심을 발휘하여 "우리 집으로 오시면 되겠네요. 오랜만에 저도 당신 친구들 얼굴도 보고 좋죠. 당신이 준비하는 거 도와주실 거죠?"

이런 대답을 들은 남편은 정말 기뻐할 것이다. 하지만 절대 초대할 수 없는 상황이라면 논리적 접근보다 더 감성적 스피치로 말해야 할 것이다.

"이런 어쩌나. 오늘 초대해서 맛있는 음식 제가 직접 해 드리고 싶은데, 저녁에 성당 사람들이랑 우리 집에서 차 한잔하기로 했거든요. 오늘 꼭 해야 하는 게 아니라면 다시 날 정해서 제대로 대접하고 싶은데. 미안해서 어쩌죠? 나도 당신 친구들 오랜만에 뵙고 싶었는데 안타깝네요."

미안함과 안타까움을 표현한 대답이다. 사실 갑작스러운 이런 상황에서 남편의 바람을 들어주지 못하는 것이 당연하다고 생각할 수 있다. 하지만 남편의 속내를 간파한 아내는 거기에 응해 줄 수 없음을 진심으로 미안해하면서 다음 기회를 약속한다면 남편도 충분히 이해해 줄 것이다. 원하는 것을 얻지 못했지만, 기분은 상하지 않는다. 이런 대화는 관계를 더 좋게 만든다. 감성 스피치에서는 사실과 논리가 중요하지 않다. 상대방의 감정을 읽고, 그들이 원하는 감성적 응대를 해 주는 것만으로도 문제가 해결된다.

◢◣ 답! 정! 너! (답은 이미 정해져 있다!)

기정 씨는 이번에 팀장으로 승진하면서 고민이 생겼다. 업무 지시를 부사장님과 이사님이 따로따로 하기 때문이다. 누구의 지시를 따라야 하는지 갈팡질팡할 때가 많다. 원래 조직체계는 이사님의 지시를 받는 것이지만 사장님과의 회의가 끝나면 부사장님이 담당자인 기정 씨에게 업무 지시를 하고 이사님은 이사님대로 지시를 따로 내리는 것이다. 그래서 이사님께 부사장님의 지시를 보고하고 그것을 다시 확인하고 조율하는 과정을 거쳐야 하므로 너무 힘들다. 두 사람의 지시가 미묘하게 다를 때는 더 괴롭다. 그런데 부사장님이 왜 이사님을 거치지 않고 사소한 것도 담당부서 팀장에게 지시를 내리는지 그 이유를 시간이 지나면서 알게 되었다. 그것은 부사장님의 성향상 일에 대한 열정이 높은 만큼 모든 일을 일일이 자기 손으로 확인하고 챙기는 스타일이기 때문이다. 그리고 그런 열정을 과시하기 좋아한다. 일을 시켜놓고 잊어버리거나 의미 없는 과한 지시를 하는 경우도 있다. 그래서 부사장님과의 소통에서 가장 중요한 것은 그 지시를 받고 결과물을 보여 주는 것이 아니라 부사장님의 불안감을 없애는 것이다. 나는 부사장님이 직접 실무자에게 지시하지 않아도 아주 잘 하고 있다는 느낌을 주는 스피치를 하라고 조언을 했다.

"이번 회의 때는 ○○○에 관해서 기안을 작성하는 것이 좋을 것 같아. 권 팀장이 준비하도록 하세요."

사실 그 기안은 이사님과 팀미팅 하면서 안 하기로 이미 결정이 됐고, 구두 보고만 하는 걸로 얘기가 끝난 상황이었다.

"네, 부사장님. 기안을 작성하지 않아도 회의 보고에는 문제가 없는 것으로 얘기돼서 제가 구두 보고로 준비하고 있었습니다. 그것보다 ○○○○○○에 대한 회의 진행이 주를 이룰 것 같다고 하셔서 그와 관련된 기안을 작성하고 있었습니다. 하지만 부사장님이 필요하시다면 둘 다 작성하도록 하겠습니다."

　무조건 하라는 대로 하는 게 아니라, 이 문제에 대해 걱정스러운 부사장님의 마음을 달래 주며 상황 설명을 한 뒤 혹시 모를 부사장님의 의도를 놓치지 않기 위해 다시 확인하는 단계를 거쳤다.

　"아, 그래도 된다면 그렇게 하세요. 혹시나 하는 마음에 준비하라고 한 것입니다."

　걱정이나 불안감이 큰 상사는 불필요한 작업을 하게 하는 경우가 많다. 그런 성향을 파악했다면 무조건적인 예스맨이 되지 말고, 적절한 설득 작업도 필요하다.

　"이번 이벤트 행사에서 고객 홍보가 더 필요하지 않을까? SMS 발송을 더 늘리는 건 어떤가?"

　'더 늘리겠습니다.'라고 말하는 것을 기대하기보다는 지금 성도의 홍보 작업이 충분한가를 걱정하는 질문인 것을 파악해야 한다.

　"이미 어제 추가 발송했습니다. 담당 팀원들이 주요 지점들 일일이 다 확인해서 홍보, 브로슈어 발송 처리했습니다. 벌써부터 문의하시는 분들도 계시구요. 걱정하지 마십시오. 잘 될 것 같습니다."

　분명 상사는 '시행하겠습니다.'라는 말보다는 '걱정하지 말아라. 잘 될 것이다. 열심히 준비했으니 좋은 성과가 있을 것이다.'라는 말을 듣고 싶었을 것이다. 물론 그렇지 않은 분들도 있지만 대부분 깐깐한 상사일수록 철저한 프로 의식 이면에 걱정과 불안도 높다. 직급이 낮더라도 상사의 불안감을 덜어 주는 감성 스피치를 우리 팀장님은 원할지 모른다.

　상품 론칭할 때마다 매우 초조해하시는 상사를 둔 경희 씨는 이런 경험이 있다.

"이번에 다이어트 제품 준비하는데 '태풍 다이어트' 이름으로 어떤 가?"

"풋사과 다이어트나 에스슬림다이어트에 비해서 여성성을 상징하거나 가볍고 트렌디한 느낌이 없어서요. 강한 다이어트라는 느낌은 주지만 여성들의 감각을 자극할 만한 이름이 더 좋을 것 같아요. 너무 남성적인 느낌이라."

이렇게 솔직하게 얘기했는데, 우리 상사님은 반응이 싸늘했다. 진짜 내 의견을 묻는 게 아니라 본인이 지은 브랜드 네임에 대한 인정을 받고 싶은 것뿐이었다. 물론 솔직한 의견을 자유롭게 나누는 것이 올바른 사내 커뮤니케이션이지만 아직 그런 분위기가 받아들여지지 않는다는 생각이 든다면 상사의 질문의 본질을 알고 답하는 것이 좋을 것이다. 너무 내 생각만을 쏟아내지 말고, 그들이 듣고 싶어 하는 대답을 해 주어라.

"강력한 다이어트 효과에 대한 기대감을 일으킬 수 있는 이름인 것 같습니다. 요즘 다이어트 제품이 기대에 비해 효과가 별로 없다는 소비자 불만이 많은데 그런 면에서 효과에 대한 기대감을 갖게 하는 것 같습니다. 하지만 조금 더 여성들의 감각적인 부분을 자극할 만한 아이디어가 들어가면 좋을 것 같습니다. 태풍 악녀다이어트 같은 건 어떨까요?"

적절하게 내 생각과 상사가 듣고 싶어 하는 얘기를 섞어 잘 답변했다. 어차피 이미 답은 정해진 상황이었다.

면접 스피치에서도 질문에 대한 본질을 파악하는 것이 중요하다. 특히 압박 면접은 도대체 왜 이런 것을 물어보는 건지 알 수 없는 질문이 많다. 한 기업의 인사 관련 담당자는 질문에 정답을 말하는 데 급급하지 말라고 한다. 질문의 의도를 파악하는 것이 중요하다고 말한다. '과정과 결과 중 어떤 것이 중요합니까.'라는 질문에 정답이 정해진 것은 아니다. 과정이라고 말해도, 결과라고 말해도 공격당할 여지는 충분히 있다. 그리고 꼭 두 가지 중에 골라야 할 필요도 없다. 좋은 과정에 좋은 결과가 따라온다라고 해도 좋다. 뭐라고 답하든 그렇게 생각하는 이유가 근거 있고 논리적으로 타당하면 되는 것이다. 이 질문의 본질은 생각의 유연성과 논리성을 보는 것이다.

◢◤ 귀가 아닌 온몸으로 들어라: 맥락적 경청

이러한 본질을 꿰뚫어 보는 통찰을 키우기 위해서는 경청이 필요하다. 커뮤니케이션에서 빠질 수 없는 개념이기도 하다. 경청의 단계에는 네 단계가 있다. 배우자 경청, 소극적 경청, 적극적 경청, 맥락적 경청이다. 우리가 지향하는 것은 경청의 최고 단계인 맥락적 경청이다. 배우자 경청이 건성으로 듣고 말을 가로막는 경청이라면 맥락적 경청은 온 마음을 다해 집중하는 경청이다. 말의 내용뿐 아니라 그 이면의 마음 상태와 본인도 알지 못하는 심리적 측면까지 꿰뚫어 보는 경청이다.

경청만 잘해도 마음을 열고 적극적인 소통이 가능하다. 때로는 문제 해결에 큰 도움이 되기도 하는데 스피치에서도 경청은 매우 중요하다.

경청에는 네 가지 종류가 있다. 사람지향적 경청, 내용지향적 경청,

시간지향적 경청, 행동지향적 경청이다. 사람의 성향에 따라 경청하는 스타일도 다르다. 하지만 맥락적 경청은 이 모든 것을 초월한 경청이라고 보면 된다. 상대방의 표정, 말투, 시간, 내용과 행동 등 모든 것을 온몸으로 관찰하고 듣는 것이다. 맥락적 경청을 통해 우리는 상대의 마음을 꿰뚫어 보는 통찰력을 키울 수 있다.

2. 말의 내용이 아닌 말투로 표현하라: 칭찬이야? 비꼬는 거야?

SNS를 통한 소통이 일반화되면서 문자로 감정의 종류와 강도를 표현할 수 있는 SNS 콘텐츠도 늘어나고 있다. 예를 들면 이모티콘이다. '좋아.'라는 글자만으로는 그 감정을 온전히 전할 수 없어 각종 이모티콘을 활용해 표현한다. 이모티콘을 쓰지 않는 것이 오히려 성의 없어 보이기까지 하다. 그래서 문자로만 소통할 때는 종종 오해를 낳기도 한다. 진짜 좋은 건지, 칭찬인 건지, 놀리는 건지, 화가 난 건지 알 수 없을 때가 많다. '^^'나 '~~~' 등의 부호를 붙이지 않으면 부정적 감정으로 인식하게 된다. SNS 메신저 사용자가 늘고 시간이 지나면서 그 안에서의 자연스럽게 생겨난 통념들이 있다.

예를 들면 'ㅋ'의 의미다. 톡을 할 때 'ㅋ'가 1개에서 3개 이하일 경우 아무 뜻도 없는 무의미한 것이다. "오빠, 뭐해? ㅋ", "아, 그래? ㅋ", "밥 먹었어. ㅋㅋ" 등이다. 이런 'ㅋ'에 설렐 필요 없다. 보통 할 말이 없을 때 3개 이하의 'ㅋ'로 때우는 식이다. 그런데 5개가 넘어가게 되면 꽤 재미있다고 보면 된다. 진짜진짜 웃기거나 재미있을 때 10개 정도 붙는다.

소개팅으로 만난 그녀가 내가 보낸 톡에 ㅋㅋㅋ를 보냈다면 그냥 예의상 보낸 거라고 보고 많은 기대를 하지 말자는 글을 본 적이 있다. 이런 이야기는 인터넷에 젊은 층 사이에서 SNS 톡 문화를 재미있게 표현한 유머다. 사실 40대쯤 되면 아무리 재미있어도 ㅋ를 10개까지 쓰지 않는다. 3개만 써도 아주 재미있는 경우일 때가 많다. 이것은 세대마다 다른 SNS 톡 문화를 보여 주는 이야기였다.

이런 현상을 보면서 문자를 통한 소통에서 그 진정성을 파악하기 위해 나름 고민들을 많이 한다는 생각이 들었다. 말이나 직접 대면하는 소통이라면 표정과 말투에서 감정을 느낄 수 있기 때문에 바로 알 수 있지만 문자로는 감정을 제대로 파악할 수 없기 때문이다. 선배의 톡에 짧게 "네."라고 한 글자로 답했다가 기분 나쁘냐는 오해를 받기도 했다는 사람도 있다. 그만큼 감정의 소통에서 중요한 것은 말의 내용이 아니라 표현하는 방식이다. 특히 말투가 중요하다. 워낙 무뚝뚝한 부모님 밑에서 자란 승현 씨는 가족 모임만 하면 남들이 싸우는 걸로 오해한다고 한다. 아프다고 하면 어머니는 항상 퉁명스러운 말투로 "약이나 먹어라."라고 하셨다. 그런 어머니의 표현 방식이 서운할 때도 많았는데 그도 어머니의 말투를 닮아 있었다. 그래서 사람들에게 많이 오해를 받았다고 한다. 그 뒤로 스피치를 배우면서 대중을 존중하는 따뜻하고 배려 있는 말투를 익히게 되었다.

우리나라 학술논문 중에는 일본 영화 주인공의 상황에 따라 변하는 말투를 연구한 논문이 있다.

「말투 바꾸기에 대한 사회언어학적 분석」이라는 제목으로 《한국일본어교육학회지》에 실린 최지수 씨의 논문이다. 상황에 따라 달라지는 말투의 요인에 대해 고찰했다. 이 연구가 흥미로운 것은 사회적 상황에 따라 달라지는 말투를 영화의 캐릭터를 통해 연구하고 그것을 사회언어학적으로 접근한 몇 안 되는 시도였다는 것이다. 분명 사회적 존재인 인간은 사회적 구조와 상황, 관계에 따라 말투가 매번 바뀐다. 그래서 우리는 상대방의 말투를 통해 숨겨진 감정을 느낄 수 있다.

시어머니가 시킨 집안일 때문에 언짢아진 며느리의 말투가 친절하지 않다. 뚱한 며느리의 반응에 "너 무슨 불만 있니?" 하며 화내는 시어머니의 말에 또 한 번 감정이 상한다. 아니 안 하겠다고 한 것도 아니고, 알겠다고 하는데도 왜 말투 가지고 꼬투리를 잡는 건지 며느리의 마음의 골은 깊어 간다.

감성 스피치에서 가장 기본이 되는 것은 배려의 마음이다. 그 배려가 제대로 전달되려면 말투가 중요하다. 그렇다면 따뜻한 배려의 말투는 어떻게 나오는 것일까?

◢ 따뜻하고 친절한 레카토 호흡법

레카토 호흡법은 성악 발성에서 나온 용어이다. 성악 발성에는 레카토, 벨칸토, 스타카토 등의 발성법이 있는데 레카토는 한 번 숨을 들이마신 뒤 끊기지 않고 길고 부드럽게 내는 발성법이다. 우리는 말을 할 때 호흡을 통해 말하기 때문에 호흡법에 따라 말의 느낌이 달라진다. 레카토는 최대한 길게 조금씩 호흡을 뱉어 내며 안정적으로 쉬는 호흡이다.

> 날씨가 많이 추운데도 불구하고 /(반숨) 이 자리에 함께해 주셔서
> 정말 감사드립니다. //(온숨)

이 한 문장을 할 때 숨쉬는 곳을 최소한으로 해서 말을 이어나가면서 천천히 말하면 따뜻한 느낌을 주는 말하기가 된다.

> 날씨가 / 많이 / 추운데도 불구하고 / 이 자리에 / 함께해 주셔서 /
> 정말 / 감사드립니다. //

한 문장 안에 쉬는 곳이 많으면 부드럽게 이어지지 않기 때문에 딱딱한 말투가 되기 쉽다. 마치 내 이름을 얘기할 때 "저는 이혜정입니다."라고 하는 게 아니라 "저는 이/혜/정 입니다."라고 말하는 것과 같다. 군대에서 보통 관등성명을 댈 때 한 자 한 자에 힘을 주어 말하는 스타카토 호흡법을 많이 쓴다. 그것과 비슷하다고 생각하면 된다. 스타카토 호흡법은 말에 힘이 실리고 확실한 강조를 해 준다. 하지만 부드럽고 따뜻한 느낌은 없다. 그래서 따뜻한 말투에는 호흡을 길게 쓰는 레카토가 적절하다. 보통 위로와 칭찬, 배려의 말에 많이 쓰는 호흡법이다.

호흡을 짧게 쓰는 말하기는 툭툭 던지는 말투가 된다. 말에 힘을 싣지 않고 말할 때는 더 성의 없어 보이게 된다. 방송인 이금희 씨의 라디오를 들으면 아주 정겹다. 얼굴 표정이 보이지 않아도 따뜻한 미소를 띠고 말하는 것처럼 들린다. 그래서 마음이 편안해지고 위로가 된다. 그녀의 스피치를 잘 들어 보면 급하지 않고 호흡을 천천히 길게 내뱉

으며 말을 한다. 정지영 아나운서도 포근한 스피치를 하는 방송인이다. 남자 중에서는 성시경 씨가 따뜻한 느낌을 주는 스피치를 한다. 목소리가 굵고 안정적인 것도 있지만, 호흡을 끊지 않고 길고 천천히 쓴다.

이런 따뜻한 느낌을 주는 레카토 호흡법에 대해 알아보겠다.

'/' 표시는 숨쉬는 곳을 의미한다. 다음의 예문을 숨쉬는 곳에 맞게 읽어 보자.

1단계는 두 글자마다 쉬며 읽는 것이다.

구십/구만/구천/구백/구십/구/
팔십/팔만/팔천/팔백/팔십/팔/
칠십/칠만/칠천/칠백/칠십/칠/
육십/육만/육천/육백/육십/육/
오십/오만/오천/오백/오십/오/
사십/사만/사천/사백/사십/사/
삼십/삼만/삼천/삼백/삼십/삼/
이십/이만/이천/이백/이십/이/
십/ 일만/천/백/십/일/

꼭 두 글자마다 숨을 쉬면서 단어를 말할 때는 다 뱉어내야 다음 숨을 마실 때 호흡이 가쁘지 않을 것이다. 너무 급하게 하지 말고 천천히 마시고 천천히 말하는 게 포인트다. 두 번째는 좀 더 긴 호흡을 쓸 것이다.

2단계 한 줄에 한 호흡이다.

구십구만구천구백구십구//
팔십팔만팔천팔백팔십팔//
칠십칠만칠천칠백칠십칠//
육십육만육천육백육십육//
오십오만오천오백오십오//
사십사만사천사백사십사//
삼십삼만삼천삼백삼십삼//
이십이만이천이백이십이//
십일만천백십일//

한 줄 한 줄 호흡을 뱉으면서 말할 때 입을 크게 벌리면서 정확한 발음을 내려고 노력해 보자. 따뜻하고 정성스럽게 보이기 위해서는 입을 크게 벌려서 또박또박 말하는 것도 필요하다. 호흡이 짧다고 너무 빨리 끝내 버리지 말고 최대한 뱃심을 활용해서 숨을 밀어내면서 연습하자.

3단계 두 줄에 한 호흡이다. 점점 호흡하는 횟수를 줄여 나갈 것이다.

구십구만구천구백구십구
팔십팔만팔천팔백팔십팔//
칠십칠만칠천칠백칠십칠
육십육만육천육백육십육//

오십오만오천오백오십오
사십사만사천사백사십사//
삼십삼만삼천삼백삼십삼
이십이만이천이백이십이//
십일만천백십일
구십구만구천구백구십구//

여기까지는 어렵지 않게 할 수 있을 것이다. 한 호흡을 15초 이상 길게 뱉을 수 있으면 두 줄까지는 가능하다. 하지만 호흡을 더 늘리기 위해서 3줄, 4줄, 5줄 끝까지 한 호흡에 다 읽을 수 있도록 점점 늘려 나가야 한다. 한 호흡에 9줄까지 몇 주만 연습하면 가능하게 될 것이다. 조금 속도를 빠르게, 혹은 느리게 하면서 몇 줄까지 가능한지 체크해 보면서 연습해 보자. 한 줄 이상 넘어가기 어려운 사람은 평소 호흡이 짧은 사람들이다. 호흡이 짧으면 속도가 빠르거나 단어 사이사이 숨쉬는 곳이 많아져 부드럽게 연결되는 느낌이 안 나게 된다. 거기에 말에 에너지가 없으면 더 차가운 말투가 된다. 위의 '구십구만~~' 숫자 읽기 연습 후에 다음의 예문도 긴 호흡으로 읽어 보자.

안 촉촉한 초코칩 나라에 살던 안 촉촉한 초코칩이
촉촉한 초코칩 나라의 촉촉한 초코칩을 보고
촉촉한 초코칩이 되고 싶어서 촉촉한 초코칩 나라에 갔는데,
촉촉한 초코칩 나라의 문지기가
"넌 촉촉한 초코칩이 아니고 안 촉촉한 초코칩이니까

안 촉촉한 초코칩 나라에서 살아."
라고 해서 안 촉촉한 초코칩은 촉촉한 초코칩이 되는 것을 포기하고
안 촉촉한 초코칩 나라로 돌아갔데.

이 예문을 읽으면서 몇 번의 호흡을 하는지 체크해 보자. 보통은 두세 번 정도 쉬게 되지만, 연습을 하다 보면 한 호흡에 끝까지 읽게 될 것이다. 호흡은 배로 밀어내는 방식으로 연습하면 길어진다.

이렇게 연습을 통해서 호흡의 길이를 늘려놓고, 우리의 말에 응용해 보면 된다.

"밥 먹었니?"라는 말을 하더라도 1초 안에 말하는 사람이 있다. 짧은 네 글자의 문장이지만, 호흡의 여운을 남기면 툭툭 뱉는 느낌이 덜해진다.

"밥~ 먹었니~~(호흡을 더 뱉는다)?"

문장이 끝날 때 소리를 더 길게 내지 않아도 호흡의 여운을 더 남기는 것이다. 호흡을 뚝 끊어 버리지 말고 마지막 음가에 조금만 더 길게 호흡을 뱉으면 된다.

오래전 일본의 한 소설가가/ 'I love you~'/
라는 이 말이 쑥쓰러웠는지/ 이렇게 번역을 했다고 해요.//
"오늘은 달이 참 밝네요."//
여러분이 사랑을 표현하는 방법은 어떤가요?//
무엇을 빌려서 마음을 표현하든/
그 마음만은 확실하게 가서 닿기를/

제가 응원해 드리겠습니다.//

여기는 꿈꾸는 라디오구요./ 저는 ○○○입니다.~//

- 꿈꾸는 라디오 오프닝 멘트-

여유 있고, 여운을 남기는 호흡으로 읽어 보자. 심야방송 라디오 오프닝 멘트이다. 따뜻함과 위로의 느낌이 물씬 느껴지는 멘트인 만큼 호흡의 여유를 담아서 읽어야 한다.

50대 초반 건축업에 종사하고 있는 정남 씨는 매우 강하고 거친 억양을 가지고 있어 첫인상이 좋은 편이 아니다. 성격이 급한 데다 말투에도 그런 성향이 녹아 있어 항상 말이 빠르고 급하고 세다. 하지만 시간이 지나면 얼마나 여린 감성을 가지고 있는 분인지 다 알게 된다. 요즘 '츤데레'라는 말이 유행하는데 이 단어와 어울리는 사람이다. 하지만 말투 때문에 자녀들과의 대화가 원활하지 못하다. 그냥 안부를 묻는 것인데도 자녀들은 아버지가 화를 낸다고 생각해서 대화를 꺼린다. 그래서 스피치 과정을 통해 호흡을 길게 쓰면서 여유 있게 말하는 법을 익혔다. 몇 개월 뒤 정남 씨는 훨씬 부드러운 말씨를 갖게 되었다. 이처럼 누구나 제대로 된 방법을 알고 꾸준히 연습하면 달라질 수 있다.

◢◢ 안정적 톤을 위한 포물선 말하기

말의 톤에는 직선과 곡선이 있다. 직선으로 말을 한다는 것은 호흡을 앞으로 쭉 밀어 내면서 높낮이 없이 말하는 느낌을 말한다. 약간 딱딱한 느낌이 드는 말투다. 곡선은 톤을 약간 점층적으로 올렸다가 점차 안정적으로 낮추는 톤이다. 급격한 높낮이가 아니라 종이비행기가 날 듯 살포시 올렸다가 내려오는 톤이다. 말에 높낮이가 많이 들어가는 것은 그리 좋은 것은 아니다. 표준어에 가까운 말투는 급격한 높낮이의 변화가 없다. 특히 말끝을 급격히 떨어뜨리거나 끝을 올려 버리면 성의 없어 보이거나 너무 가벼워 보인다. 그래서 호흡은 안정적으로 뱉으면서 톤을 조절하면 배려 있고, 따뜻하면서도 세련된 말투가 완성되는 것이다.

방송인 중에서 직선 톤과 곡선 톤을 구별해 보자면 손석희 앵커는 직선 톤을 가지고 있다. 반면 전현무 MC는 곡선 톤이다. 김성주 MC도 곡선 톤에 가깝다. 개그맨 이경규는 직선 톤이고, 강호동은 곡선 톤이다. 유재석은 직선과 곡선이 섞여 있다. 같은 사람이어도 상황에 따라 직선과 곡선을 넘나들며 톤을 조절하는 경우도 있다. 보통 뉴스나 시사 방송을 진행할 때는 직선 톤, 토크쇼나 예능에 출연할 때는 곡선 톤으로 진행한다. 직선과 곡선 톤 중 어느 것이 더 좋다고 말할 순 없다. 각각의 표현이 다르기 때문이다. 이 장에서는 감성 스피치에 어울리는 곡선 톤에 대해 더 알아볼 것이다.

나는 시장 구경을 좋아한다.

왜냐하면 시장에는 늘 새로운 물건과 맛있는 먹을거리가 많기 때문이다.

과일 가게에는 여러 가지 신선한 과일이 많았다.

과일 가게 아저씨께서는 사과 자랑을 하며 장바구니에 사과를 담아 주셨다.

이 예문은 우리 딸의 초등학교 교과서에서 발췌한 것이다. 예문을 포물선을 그리듯 읽어 보자. 속도는 1분에 200에서 250 글자 읽는 정도가 적당하다. 하지만 말이 좀 빠르다고 생각되는 분들은 좀 더 천천히 연습해도 좋다.

첫 문장에서 '나는'과 '한다'의 톤의 높이가 같아야 한다. 마무리 톤이 너무 떨어져도 어색한 톤이 나온다. '나는'보다 약간 높게 '시장'을 올리고 '구경을'에서 최절정에 다다른다. 그리고 점차 톤을 낮추며 앞쪽과 균형을 맞춰 말해 보자. 녹음을 해서 들어 보면 어디가 어색한지 체크가 가능하다. 녹음해서 들어 보고, 안정적인 톤을 가진 사람의 샘플과 비교하여 연습하는 것도 좋다.

그들의 노동은 침묵 속에서 이루어졌다.

그들의 노동은 기계적인 동작을 매번 똑같이 반복해서 되는 일이 아니었다.

바다의 표정이 쉴 새 없이 바뀌고

캄캄한 바다 밑을 떼지어 흘러가는 고기떼들의 움직임은

종잡을 수가 없다.

밧줄을 당길 때마다, 끌려 올라오는 그물이

뱃전에 와닿는 방향과 무게는 일정하지 않다.

- 김훈의 『라면을 끓이며』 일부

놀라운 표현력과 감성으로 우리에게 따뜻함을 전해 주는 김훈 작가의 에세이집 『라면을 끓이며』의 일부를 가져와 봤다. 감성 스피치인 만큼 감성적 글을 연습 원고로 하는 것이 좋다. 에세이나 시집도 괜찮다.

우리나라는 정(情)의 문화가 있다. 어릴 적 시골에서 자란 나는 그 '정'이라는 느낌이 뭔지 잘 알고 있다. 말하지 않아도 알 것 같은 따뜻함. 언어보다는 행동으로 보여 주고 서로를 위하는 마음. 단순 배려라고 말하기에 뭔가 부족한 느낌이다. 사회적 인간으로서 학습되어 온 개념이 아닌 원래 태곳적부터 존재했을 법한 사람에 대한 애정이다. 이미 태어날 때부터 '정'을 품고 있었던 것 같다. 내 자식이 아닌 이웃 아이를 만나도 속곳 저 깊숙한 곳에 숨겨놓았던 사탕 하나를 손에 쥐어 주어야 마음이 편했던 어르신들의 애틋함. 그런 것이 정이라 생각한다. 하지만 핵가족을 넘어서 1인 가구의 세대가 일반화되어 가는 이 시대에 정(情)의 소통을 체험할 수 있는 기회는 적다. 그래서 최소한의 언어 소통에서의 배려가 중요하다. 사실 감정에 따라 말투는 결정된다. 이런 말투를 학습하는 것 또한 아이러니한 일이라 생각한다. 하지만 내가 의도하지 않은 표현력 때문에 곤란한 일은 없어야 하기에 훈련이 필요하다. 이것은 내 마음을 진짜처럼 보이게 하는 기술일 뿐이다. 그 사람을 사랑하지 않는데 사랑하는 척할 필요는 없다. 하지만 상처 주고 싶지 않다면 조금 더 따뜻한 말투를 통해 내 마음을 전하면 되는 것이다. 다소 어렵겠지만, 무뚝뚝하고 불만스러운 말투가 고민인 분들은 레카토 호흡법과 포물선 톤, 이 두 가지만 익혀도 큰 도움이 될 것이다.

3. 감성적 표현법: 마음을 움직이는 스피치

IT제품 브랜드 마케팅에 감성 마케팅 전략이 적용된 지 오래다. 십여 년 전에는 핸드폰의 성능이나 업그레이드된 기능 위주로 강조하는 광고를 많이 했던 삼성도 애플의 감성 광고에 영향을 받았는지 이제는 감성 광고를 주로 한다. 스마트폰, 노트북, 테블릿 PC 광고에 등장하는 것은 제품보다 우리 삶의 이야기가 더 많다. 여행, 결혼과 육아, 부모님, 꿈과 나에 대한 이야기들이다.

얼마나 뛰어난 기능을 가지고 있느냐보다 그런 기능을 통해 우리 삶이 얼마나 풍요로워지는지 그 점을 스토리로 보여 주는 전략이다. 아차 하면 놓칠 내 아이의 예쁜 모습을 담는 아버지의 마음, 바쁘고 지친 일상에서 어렵게 떠난 유럽 여행의 추억을 간직하는 젊은 세대의 모습, 아무리 멀리 있어도 곁을 지켜 주는 것 같은 사랑하는 이의 마음을 광고에서 따뜻하게 보여 준다.

특히 박카스 광고는 감성 마케팅의 정점을 찍었다고 할 수 있다. 하루 종일 회사에서 시달린 무뚝뚝한 아버지가 밤늦게까지 독서실에서 공부하는 아들을 배웅하러 가는 광고 속 장면은 언제 봐도 마음이 뭉클하다. 늦은 밤 가로수 등불을 맞으며 걸어가는 두 부자의 뒷모습은 삶의 고단함과 희망을 동시에 느끼게 한다. 이렇게 감성과 커뮤니케이션이 하나가 되어 우리 사회에 녹아든 지 꽤 오래되었다.

홈쇼핑에도 감성 소구라는 것이 있다. 제품과 간접적으로 연결되는 감성을 자극하는 멘트로 제품 자체의 장점보다는 우리가 공감할 수 있는 이야기를 통해 설득하는 소구법이다.

갱년기 상품을 방송할 때는 여자의 인생 이야기가 나올 수밖에 없다. 보험상품 방송 때는 보장 내용도 중요하지만, 사람의 불안감을 자극하는 이야기로 설득한다. 세제나 냉장고 정리용기 방송을 할 때는 살림하며 느낄 만한 주부들의 노고를 이야기한다.

이렇게 논리가 아닌 감성으로 마음을 움직일 수 있다. 머리가 아닌 마음으로 통하는 느낌이 들 때 우리는 설득당한다. 그래서 감성 스피치를 비롯한 감성 커뮤니케이션의 중요성이 대두되는 이유다. 팩트와 논리가 중요한 법정에서도 감성적 변론이나 판결문이 나오는 이유도 결국 사람이 하는 일에는 논리를 넘어서는 마음이 있기 때문이다.

◢◤ 감정의 종류를 먼저 선택하라

우리가 느끼는 감정을 크게 희로애락으로 분류하지만, 그것만으로 모든 것을 설명할 수 없다. 이 밖에 서운, 불안, 기대, 실망, 허전, 만족, 희열, 행복, 불편, 부담, 뿌듯, 고마움, 미안함 등 설명할 수 없는 복잡한 감정이 존재한다. 이러한 감정들을 스토리에 입혀 표현하는 것이 일반적인 감성 스피치다.

광고홍보학과 언론광고학 교수인 오현숙, 양문희 저자의 『감성설득전략』에서 10가지의 감성을 이용한 설득법을 소개하고 있다. 온정적인 감정을 기대하는 사람의 심리와 선택의 자유를 제한받았을 때 더 간절하게 원하게 되는 심리 등을 이용한 설득에 관한 내용이다. 홈쇼핑 판매 전략에서의 감성 소구가 바로 이러한 사람의 심리를 자극하는 것이다.

갱년기 여성 상품인 석류즙을 방송하면서 우울감, 초라함, 허전함, 불편감의 감정들을 염두해 두고 감성 멘트를 만들었다. 그리고 여자로서의 모습을 유지하고 싶은 기대감도 감성 멘트에 넣었다. 갱년기가 되면 외모 변화부터 주변 사람들과의 관계 변화, 신체적 불편감이 오는 시기로 부정적 감정이 많아진다. 그 감정을 알아주는 감성 멘트가 필요했다.

"꽃 같은 나이에 결혼해서 지금까지 남편과 자녀, 부모님 등 가족을 위해 희생만 하면서 살아왔습니다. 내가 하고 싶은 것, 먹고 싶은 것보다는 가족이 먼저였습니다. 그렇게 젊은 시절을 보내고 어느 날 거울을 보니 웬 할머니가 보이는 거예요. 자글자글한 주름에 푸석푸석한 머리결에 예쁜 내 모습은 어디 가고, 망가진 내 모습을 보니 진짜 인생이 참 허무하단 생각이 듭니다. 왜 이렇게 요즘은 더 지치고, 여기저기 안 아픈 곳이 없는지. 나를 위해 뭘 해 본 것도 없이 나이만 들어가는 것 같아요."

허무하고 우울한 여자의 인생에 대한 감성 멘트다.

"이제는 나 자신을 위해 살고 싶습니다. 여자로 다시 돌아가고 싶어요. 예쁘고 활기차단 말도 듣고 싶고, 이제 엄마, 아내가 아닌 이혜정으로 살고 싶습니다. 그동안 아이 키우면서 친구들과 여행 한번 못 갔는데, 건강관리 잘해서 꽃할배처럼 유럽 여행도 가고 싶습니다. 그러려면 지금부터 관리를 시작해야겠죠. 여자한테 좋다는 것부터 챙겨 먹어야겠어요."

여자로 다시 돌아가고 싶은 기대감을 표현한 감성 멘트다.

감성 스피치가 필요하다면 내가 공감을 일으키고 싶은 대상과 주제에 맞는 감정을 먼저 선택해야 한다. 어떤 감정을 자극해서 마음을 움직이게 할 것인지 결정하는 것이다. 석류즙 같은 갱년기 여성 상품은 갱년기 때 겪을 수밖에 없는 우울함과 허전함을 달래 주는 감정이 필요하다. 중년의 직장인 남성들을 타깃으로 하는 피로 해소 제품이나 혈행 관련 제품이라면 빡빡한 직장생활에서 느끼는 피로감과 답답함, 치열한 경쟁 사회에서 고군분투하는 불안함과 압박감을 자극해야 한다.

학부모를 대상으로 하는 아동 도서라면 아이 교육에 대해 걱정이 많은 엄마의 마음을 알아야 한다. 이 교재를 구매하지 않으면 우리 아이의 성적이 떨어질 것 같은 불안감이나 공부 잘하는 아이로 키우고 싶은 기대감이 그것이다.

홈쇼핑이 아닌 오프라인 세일즈 현장에서도 감성 소구가 많이 쓰인다.

성형외과에서 손님을 대할 때는 더 이뻐질 수 있을 거라는 기대감, 일상에 전혀 지장을 주지 않을 것이라는 편리함과 지금 관리하지 않으면 더 나빠질 수 있다는 불안감을 이용한다.

금융 관련 현장에서는 직장생활로는 큰 자산을 모을 수 없는 박탈감과 좌절감, 현명한 투자로 단기간 큰 수익을 올릴 수 있을 거라는 기대감을 들 수 있다.

세일즈 현장이 아니어도 된다. 공감을 일으켜야 하는 상황은 우리의 일상에도 많다.

취업 준비생들에게는 미래에 대한 불안감이나 꿈에 대한 설렘, 노력하는 과정에서 겪는 고단함과 실패로 인한 좌절감이 있다. 10년 차 직장인에게는 직급의 변화로 인한 기대감과 긴장감, 제2의 인생을 설계하면서 느껴지는 초조함과 자신감이 있다. 인간 관계에서는 누구나 경험하는 어려움과 실망감, 위안, 안정감이 있다.

일상에서 우리가 접하는 감정들은 대체로 예상이 가능한 것이다. 우리가 경험해 본 것들이 많기 때문이다. 공감을 일으키는 감성 멘트를 한다는 것은 그 경험에서 오는 감정을 이해한다는 것이다. 하지만 내가 경험해 보지 못한 세계의 감정을 알기 위해서는 정보가 필요하다. 내가 아직 20대인데 50대 여성이 겪는 감정들을 온전히 알 수 없을 것이다. 내가 중년의 남자가 아니라서, 그들이 겪는 사회생활에서의 고단함과 가장으로서의 막중한 책임감의 비중을 다 알 수는 없을 것이다. 그래서 정보가 필요하다. 내가 대상으로 삼고 있는 그들의 삶을 들여다보고 간접 경험을 하면서 그 감정들을 이해해야 한다. 이렇게 감정을 결정하고 나면 그다음은 그 감정과 관련된 스토리를 찾는 단계다.

◢ 감정의 스토리를 찾아라

결과보다 더 중요한 것은 마음이라는 생각을 가지고 있다. 물론 좋은 결과로 마음을 보여 주면 더 좋겠지만, 마음 없는 결과는 크게 감동하지 않는다. 좋은 마음이 담겨 있어야 상품이든 사람이든 좋은 결과물을 내게 마련이다. 그리고 그 마음을 표현하는 것 또한 꼭 필요하다. 고객이든 친구든, 연인이든 마음을 전해야 그 결과에 감동이 더해지는 것이다. 최고의 화상도와 사진편집 기술이 들어가 있는 스마트폰을 만든 이유가 사랑하는 사람과의 추억을 하나하나 생생하게 담아 오래 간직하고, 주위 사람들과 그 행복을 공유할 수 있도록 하는 마음이 담겨져 있다면 고객은 제품의 놀라운 기술력이 아닌 그 마음에 감동할 것이다.

정말 맛 없는 계란말이를 해 주었지만 나를 위해서 고군분투했을 아내에게 더 애틋함을 갖는 건 당연하다. 우리는 결과에 놀랄 수는 있지만 감동하지는 않는다. 가난한 집에 태어나 한번도 교습을 받아본 적이 없는 초등학생이 차이코프스키를 완벽하게 연주하는 모습에 우리는 매우 놀라고 신기해한다. 하지만 아픈 엄마를 위한 연주회를 열기 위해 혼자 피아노 연습을 했다는 이야기에 더 큰 감동을 하게 된다. 그 아이가 뛰어난 재능을 가지고 있다는 것은 우리에게 감동을 주지 못하지만, 그 아이의 마음을 알게 되면 감동하는 것이다.

그래서 감성을 자극하는 스토리를 찾는 것이 감성 스피치에서는 매우 중요하다.

10대 청소년들에게 꿈에 대한 주제로 이야기를 한다고 생각해 보자. 감성 스피치를 통해 그들에게 동기 부여를 해 주고 싶다. 우선 어떤 감정으로 다가갈 것인가 결정해야 한다. 10대 청소년들은 어떤 감정에 공감하는가? 그들의 일상에 대한 정보가 필요하다. 공부에 대한 압박감, 학원 투어로 쉴 틈 없는 빡빡한 일정, 불확실한 진로에 대한 고민, 자기들끼리만 공유할 수 있는 친구 관계에 대한 미묘함, 유일한 낙인 게임, 대화를 하자며 다가오지만 훈계만 하시는 부모님, 공부를 열심히

하려고 해도 학교에서 떠드는 아이들을 통제하지 않는 무기력한 선생님, ……:

이런 일상의 경험을 구체적으로 파악하면 할수록 좋다. 우리 때와는 다른 지금의 10대 청소년들이 겪는 일상은 어떤 것일지 알아보는 것이다. 이러한 정보들로 그들의 감정을 읽을 수 있다.

참 답답하겠다, 불안하겠다, 또는 고민되겠다, 까마득하겠다라는 그들의 감정을 알아보고 선택한다. 그리고 그 감정과 관련된 이야기로 스토리텔링을 해 본다.

> "내가 좋아하는 것을 직업으로 하겠다고 하니 부모님은 돈이 안 된다, 안정적이지 않다, 가능성이 희박하다는 이유로 반대합니다. 하지만 TV 강연이나 책에서 보면 성공한 사람들은 자기가 좋아하는 것을 하라고 합니다. 도대체 어떻게 하라는 건가요? 아마 여러분들은 이런 생각을 많이 할 겁니다. 저도 그랬습니다. 부모님이 바라는 의사나 법조인이 되려고 보니 공부가 걸립니다. 운동으로 승부를 걸어 보려고 하니 그것 또한 만만치 않습니다. 운동을 좋아하지만 선수로서 재능이 있는지 확신이 서지 않기 때문이죠. 초등학교 때 미술대회에서 종종 입상을 해서 그림을 배울까 했더니 돈이 너무 많이 들어가 부모님이 부담스러워하십니다. 나는 도대체 무엇을 하며 살아야 하나? 이런 생각을 하며 10대를 보냈던 것 같습니다. 누구나 그 시절엔 이런 고민을 하게 됩니다. 그래서 오늘은 여러분과 꿈에 대한 이야기를 나눠 볼까 합니다."

꿈에 대한 강의 오프닝을 감성 스피치로 구성한 내용이다. 나는 너의 마음을 알고 있다는 공감에서 출발하는 것이 감성 스피치다.

"저는 1945년 히로시마에서 태어났습니다. 어머님이 나를 임신했을 때 전쟁통에 피난을 가게 되었습니다. 두 아이를 데리고 아버지와 함께 피난을 떠난 어머님은 만삭이었습니다. 그러다 폭격이 시작됐습니다. 아버지는 놀라 짐도 내팽겨쳐 버리고 도망갔습니다. 하지만 어머니는 만삭의 몸으로 두 아이를 끌어안고 있었습니다. 그때 아버지는 '어머니는 절대 자식을 버리지 않는구나.'라고 생각했다고 합니다. 제가 어릴 때 홍역에 걸려서 죽을 위기에 있었습니다. 죽은 줄 알고 아버지는 지게를 가지고 와서 묻겠다고 저를 내어 달라 했습니다. 부모보다 먼저 죽은 자식은 자식이 아니라고 했습니다. 하지만 어머니는 저를 끌어안고 울부짖으며 우리 새끼 살려달라고 기도했습니다. 그리고 고름이 흐르는 내 얼굴을 혀로 핥으며 저를 꼭 안고 있었다고 합니다. 그러다가 갑자기 아기 얼굴에 생기가 돌면서 손가락이 움직였습니다. 그래서 저는 살 수 있었습니다. 어머니의 힘은 이처럼 위대합니다. 저는 어머니의 사랑으로 살 수 있었습니다. 그런 어머님은 영원히 저와 함께하실 줄 알았습니다. 하지만 저의 어머니도 돌아가셨습니다. 저는 그때 가장 많은 눈물을 흘렸습니다. 부모님이 살아계실 때 부모 자식 간의 사랑을 마음껏 나누시길 바랍니다."

이 강연은 몇 년 전 작고하신 故황수관 박사의 TV 강연 내용을 정리한 것이다. 어머니에 대한 주제로 부모님이 살아계실 때 효도하며 살자는 내용이었다. 어찌 보면 진부할 수 있는 주제지만 많은 공감을 일으켰던 강의였다. 몇 년이 지났지만 부모님에 대한 강연 중에서 가장 기억에 남을 정도로 감동적인 이야기였다. 어머니라는 단어를 떠올리면 다들 눈물부터 난다. 희생과 사랑의 아이콘인 어머니는 우리에게 늘 애틋하고, 미안함과 고마움이 공존한다. 그런 감정을 잘 자극한 감성적 스토리텔링이다.

공감과 감성 스피치로 인기를 끌고 있는 대표적인 스타 강사는 김창옥 강사와 김미경 강사다. 김창옥 강사는 특히 유머적 요소가 많다. 김미경 강사는 여성들이 좋아하는 강사로 여자의 삶을 감성과 공감 스토리로 구성하여 강의한다. 김미경 강사의 토크 콘서트에 간 적이 있었는데, 나뿐 아니라 많은 관객이 울고 웃었다. 그리고 항상 긍정적 마음으로 열심히 살아야겠다는 생각을 많이 하게 되었다. 이렇게 감성을 자극하면 설득이 쉬워진다.

남녀가 처음 만나서 열렬히 사랑해서 결혼해도 신혼 때는 갈등이 있기 마련이다. 서로 맞춰 가는 과정이기도 하다. 그 갈등의 대부분은 내 마음을 상대방이 알아주지 못해 발생하는 것이다. 나도 그것을 알아주고 이해하기까지 10년이 걸렸다. 이제는 거의 그런 갈등이 없지만, 그 전에는 왜 그렇게 공감해 주는 것이 힘들었는지 모르겠다. 역지사지의 마음으로 조금만 바라보면 될 것을. 감성 스피치를 통해 공감을 얻는 것도 바로 역지사지의 마음에서 비롯된다고 믿는다. 말할 대상이 느끼는 감정을 먼저 헤아리고 그들의 삶의 이야기를 가져오면 아주 훌륭한 감성 스피치가 될 것이다. 거기에 진심을 담아내는 메시지가 더해지면 완벽해진다.

　감성 스피치에서 주로 다루는 소재는 어머니, 아들, 딸을 포함한 가족 이야기, 열정과 꿈, 실패와 좌절, 친구, 돈, 성공, 힐링, 생명, 평화, 여행 등이 있다. 사람들이 많이 공감하는 소재를 찾아 각자의 감성 스피치를 만들어 보자.

제9장
좋은 질문에 좋은 답이 있다
– 질문을 통한 스피치 활용법

1. 질문의 가치

박찬욱 감독의 영화 〈올드보이〉에서 질문과 관련된 아주 중요한 장면이 나온다. 15년간 자신을 가둔 이우진을 찾아가 오대수가 왜 자신을 가뒀는지 물어보는 장면이다. 그 질문에 이우진은 질문이 잘못되었다고 말한다. 틀린 질문을 하니까 틀린 답을 한다는 이우진의 대사가 의미심장하다.

'5why 기법'은 기업의 문제해결에서 자주 등장하는 기법이다. 어떤 문제가 발생했을 때 다섯 번의 왜라는 질문을 하면 근본적인 해결책을 찾을 수 있다는 것이다. 그 대표적인 예가 토마슨 제퍼슨 기념관 외벽 부식 문제다. '왜 기념관의 외벽이 잘 부식이 될까?'라는 질문에서 시작해서 다섯 번의 why라는 질문을 하고 내린 결과는 기념관의 야간 조명이 문제였다는 것이다. 기념관의 야간 조명에 모여든 나방을 잡아먹으려는 비둘기들이 몰리고 배설물이 쌓이자 그 배설물을 청소하기 위해 잦은 청소를 하다 보니 부식이 빨리 되는 것이었다. 결국 기념 관의 야간 조명 시간을 줄이고, 조도를 줄이면서 문제는 해결되었다.

유대인들의 자녀교육 문화가 질문을 통한 교육법이란 사실도 잘 알려져 있다. 우리나라 어머니들은 학교 갔다 온 아이에게 "오늘은 무얼 배웠니?"라는 질문을 하지만 유대인의 어머니들은 "오늘은 어떤 질문을 했니?"라고 묻는다고 한다. 어렸을 때부터 질문하는 아이로 키우는 학습법이다.

2010년 우리나라에서 개최되었던 G20 서울 정상회의 폐막식에서 버락 오바마 대통령은 특별히 한국 기자들에게 질문할 기회를 주었다. 하지만 한국 기자는 아무도 질문하지 않았고, 결국 그 기회는 중국 기자에게로 돌아갔다. 세계적으로 부끄러운 일이 아닐 수 없다. 미국의 대통령이 한국 기자에게 질문할 기회를 주었는데 아무도 하지 않았다는 것은 많은 것을 생각하게 했다. 질문하지 않는 한국 사회의 교육 환경을 다시 한번 점검해 보는 계기가 되었다. 우리 사회는 확실히 질문하는 것을 좋아하지 않는다. 질문을 받는 것도 좋아하지 않는다. 하지만 질문을 잘하는 것은 매우 가치 있는 것이다. 아무도 할 수 없는 핵심을 찌르는 질문을 할 수 있다는 것, 그리고 질문을 통해 내가 의도한 방향대로 대화를 이끌어 가고 있다는 것은 엄청난 커뮤니케이션 능력을 가지고 있는 것이다.

질문의 가치를 따져 보면 서양에서는 소크라테스, 동양에서는 공자에서부터 시작된다. 질문 기법으로 제자들에게 큰 깨달음을 얻게 도와준 두 스승의 소통법은 지금까지도 인정받고 있다.

우리 스피치교육원에서도 질문으로 수업이 진행된다. 본격적인 수업을 하기 전에 교육생들에게 질문을 통해 대화를 한다. '이번 주는 어떻게 보내셨나요?'를 시작으로 일상의 소소한 것들과 사회적 이슈들에 대해 서로의 생각을 묻고 답한다. 스피치 초보자들은 수업을 기다리는 동안 그런 질문을 받고 답해야 하는 상황이 익숙하지 않은 듯하다. 이번 주 어떻게 보냈냐는 질문에 "그냥 똑같죠." 이런 대답으로 빨리 넘어가려고 한다. 하지만 몇 주 뒤에는 평범한 일상의 삶도 의미 있게 표현하게 된다. 질문에 답하는 것이 때론 어렵기도 하고 귀찮기도 하다. 당황스러운 질문에 어떻게 답을 해야 할지 난감하기도 하다. 하지만 그것만큼 질문을 하는 것도 어렵다. 현문현답이라는 말이 있는 것처럼 좋은 질문에 좋은 답이 나온다.

◢◤ 질문을 위한 정보를 수집하라

2018년 대통령 신년 기자회견은 사전 질문과 답을 준비하지 않고 즉석에서 질문을 받아 바로 답변하는 방식이었다. 우리나라에서는 처음 시도하는 기자회견이라 많은 관심을 받았다. 그 기자회견을 통해 대통령의 언변 실력을 떠나 질문 자체가 얼마나 중요한지 다시 한번 확인할 수 있었다. 좋은 질문과 핵심을 찌르는 질문을 하기 위해서는 많은 준비가 필요하다. 기자들은 대통령에게 질문하기 위해 많은 사전 준비를 했을 것이다.

한 유명 강사이자 방송인이 한 프로그램에 나와 고백한 적이 있다. 뮤지컬 연출가를 인터뷰하러 갔는데 그 연출가의 작품을 하나도 보지 않고 인터뷰를 간 것이다. 그래서 인터뷰를 거절당했다고 한다. 인터뷰 대상자에 대한 사전 정보 없이 깊이 있는 대화를 한다는 것은 불가능 하다. 취조가 아닌 인터뷰이기 때문에 기본적인 정보를 파악하고 가는 것이 예의이다.

처음 만나는 사람과의 대화가 힘든 이유도 기본적인 호구 조사부터 해야 하기 때문이다. 그런 질문과 답은 대화의 흥미를 끌지 못한다. 소 개팅 자리에서 상대방이 무슨 일을 하고 전공은 무엇이고, 대략적인 나이와 고향을 알고 간다면 훨씬 대화의 진행이 빨라진다. 더 나아가 서 그 사람이 하는 일이나 전공에 대해 많은 정보가 있다면 질문의 차 원도 달라질 것이다.

> "설계쪽 일하시면 현장 실무자들과 소통을 잘해야 한다고 들었는 데, 그런 점이 힘드실 것 같아요. 경력이 오래된 분들은 나름 주관 이 뚜렷해서 갈등이 있다고 하던데요?"

건설쪽 분야도 설계, 디자인, 시공 등 여러 분야가 있다. 이런 정보와 함께 그 분야의 어려운 점과 의미 있는 것들을 알고 접근하는 질문은 상대방으로 하여금 마음을 열게 하는 열쇠가 될 수 있다.

> "기간제 교사임에도 담임을 맡는다고 하는데, 학습뿐 아니라 학생 관리와 상담도 다 하시는 거잖아요? 그런데도 정식 교사로 인정받 지 못하고 있는 현실을 이겨낼 수 있는 확고한 교육철학이 있다면 어떤 것이 있을까요?"

단순하게 교육철학을 묻는 질문이 아닌 상대방의 정보를 포함해 이해와 공감을 표현한 질문이다.

전문 인터뷰나 청문회 같은 공식적인 질의응답이 필요한 자리에서는 더더욱 정확하고 많은 정보가 필요할 것이다. 직장에서의 미팅이나 학교 동문 모임, 동호회나 사적인 모임에서 낯선 사람들과의 대화에서 사전 정보는 매우 유연한 질문을 가능하게 한다. 스피치 강사라고 소개하면 많은 사람이 대뜸 "말 잘하는 법 좀 알려 주세요.", "저의 스피치는 어떤가요?"라고 질문한다. 또는 "요즘 스피치를 배우는 사람이 많나요?" 이 분야에 대해 전혀 알지 못하고 호기심에 묻는 질문이다. 사전 정보가 없다 하더라도 이런 질문들은 좋은 질문이 아니다. 일부러 상대방을 당황하게 할 의도가 아니었다면 단순한 호기심에 던지는 질문은 피해야 한다.

> "요즘 블라인드 채용이 늘어나서 면접 비중이 높아졌다고 들었는데, 그래서 취업 준비생들의 문의가 많을 것 같네요. 어떤가요?"

이 정도의 질문이라면 적극적으로 대답해 줄 용의가 있다. 그래도 이 분야에 대해 어느 정도는 알고 하는 질문이다.

교사임용면접 과정에 대해 문의하는 학생들에게 바로 교육과정을 상세 설명하기보다는 몇 가지 질문을 먼저한다.

> "인적성면접과 수업실연 면접까지 다 준비하셔야 되는 건가요? "
> "인적성면접에서 질문 유형별로 구분해서 스터디를 한 적이 있으

세요?"

"수업실연은 어떤 콘셉트로 준비하셨나요?"

이런 질문을 통해 나의 전문성을 어필하게 된다. 문의했던 교육생들은 면접 분야 전문가임을 확신하며 수업을 의뢰하게 된다.

면접을 코칭할 때 분야별로 분석한 정보를 바탕으로 수업에 접목하지만, 이렇게 질문에 정보를 활용함으로써 설득력을 높이게 된다.

골프를 좋아하는 거래처 바이어와 식사를 하게 된 경호 씨는 전혀 골프를 쳐 본 적이 없는 사람이다. 며칠 전부터 골프 프로그램과 동영상을 보며 기본 용어와 경기 규칙, 유명 프로에 대한 정보를 수집하고, 동료들에게 골프 매너, 농담, 내기 규칙 등에 대해 알아 놓았다. 본격적인 거래 내용을 꺼내기 전에 가볍게 골프 얘기로 대화를 부드럽게 이끌어 갔다.

"대표님 골프 좋아하신다고 들었는데 싱글 치시나요?"

"하하하. 싱글까지는 아니고 올해 목표가 싱글입니다. 그런데 요즘 바빠서 연습을 못 하고 있네요."

"요즘 퍼블릭도 많이 생겨서 부담없이 일반인들도 많이 치더라구요. 저도 이제 시작해 볼까 합니다. 기회가 되시면 나중에 사장님께 한 수 배우고 싶습니다. "

"좋죠. 골프는 운동으로도 좋지만, 사업하는 데도 도움이 많이 될 것입니다. 인맥 관리하기에 그만한 스포츠도 없는 것 같아요."

"박성현 선수가 폼이 특이하면서 멋있더라구요. 사장님은 어떤 프로 좋아하시나요?"

이렇게 골프라는 주제로 자연스럽게 대화를 이끌어 갔다. 골프를 배워 본 적도 없는 사람이 이 정도의 대화를 이끌어 갈 수 있었던 것은 기본 정보가 있었기 때문이다.

"골프가 재미있나요? 왜 좋아하세요?", "골프 선수들 멋있는 거 같아요.", "골프는 워낙 돈이 많이 들지 않나요?"라는 일차원적 질문에는 별로 대답하고 싶지 않을 것이다.

좋은 질문이란 대답하고 싶은 질문이다. 대답하고 싶어지는 질문을 하기 위해서는 상대방에 대한 관심과 정보를 확보하는 것이 중요하다.

2. 마음을 여는 칭찬 질문

대화를 이끌어가는 데 가장 좋은 방법 또한 질문이다. 내가 말하지 않아도 상대방에게 말할 기회를 주고 정보도 얻을 수 있는 아주 좋은 커뮤니케이션 스킬이다. 내가 굳이 대화의 공백을 메꾸기 위해 애쓰지 않아도 된다. 질문만 잘 활용해도 대화가 이렇게 쉬웠나 싶을 것이다.

질문에는 마음을 여는 질문이 있다. 어색하고 낯선 환경에서 굳게 닫힌 마음을 여는 질문으로 관계가 시작되는 것이다. 강의할 때 청중과 라포(rapport)를 형성하기 위해서 초반에 질문기법을 많이 쓴다. 동기부여를 위해 질문기법을 사용하지만, 딱딱하지 않은 말랑말랑한 질문으로 보통 시작한다.

마음을 여는 질문 하면 생각나는 질문이 있다. 현빈과 하지원 주연의 드라마 〈시크릿 가든〉에서 김주원이 길라임에게 했던 질문이다.

"길라임 씨는 언제부터 그렇게 이뻤나?"

이 장면에 비명을 지르지 않는 여자는 없을 것이다. 얼음공주 마음도 순식간에 녹일 만한 달달한 질문이다. 군이 대답이 필요없는 마음을 여는 질문이다.

> "어디 있다가 나타난 거야? 당신처럼 사랑스러운 사람이."
>
> "우리 그동안 어떻게 살았을까? 당신 없으면 지금은 한순간도 견딜 수 없는데."
>
> "어디서 타는 냄새 안 나? 당신 때문에 내 가슴이 불타고 있잖아."
>
> "우리 아기는 누구 닮아서 이렇게 이쁜 거야?"
>
> "세상에서 당신밖에 모르는 최고의 바보는 누구일까?"

사랑하는 사람이 있다면 문득 이런 질문을 한번쯤 해 보라. 행복한 시즌이 한동안 유지될 것이다. 사람들은 질문을 받는 것을 피곤해하지만 이런 질문이라면 언제나 환영할 것이다. 냉냉했던 관계를 녹이거나 그 사랑을 확고히 할 수 있다.

이 장에서는 이처럼 마음을 여는 질문에 대해 이야기해 보려고 한다. 이외에도 마음을 여는 질문은 얼마든지 있다.

마음을 여는 질문이란 쉽게 말해 칭찬과 위로의 말이 들어간 질문이다. 교육생들과 라포(rapport) 형성을 빨리 하기 위해서는 칭찬과 공감이 중요하다. 내가 그들에게 좋은 말을 해 주는 것보다 그들의 이야기를 더 많이 들어주는 것이 효과적이다. 대화를 이끌어내는 데도 질문 기법이 필요하다.

지인의 집에 저녁식사 초대를 받아 가게 되었다. 정말 맛있는 요리들이 한상 차려져 있었다. 그녀는 워킹맘이다. 바쁜 그녀가 특별히 우리를 위해 직접 요리를 했다.

> "바쁘신 분이 언제 요리는 배우셨어요? 못 하시는 게 없네요."
> "이 갈비찜은 어떻게 했길래 이렇게 부드러워요? 저는 할 때마다 질겨서 식감이 좋지 않았거든요."
> "오늘 저희 때문에 너무 힘드셨던 거 아니에요? 도와드릴 건 없나요?"

'요리 잘하시네요.', '맛있어요.', '재능이 있으시네요.'라는 직설적인 칭찬보다 질문을 통한 칭찬은 분위기를 좋게 할 뿐 아니라 대화를 자연스럽게 이어 나가게 해 준다. 질문을 통해 상대방의 자연스러운 리액션을 이끌어 낼 수 있기 때문이다. 갈비찜 레시피가 정말 궁금하지 않아도 한번쯤 물어봐 주는 것으로 정말 맛있다는 칭찬을 대신할 수 있다. "별거 없어. 그냥 남들이 하는 대로 한 거지."라는 대답이 나와도 상관없다. 레시피 공개 여부를 떠나 그냥 그 질문으로 마음을 열면 되는 것이다.

교육생들과 초반에 관계를 형성하기 위해서 칭찬 질문을 많이 한다.

"○○○님은 아주 꼼꼼하신가 봐요. 회사에서도 일하실 때 빈틈 없으시죠?"

"○○○님은 어디에서든지 분위기 메이커 역할을 하실 것 같아요. 맞죠? 어쩜 그렇게 유쾌하세요?"

"○○○님은 그동안 포기한 적이 별로 없으시죠? 힘들어도 꼭 끝까지 해내는 분인 것 같아요."

"순발력보다는 끈기 있다는 말을 종종 듣지 않으세요?"

"평소에 자기관리를 잘 하시나 봐요? 기본 자세가 매우 좋으세요."

"어려 보인다는 말 자주 들으시죠? 40대 같지 않으세요. 목소리 힘도 좋으시구요."

나보다 나이 많은 사회인을 코칭할 때는 칭찬도 잘 해야 한다. 어설픈 칭찬은 오히려 불쾌감을 준다. 어린 교육생들에게 하는 칭찬보다 신경 써야 할 부분이 있다. 그래서 질문으로 칭찬을 하는 경우가 많다. 단정 지어 상대방에게 말하는 칭찬보다 '제 생각이 맞나요?'라고 의사를 물어보는 것은 소통의 유연성을 보여 주는 것이다. 그리고 은근히 칭찬과 공감을 표현하는 방법이라 초면에도 부담스럽지 않다.

대중 강의를 할 때도 청중에게 칭찬 질문으로 시작하는 것도 좋다. 칭찬 질문은 꼭 답을 원하는 것이 아니다. 청중의 마음을 열고 강의에 대한 긍정적 마음을 준비시키는 과정이다.

"오늘 강의 준비하면서 강의장 들어오시는 여러분들 보고 궁금한 게 생겼어요. 혹시 이 ○○○ 교육센터는 직원 채용 기준에 외모

평가가 있나요? 다들 인상이 아주 좋으셔서 깜짝 놀랐습니다. 아침
부터 바쁘게 준비하느라 힘드셨을 텐데 표정이 어쩜 그렇게 밝으세
요? 여러분 표정 보니까 강의 시작하기 전에 저도 힘이 나네요."

한 교육연구소 강의 때 했던 칭찬 질문이다. 정말 그 직원들은 표정
이 매우 밝고, 서로 인사하는 것부터 매우 활기찼다. 회사에서 의무적
으로 받아야 하는 강의에 참석할 때는 동기 부여가 안 돼서 의욕 없이
그냥 앉아 있는 경우도 많은데, 그 회사는 분위기가 매우 의욕적이고
밝았다. 표정이 밝고 잘 웃으니 아름다워 보이는 것이다. 못생긴 얼굴
은 하나도 없었다. 그리고 그런 기운을 가지고 시작할 수 있어 감사했
다. "정말 표정이 밝고 좋으세요."라고 하는 것보다 "이 회사의 채용 기
준에 외모 평가가 있냐는 질문으로 재치 있게 시작해 보았다. 대부분
이런 질문을 던지면 청중은 웃고 넘기는 경우가 많지만 가끔 열정적인
청중은 그 농담을 받아 줄 때도 있다. "네. 맞습니다, 강사님. 외모로 뽑
는 회사입니다. 이 친구만 빼구요. 이 친구는 낙하산이라 이렇습니다."
이런 대답에 한바탕 웃게 된다.

반대로 시작부터 청중의 반응이 소극적이거나 힘들어 보일 때는 위
로의 질문을 던지는 것도 좋다.

"이번 주가 마감일이라고 들었어요. 그래서 더 몸과 마음이 바쁘
시죠? 더군다나 오늘 이 강의 때문에 지방 지점에서 올라오시느라
아침부터 정신이 없으셨겠어요? 지난 강의 때 배웠던 내용도 리뷰
하기가 쉽지 않아서 고민하시면서 오셨죠? 오늘 어떻게 강의 들어

야 하나? 충분히 이해가 갑니다. 그래서 오늘은 부담 없는 내용으
로 준비했습니다. 지난번 내용을 다시 리뷰해 드리고, 중요한 포인
트 중심으로 정리하는 시간을 갖도록 하겠습니다."

제약회사 영업사원 대상으로 3회 차 교육을 할 때 했던 위로 공감
질문이다. 당신의 어려움과 힘듦을 이해하고 있다는 것을 전하고, 조금
이나마 이 강의에 대한 부담을 덜어주려는 오프닝 멘트였다.

칭찬과 위로 공감의 질문은 일상생활에서 활용할 때가 많다. 어렵게
찾아온 고객에게 "여기 찾는 게 어렵진 않으셨어요?", "여기까지 오시
느라 힘드셨죠?"라는 간단한 위로 질문부터, 직접 만든 반찬을 해서
가져오신 어머님께 "어머님은 이런 맛을 어떻게 내시는 거예요? 저는
아무리 해도 안 되던데."라는 칭찬 질문으로 어머니 요리는 매우 뛰어
나다는 말을 대신할 수 있다.

"선배님은 쉬는 날이 있으세요? 이렇게 완벽하게 업무 처리하시
려면 개인 시간이 하나도 없으시겠어요."

"팀장님은 따르는 후배들이 많으시죠? 늘 아랫사람 챙겨 주시는
거 보면 대단하세요."

"기획 관련 책을 내보시는 건 어떠세요? 대표님처럼 실전 경험과
아이디어가 좋으신 분이 관련 서적을 내시면 반응이 괜찮을 것 같
습니다."

"선생님은 피부관리 어떻게 하시는 거예요? 나이에 비해 너무 젊
어 보여서 깜짝 놀랐어요."

> "이걸 직접 만드신 거예요? 매장에서 판매하는 거라고 해도 손
> 색이 없네요."

업무 처리가 완벽하다, 아랫사람들 잘 챙겨 주는 모습이 좋아 보인
다, 아이디어가 참신하고 기획력이 매우 좋다, 피부관리를 참 잘한 것
같다고 칭찬하는 것보다 질문을 통해 효과적인 마음을 여는 소통이
가능하다. 단정적인 칭찬은 상대방의 자연스러운 반응을 이끌어내기
어렵다. 한국인의 특성상 직접적인 칭찬을 어색해하는 경우가 많기 때
문에 질문 칭찬을 통해 자연스럽게 소통을 이어가는 것도 좋다. 질문
칭찬은 자연스럽게 반응할 수 있도록 하는 배려가 숨겨져 있다.

어설픈 칭찬보다 질문을 하라! 그러면 당신의 진정성이 의심받지 않
을 것이다.

3. 상대를 제압하는 반격 질문

질문을 통해 칭찬과 위로를 하며 관계를 좋아지게 할 수 있지만, 질
문을 통해 상대방을 압도할 수도 있다. 때론 상대방을 스피치로 제압
하고, 이겨야 할 때가 있다. 그럴 땐 내 주장을 강력하게 어필하는 것보
다는 질문 한 방으로 끝내는 것이 효과가 좋다.

40대 비혼 여성이 있다. 그녀는 만나는 사람마다 왜 결혼을 안 하냐
는 질문을 많이 받는다. 명절 때는 정말 힘들다. 어느 날 모임에서 지인
이 또 이런 질문을 했다.

"혼자 지내면 외롭지 않나요?"

이 질문에 그녀는 그 지인에게

"결혼해서 안 외로우세요? 저는 싱글이라 외로운 게 당연할 수 있지만, 결혼했는데도 외롭다고 느끼면 어찌 해야 하나요?"

이 말에 그 지인은 말문이 막혔다. 그렇다. 결혼을 했지만, 외롭다고 느끼는 사람들이 많다. 물론 아이들과 가족이 생겨서 행복한 부분도 있지만, 또 다른 외로움이 존재한다. 그 지인은 다시는 그녀에게 결혼 얘기를 꺼내지 않았다고 한다.

명절 때 어른들에게 자주 듣는 지긋지긋한 질문이 또 있다.

"취업은 했니?"

"결혼은 언제 할 거니?" 또는 "애인은 있니?"

"공부는 잘 하니?"

왜 어른들은 이런 질문으로 젊은이들을 괴롭힐까? 대답하기 참 곤란한 질문들이다. 인터넷에서 그런 질문을 하는 어른들에게 하는 반격이라며 올라온 질문이다.

"이번에 승진은 하셨어요?"

"대출금은 많이 갚으셨어요?"

"집값은 올랐나요?"

속이 시원해지는 느낌이다. 물론 실행으로 옮길 만한 용기는 없지만 그런 글을 보는 것만으로 젊은이들은 후련해질 것이다.

2017년 당시 대선 후보로 거론됐던 한 정치인이 TV토론에서 감정 조절에 문제 있냐는 질문을 받는다. 그때 그는 "만약 당신의 어머니가 같은 형제에게 폭행을 당하는 것을 알게 되었다면 어떻게 하겠습니까?"라고 답한다. 그런 상황에서 감정을 이성적으로 컨트롤할 수 있는 사람이 얼마나 될까라는 질문을 먼저 함으로써 공감대를 얻었다고 생각한다. 물론 정치인은 일반적인 기준보다 더 까다로운 인격이 요구된다. 그런 점에서 그 정치인에게 감정 조절 문제는 항상 약점이 될 것이다.

매우 예민하고 질책이 심한 상사를 둔 회사원이 있다. 그는 상사의 비위를 맞추기 위해 고군분투하지만, 감정 변화가 심하고 자꾸 생각이 바뀌는 상사의 마음에 든다는 것은 쉽지 않다. 이번 프로젝트를 진행하면서 생겨난 문제들을 아래 사원들에게 책임을 돌리며 질책하는 상사를 보며 그는 누구 탓이 중요한 것이 아니라, 팀워크를 재정비해 빨리 해결점을 찾아내는 것이 중요하다는 생각을 전하고 싶었다.

"팀장님 지금 가장 중요한 것이 책임 소재를 가리는 것입니까? 아니면 해결책을 찾는 것입니까?"

긴급한 상황에 쓸데없는 에너지 소비를 하는 것보다는 해결점을 찾아내는 것을 우선시하자는 의견을 질문을 통해 전한 것이다. 이런 용기 있는 질문으로 상황을 재정비할 수 있다. 때론 옳은 일을 하기 위해서는 용기가 필요하다. 상사의 반응이 어땠는지는 밝히지 않겠다. 긍정적일 수도 부정적일 수도 있다. 하지만 상사의 잘못된 행동과 상황 대처 능력에 문제가 있음을 분명하게 짚어 주었다.

반격 질문은 많은 설명이 필요 없다. 그 질문 하나로 많은 메시지를 담고 있다.

드라마나 영화를 보면 반격 질문 장면을 종종 보게 된다.

"제가 어머니 딸이었어도 이렇게 대하시겠어요?"

"제가 친아들이었다면 아버지가 이렇게 저를 내치지 않으셨겠죠?"

"도대체 저에게 해 준 게 뭐가 있다고 이러시는 거예요?"

"너를 내가 다시 만나야 하는 이유가 뭐야?"

"나를 이렇게 만들어 놓고 너는 편하니?"

때론 원망과 슬픔이 녹아 있는 질문이다. "나를 정말 힘들게 하는군요.", "친아들이 아니기 때문에 나를 버리는구나.", "너를 만나고 싶지 않아.", "너 때문에 너무 힘들다."라는 의미가 담긴 질문들이었다.

"이쯤에서 그만하시죠." ⇨ "지금 이런 얘기를 하는 것이 무슨 의미가 있나요?"

"같이 상생하는 길을 선택해야 합니다." ⇨ "특정한 계층만을 위한 정책이 과연 옳은 것일까요?"

"용기 있게 나서서 우리의 의사를 밝혀야 합니다." ⇨ "침묵하는 것이 우리에게 어떤 결과를 가져올까요?

"힘들고 어렵더라도 참고 이겨내야 좋은 결과를 얻을 수 있습니다." ⇨ "세상에 쉽게 얻을 수 있는 것이 있다고 생각하시나요?"

"나는 당신에게 의미 있는 존재가 되고 싶어요." ⇨ "당신에게 나는 어떤 존재인가요?"

"대학보다는 제 꿈을 이루기 위해 노력하는 것이 의미 있다고 생각합니다." ⇨ "당신은 대학을 통해 원하는 꿈을 모두 이루셨나요? 대학이 모든 꿈을 이루게 해 주었나요?"

> "그런 방법으로는 절대 해결되지 않습니다." ⇨ "그런 방법으로 모든 것이 다 해결된다고 생각하시나요?"

여러 가지 메시지를 반격 질문으로 바꿔 보았다. 질문에는 절제의 힘이 있다. 그 절제의 힘은 직접적인 발언보다 더 큰 힘을 발휘하게 한다. 질문을 통해 그 답을 상대방이 스스로 찾게 하기 때문이다. 그래서 더 강력한 메시지적 효과가 있다. 무조건 반대하는 이들에게 어떤 것을 원하는지 질문함으로써 그 반대의 의도를 파악할 수 있다.

매년 국정감사나 국회 대정부 질문에서 상대 진영에 대한 무조건적인 반론과 반대를 위한 반대를 하는 공격에 일일이 답하는 의원들도 있지만, 센스 있는 반격 질문으로 상대를 제압하는 장면을 종종 본다. 공격을 많이 받는 정치인들은 반격 질문에 능하다. 최소한의 에너지로 상대방을 제압하는 반격 질문으로 이기는 소통을 해 보자. 강한 상대일수록 말하려고 하지 말고 질문하라!

4. 핵심을 찌르는 포인트 질문

"대통령께서는 과거 남북관계 대화에서 유약한 대화가 이루어졌다고 말씀하셨는데, 어떤 부분이 유약하다고 생각하셨는지, 유약하지 않는 남북대화를 위해 어떤 목표 설정을 하고 계시는지 궁금합니다."

-중앙일보, 강태화 기자

"미북 간 갈등 상황에서 한국은 어떤 포지션을 취할 건지 궁금해하는 미국인이 많습니다. 거기에 대해 대통령께서는 어떻게 생각하시는지 말씀해 주시기 바랍니다."

-ABC뉴스 조주희 기자

"남북관계 있어서 개성공단 재개, 금강산 관광 재개, 나아가 5.24 조치 등의 문제가 있는데, 올해 안에 이런 문제를 적극적으로 풀 생각이 있는지, 있다면 미국 측과의 긴밀한 조율이 필요할 텐데 어떻게 풀어나갈 건지 구체적인 복안이 궁금합니다."

- jtbc 이성대 기자

2018년 대통령 신년 기자회견에서 나왔던 남북 문제에 대한 질문들이다. 북한 문제는 우리나라 정치권에서 아주 중요한 이슈 중 하나다. 미리 질문을 받지 않고 즉석에서 질문을 받고 바로 답하는 형식이 이루어진 최초의 신년 기자회견이었다. 그런 상황에서 대통령이 받는 질문 중에 북한 관련 질문은 매우 신중하게 답할 주제일 것이다. 그리고 질문을 하는 기자 입장에서도 대통령의 민감한 부분을 파고들 핵심 질문들을 준비하기 위해 노력했을 것이다. 질문에 속시원한 답을 얻지 못했더라도 그 질문에 대처하는 모습으로 많은 것을 판단할 수 있다. 회피하는지 핵심을 놓치고 있는지, 적극적으로 대응하는지의 태도 등에서다. 이렇게 많은 것을 판단하게 하는 핵심을 찌르는 질문을 포인트 질문이라고 하겠다. 날카롭고 송곳 같은 질문이기도 하지만 대중이 가장 원하는 질문이기도 할 것이다.

우리도 이런 포인트 질문을 할 줄도 알아야 하고, 이런 질문에 적절하게 답할 줄도 알아야 한다. 모든 문제의 해결은 좋은 질문에서 나오기 때문이다. .

◢ What 질문

유치원을 개원하는 원장님이 학부모 대상 설명회를 위해 도움받고자 압구정스피치를 찾아오셨다.

준비한 내용을 쭉 설명하시는데 전체 내용을 거의 다 듣고서야 이 유치원의 콘셉트와 차별점을 파악할 수 있었다. 중반부까지는 그 원장님이 의도하는 바가 무엇인지 알아차리기 힘들었다. 굉장히 많은 말을 했지만 정리가 잘 안 되었기 때문이다. 그래서 질문을 통해 스스로 정리할 수 있게 도와드렸다.

이 유치원의 정확한 교육목표가 무엇인가요? 이 유치원이 다른 놀이 교육 유치원과의 차별점이 무엇인가요? 이 교육목표를 실현시키기 위한 교육 내용은 무엇인가요? 교육과정 중 원장님께서 가장 중점을 두는 부분은 무엇인가요? 교육과정 후에 기대할 수 있는 효과가 무엇인가요?

모두 What에 대한 질문이다. What 질문은 결론을 물어보는 질문이다. 무엇을 하고 무엇을 할 것인지 확실하게 제시되어야 한다. 결론이

먼저 정리되어야 과정과 이유가 체계적으로 연결될 수 있다. 그 원장님의 설명 패턴은 결론이 나오기까지 이유가 너무 길다. 그래서 들으면 들을수록 나는 학부모 입장에서 무엇을 해 줄 수 있느냐가 아주 궁금해졌다. 계속 기다렸다. 유럽의 교육 시스템부터 지금 우리나라 교육의 현실, 그리고 그녀가 현장에서 느끼는 교육 환경의 문제점 등을 초반에 아주 비중 있게 다루었다. 때때론 구체적인 원인과 상황 제시로 시작해 결론을 내리는 귀납적 방법도 나쁘지 않았다. 문제는 무엇이라는 부분에 명확하게 정리할 만한 실체가 있느냐이다. 막연하게 자주적이고, 인성을 갖춘 인재 양성이라는 추상적인 내용이 아닌 실체가 명확한 what이 있어야 한다. 이 질문에 각각 명확하게 답할 수 있어야 그 다음 단계가 가능하다.

교육목표는 무엇인가? ⇨ 사회적 인성과 자기주도적 삶을 살 수 있는 자주인재 양성

다른 유치원과 차별점은 무엇인가? ⇨ 놀이와 감성, 학습을 균형 있게 맞춘 교육과정으로 세 마리 토끼를 모두 잡음

교육목표를 실현하기 위한 교육내용은 무엇인가? ⇨ 건강을 위한 신체운동 프로그램, 감성을 위한 예술창작 프로그램, 사고력을 위한 학습 프로그램

교육과정 중 가장 중점을 두는 부분은 무엇인가? ⇨ '함께 일등'이라는 키워드로 신체와 감성과 학습 면에서 누구도 뒤쳐지지 않는 경쟁을 통한 자존감

교육과정 후 기대할 수 있는 효과는 무엇인가? ⇨ 작은 것부터

> 스스로 결정하고, 쉽게 좌절하지 않는 아이로 키우는 것. 누군가
> 에게 의지하지 않고, 실패를 두려워하지 않는 아이는 높은 자존
> 감을 갖게 됨. 그리고 열정과 적극성을 갖춰 미래 핵심 인재로서
> 성장해 갈 것임.

이렇게 What을 정리하고 보니 이 유치원의 실체가 드러나기 시작했
다. 스피치에서 무엇을 말할 것인지가 가장 중요하다. 구체적인 실체
가 있어야 한다. 확실한 주제를 말하는 것이다. 유치원을 소개하는 자
리임에도 그 유치원의 명확한 실체가 무엇인지 드러나지 않으면 실패
한 말하기다. 그저 그런 어떤 동네에서나 볼 수 있는 흔한 유치원이
될 뿐이다.

홈쇼핑에서 속옷 방송을 하는 한 쇼호스트의 멘트가 인상적인 적이
있었다. 그는 1시간 방송 내내 What을 매우 강조했다. 고객에게 소개
하는 이 상품이 어떤 상품인지 잊지 않도록 쉬지 않고 말했다.

"고객님이 보고 계시는 것은 바로 풍기인견입니다."
"풍기인견입니다. 다들 아시잖아요. 풍기인견이에요."
"풍!기!인!견!, 풍기인견을 지금 ○○방송을 통해 보고 계시는 거예요."
"풍기인견~~풍기인견~~ 풍기인견~~~~"

인견 중에서도 최고 품질을 알아준다는 풍기인견 방송에서 정작 브
랜드보다 풍기인견이라는 단어가 더 많이 나왔다. 브랜드는 생소하지
만 풍기인견은 웬만한 고객들은 다 알고 있기 때문이다. 나중에 아예

다른 멘트는 하지 않고 풍기인견만 10번 이상은 외쳤다. 마치 정상에서 야호를 외치듯 그는 풍기인견을 목놓아 외쳤다. 대부분의 쇼호스트들이 제품의 구체적인 사양이나 장점을 설명하지만 그날 방송에서는 이 인견이 무엇인가에 집중하는 모습을 보였다.

내가 방송할 때도 그냥 맛 좋은 사과가 아닌 영양과 품질이 뛰어난 안동사과를 판다고 구체적으로 생각했다. 그냥 영양크림이 아니라 먹기에도 아까운 캐비어가 들어가 피부를 건강하게 보호해 주는 집중관리 크림을 판다고 생각했다.

역시 스피치 교육 상담 때도 일반 스피치가 아니라 체계적인 교육과정으로 빠른 성장이 가능한 트렌디 스피치를 배우는 것이라고 확실히 강조한다. 당신이 원하는 맞춤형 스피치로 최신의 트렌드를 접목한 교육과정이라는 것을 잊지 않도록 상담 내내 말해 준다. 그들이 돌아가서 생각할 때 구체적 실체가 머리에 남아 있도록 하기 위해서다. 다른 여러 가지 과정과 이유가 기억이 안 나더라도 이 사람한테 배우면 이것 만큼은 얻어가겠구나라는 생각이 들면 되는 것이다. 그래서 거의 상담이 실제 등록으로 이어지는 경우가 99%다. 1%의 사람들은 보통 스케줄이나 비용 문제로 포기하는 분들이다. 이렇게 내 스피치가 상대방에게 의미 있게 남기 위해서는 What을 분명히 해 두는 게 중요하다.

◢ HOW 질문

How 질문은 과정을 묻는 질문이다. 앞서 무엇을 말한 것인지 그 주제와 실체를 명확하게 했다면 그 과정을 이야기하는 질문이다. How 질문은 구체성을 요구하는 질문이기도 하다.

면접을 준비하는 취업준비생 태형 씨는 지난 면접 때 이런 질문을 받은 적이 있다.

"본인의 경력이 우리 회사에 어떤 기여를 할 수 있습니까?"

"네. 저는 5년 동안 건설회사에서 근무하면서 다양한 실무와 경험들을 익혔기 때문에 ○○회사에서 진행하는 모든 프로젝트에 참여하여 기여할 수 있다고 생각합니다."

"그러니까 본인의 그러한 경력이 우리 회사 프로젝트에 어떻게 기여할 건지 구체적으로 말해 보세요."

"아. 네……. 저는 제 모든 경험과 기술, 현장 소통 경험으로 맡겨만 주신다면 무리없이 해낼 자신이 있습니다."

"……."

태형 씨는 아깝게 이 면접을 통과할 수 없었다. 그는 자신의 경험이 이 회사 업무 처리에 도움이 될 것이라고 했지만, 구체적으로 어떻게 도움이 되고 기여할 것인지에 대해서 설명하지 못했다. 그냥 열심히 최선을 다하겠다고 말했을 뿐이다.

학부모 설명회를 준비했던 유치원 원장님도 마찬가지였다. 준비한 내용에 자주적 아이를 키우기 위한 구체적 프로그램이 나와 있지 않았다. 신체건강 프로그램에서 달리기, 줄넘기, 뜀틀 뛰기, 운동회, 태권도와 발레, 체조 등 일반적인 체육활동 프로그램만 나열되어 있었다. 이러한 활동이 어떻게 자주적 인성을 키우게 되는지 그 내용이 빠져 있었다. 그래서 나는 그들에게 How 질문을 통해 그 과정을 구체화했다.

취업준비생 태형 씨는 본인의 경험과 새로운 회사의 업무의 연결고리를 찾아내야 했다.

새로운 직장은 종합 건설회사가 아닌 방송센터 건설부로 방송센터 건설을 전문으로 하는 곳이다. 방송센터는 일반적인 건축물보다 방대한 전력수급을 위한 전문적 시스템과 수준 높은 안전시스템을 필요로 한다. 그래서 본인의 경험을 비추어 봤을 때 자신의 다양한 건축 전기 설계 경험이 보다 더 복잡하고 전문적인 기술을 요하는 방송센터 건립에 주요한 역량으로 작용될 것이라는 점을 강조해야 한다. 그것은 방대하고 유기적으로 연결된 종합 설계 능력과 관련 협력 직원 간의 소통능력, 비상시 대처 방법이나 위기관리 능력 등을 예로 들 수 있다. 이러한 경험들을 예로 들어 과정을 구체적으로 설명했다면 면접관들에게 신뢰를 얻을 수 있었을 것이다.

좋은 답변을 도출하기 위한 다음의 How 질문을 태형 씨에게 해 보았다.

"자신의 경험이 방송센터 건설과 어떻게 연결되는 일인가요?"

"방송센터 건립 과정에서 자신의 경력과 노하우가 어떤 부분에 영향을 미칠까요?"

"종합 건설회사와 다른 방송센터 건설 현장에서 발생할 수 있는 업무나 문제점을 어떻게 해결할 생각인가요?"

"어떤 과정을 통해 그 문제를 해결할 수 있다고 자신하나요?"

이러한 HOW 질문을 통해 막연하고 추상적이었던 생각들을 구체화했다. 어떻게 하겠느냐라는 말에 답하지 못한다면 열심히 준비한 What도 무의미하게 된다.

"제가 해 보겠습니다. 할 수 있습니다."라고 말하는 사람에게 당장 믿음이 안 간다면 어떻게 그 일을 수행할 것인지 구체적인 계획을 물어봄으로써 그 가능성을 가늠해 볼 수 있다.

자주적인 인성을 가진 아이로 키우겠다는 목표를 가지고 여러 가지 교육 내용을 구성했지만 그것들이 어떻게 자주적 인성교육과 연결되는지 연관성을 설명하지 못하면 설득력이 없다.

> "자주적 아이로 키우기 위해서는 선택권을 주는 방식을 교육에 활용합니다. 달리기를 하더라도 일반 유치원처럼 줄을 키 순서대로 세우고 무조건 뛰게 하는 것이 아닙니다. 본인이 같이 뛰고 싶은 친구나 거리를 선택할 수 있게 합니다. 그리고 같이 뛰는 친구들과 본인의 차이점이나 비슷한 점을 인지하게 합니다. 키 큰 친구들과 같이 뛰면 오히려 불리할 수도 있지만 한번 도전해 보겠다는 의지를 보이는 친구들에게 더 격려와 칭찬을 해 줍니다. 그리고 신체적으로 약한 친구들과 경쟁해야 하는 친구들에게는 공정한 경쟁이 되기 위해서 어떤 경기 규칙을 세웠으면 하는지 스스로 생각하게 합니다. 스스로 정한 규칙을 받아들이고 결과에 대해 인정하는 법도 배웁니다. 이렇게 저희 유치원은 모든 교육과정에서 '스스로 선택'이라는 개념을 적용하여 함께 성장하는 것을 지향하고 있습니다."

HOW 질문을 통해 나온 구체적 교육과정이다. 홈쇼핑에서도 HOW 질문에 대한 멘트를 많이 이용한다. 시중에 판매되는 동일한 제품을 방송 중에만 파격 세일로 진행하는 경우가 있다. 마트나 백화점에서 고가로 판매되는 제품인데 방송에서는 최대 50%까지 저렴하게 판매가 된다. 어떻게 이런 조건이 가능한가? 고객에게 신뢰를 얻기 위해서는 이런 조건이 가능한 유통 과정에 대해서도 설명할 필요가 있다.

> "○○○브랜드 100억 돌파 특집 방송입니다. 오늘만큼은 그동안 받았던 사랑을 고객님께 다시 돌려드리는 최초의 혜택이 들어 있습니다. 오늘 방송만큼은 남기지 말고 다 드리자 하는 차원에서 특별 생방송을 구성했습니다. 그래서 오늘 하루만 이렇게 드릴 수 있어요. 계속 보여 드릴 수 없는 단 한 번의 구성이니까 오늘 꼭 함께하시면 좋을 것 같습니다."

> "방송을 통해서 구매하시면 공동구매 효과가 있습니다. 그래서 개별적으로 매장에서 구매하시는 것보다 더 저렴한 가격으로 보여 드릴 수 있는 겁니다. 마트에서 쇼핑을 하더라도 묶음 판매하는 것들은 어느 정도 할인 혜택을 받을 수 있는 것과 같은 원리라고 보시면 됩니다."

> "○○○매장에서 이미 젊은 여성 고객님께 많이 알려진 제품입니다. 정말 어렵게 담당 MD가 본사와 여러 번의 미팅 끝에 이 방송을 기획할 수 있었어요. 워낙 10년 동안 사랑을 많이 받아서

이번 방송을 통해 감사 이벤트처럼 좋은 혜택을 드리기로 결정했습니다."

이 제품이 이 방송에 이 조건으로 어떻게 등장하게 되었는지 그 과정을 합리적으로 설명하는 것으로 신뢰감을 줄 수 있다. '다음에 더 싸게 나오는 게 아냐?'라는 의심을 줄일 수 있는 효과가 있다. 결과에 대한 적절한 과정 설명이 빠지면 의구심을 낳게 된다. 그래서 좋은 말하기는 그 과정을 합리적으로 설명하는 것이 중요하다. 논리성과 연결되는 부분이기도 하다.

보통 홈쇼핑 방송에서는 새롭게 등장하는 브랜드나 소재 설명 시 이 How 멘트 비중을 높게 한다.

처음 접하는 링곤베리가 다른 베리류보다 더 좋은 점이 무엇인지, 어떻게 더 좋은 결과를 얻게 되는 것인지 설득력 있는 설명이 없으면 고객은 설득당하지 않는다. 그래서 How 멘트는 상품 PT에서 주요하게 다룬다. 세일즈나 사업설명회, 교육 관련 설명회에서도 많이 활용된다.

이렇게 What과 How 멘트와 함께 마지막에 기대효과에 대한 내용으로 구성하면 나의 말하기는 완성된다.

"저는 ○○○방송센터 건립에 핵심적인 전기 설계 전문가로서 역량을 발휘할 수 있습니다. 5년 동안 종합 건설회사에서 근무하면서 ○○○대학 컨벤션센터, ○○○기업 방송 연수원, ○○○언론사 문화 컨텐츠 빌딩 등 큰 프로젝트에 참여하며 다양한 설계 경력을 쌓았습니다. 그리고 이란과 동남아시아 등 해외 파견 업무 경험을 통해 원활한 소통 능력과 적응력을 키웠습니다. ○○○방송센터 건립은 전기 설계 부분에 보다 더 전문적인 기술과 다양한 협력 부서와의 소통이 중요한 만큼 저의 이 경험이 큰 도움이 될 것입니다. 그리고 돌발 상황에서도 유연하게 대처하는 문제해결 능력은 현장에서 빛을 발할 수 있다고 자신합니다."

"저의 ○○○유치원은 자주적인 인성을 가진 아이로 키우는 교육목표를 가지고 있습니다. 20여 년 동안 아동교육연구소에서 개발한 교육프로그램을 접목한 차별화된 교육과정으로 진행됩니다. 건강한 신체와 창의적 감성과 뛰어난 학습을 위한 세 가지의 교육과정이 유기적으로 연결된 균형 잡힌 과정입니다. 그 예가 '함께 일등' 신체 운동입니다. 모두가 함께 일등이라는 개념을 심어 주면서 스스로 선택하고 결정하는 과정을 거치게 됩니다. 스스로 결정한 것에 대해서는 끝까지 책임을 지고 다시 반성하고, 보완하는 과정을 통해 아이들은 스스로 좋은 판단을 하는 방법을 알게 됩니다. 감성교육에서도 단순한 미술과 음악 활동이 아니라, 자신의 생각을 자유롭게 펼치는 주제로 고정된 룰이 없습니다. 이런 교육과정은 아동심리학에서 공개된 여섯 가지 심리 기재를 기본으로 하고 있습니다. 3년 동안 유치원 생활을 통해 누구보다도 독립적이고 책임감 있는 아이, 그리고 사회적 배려를 아는 아이로 성장할 수 있습니다."

'무엇(What)을 말할 것이냐?', '어떤 과정(How)으로 그것이 이루어지느냐?', '최종 기대하는 결과나 효과(Result)는 어떤 것이냐?'라는 질문을 스스로 하면서 말의 내용을 구성해 보면 훨씬 구체적이고 설득력 있는 말하기가 가능할 것이다. 그리고 타인의 말하기를 평가하는 수준 높은 안목을 키울 수 있을 것이다. 막연한 말하기에 지쳐 있다면 구체적이고 실체적인 말하기를 통해 내 말에 힘을 실어 보기 바란다.